Der Schöne im Zug

K.C. WELLS

Der Schöne im Zug
Titel der Originalausgabe: Gay on a Train
Copyright © 2020 by K.C. Wells
Ins Deutsche übertragen von Betti Gefecht
Cover Design: Meredith Russell
ISBN: 978-1-915861-49-8

Dieses Buch entstand wegen eines Posts auf Reddit im Jahr 2016.

Ich habe keine Ahnung, ob der heterosexuelle Verfasser tatsächlich mit dem schwulen Mann im Zug, der ihn um ein Date bat, ausgegangen ist.

Ich hoffe, ja.

Die romantische Seele in mir hofft, es war magisch, und dass sie immer noch zusammen sind.

Hier ist *meine* Version dessen, was nach der Zugfahrt passierte ...

Kapitel 1

#loveWins
love is love

8. Juni 2018

Ihr wisst, dass manche Leute Vorahnungen haben, ja? So wie eines Morgens aufzuwachen und einfach zu *wissen*, dass etwas passieren wird? Sie haben es im Urin, wie man so sagt.

Okay, bevor ihr auf falsche Gedanken kommt – ich gehöre nicht zu diesen Leuten. Sorry. Und jener besondere Tag – ich bezeichne ihn innerlich einfach als *Den Tag* – war eigentlich ein Tag wie jeder andere. Ich hatte verschlafen, was mir viel zu oft passiert und was bedeutete, dass ich am Morgen durch die Wohnung flitzte wie Puck, die Stubenfliege, um rechtzeitig zur Arbeit zu kommen und nicht auszusehen, als hätte man mich rückwärts durch die nasse Gartenhecke gezogen. Der Arbeitstag war todlangweilig – wie immer – und ich sah immer wieder auf die Uhr, denn sobald es Feierabend war, würde endlich mein Wochenende beginnen. Nicht, dass meine Wochenenden besonders spannend waren. Wir reden hier vom Wäsche machen, Einkaufen, Aufräumen ...

Ja, ich weiß. Aufregend, oder? Aber es war jedenfalls besser, als zur Arbeit zu gehen und die M&M-Anrufe von Kunden entgegenzunehmen – das bedeutet Meckern & Mosern, für die glücklichen Unwissenden unter euch. Wie ich immer noch ruhig bleiben kann, wenn ich solche Sätze von mir geben muss wie „Haben Sie schon versucht, den
Rechner einmal aus- und wieder anzuschalten?", weiß ich

auch nicht. Denn manchmal ... nur manchmal ... liegt mir so etwas auf der Zunge wie „Tja, wenn Sie über mehr als zwei funktionierende Hirnzellen verfügen würden, hätten Sie vielleicht mal ins Handbuch geschaut, bevor Sie mich anrufen. Schönen Tag noch."

Ja, also ... nein. Das würde meinen Hintern schneller auf die Straße befördern, als ich „Arbeitslosengeld" sagen könnte.

Aber wie auch immer, zurück zu *Dem Tag* ...

Im Augenblick geht mir der Weg zur Arbeit wirklich auf die Nerven. Blöde Züge. Es war nicht immer so schlimm. Früher kam ich von Reading nach London in unter einer halben Stunde, aber dann haben sie den Verkehr in London Paddington eingleisig gemacht, und nun dauert die Fahrt manchmal bis zu einer Stunde. Dazu kommt noch eine Abteilungsleiterin, der wie ein Schießhund aufpasst, dass man auch ja nicht eine Minute zu früh vom Schreibtisch aufsteht, was bedeutet, wenn ich den Zug um 18:04 Uhr überhaupt erwische, dann kann ich von Glück sagen. Eine Bahn später, und es ist sieben, bevor ich zuhause ankomme.

Seht ihr, was ich meine? Mein Leben ist ein einziges, spannendes Abenteuer, stimmt's? Und ich komme immer wieder vom Thema ab, denn ich will ja eigentlich von *Dem Tag* erzählen ...

Ich stand in Paddington und wartete auf den 18:04 – ja, es war ein guter Tag – und wie immer war ich mit meinem Handy zugange und scrollte durch Facebook und Instagram. Cheryl tauchte auf meiner Timeline auf, und natürlich musste ich ihr Posting anklicken. Es war fünf Monate her, seit wir uns nach einer einjährigen Beziehung getrennt hatten. Wie es aussah, hatte sie einen Neuen. Darüber war ich froh. Es war keine schäbige Trennung gewesen – wir wollten einfach verschiedene Dinge. Sie wollte einen Ehering und ich nicht. Wie gesagt, die Trennung verlief friedlich. Es war einfach die einvernehmliche Entscheidung, die Beziehung zu beenden. Seit Cheryl war ich vielleicht zehnmal mit Frauen ausgegangen, und mit zwei oder drei war es zum Sex gekommen. Ich war also nicht direkt ein Einsiedler. Aber ich war zufrieden damit, nichts Festes anzufangen, ganz zu schweigen davon, dass ich mich gerade erst wieder daran gewöhnte, Single zu sein.

Jedenfalls ... zurück zur Paddington Station.

Ich saß auf einer dieser scheißharten Metallbänke. Ihr wisst schon, diese Dinger, bei denen einem nach einer halben Minute Sitzen der Hintern einschläft. (Die wollen gar nicht, dass man sich setzt, klar? Das lässt den Bahnsteig so unordentlich wirken.) Der Zug sollte in fünf Minuten abfahren, und natürlich war er noch nicht einmal eingetroffen. Wie hieß es doch gleich in der Bahn-Werbung? „Wunderbar vorhersehbar!" Tja, ich weiß nicht recht, was das Wunderbare angeht, aber der zweite Teil traf leider absolut zu.

Jedenfalls saß direkt neben mir dieser Typ. Und er sah stinksauer aus.

Also, ich bin so einer, der mit jedem redet, okay? Und jemand, der so genervt aussah wie er, bettelte geradezu darum, angesprochen zu werden.

„Mieser Tag?", fragte ich und warf ihm einen mitfühlenden Blick zu.

Er verdrehte die Augen. „Mein Zug fällt aus. Das bedeutet, dass ich heute nicht vor viertel vor sieben in Newbury bin."

Ich schnaubte. „Immer das Gleiche, oder? Wenn es nach meiner Abteilungsleiterin gegangen wäre – die ein Gesicht wie ein versohlter Hintern hat und etwa so viel

Persönlichkeit wie der Fusselfilter meines

Wäschetrockners – dann säße ich jetzt noch auf der Arbeit." Und das nur, weil sie gehört hatte, wie ich über sie redete. Blöde Kuh.

(Sie *ist* ein blöde Kuh! Da könnt ihr jeden fragen.)

Er lachte auf. „Okay, das war sehr ... anschaulich." Dann sah er zur Anzeigetafel hinauf und seufzte. „Na toll. ‚Voraussichtlich 18.08'".

„Du musst das Positive sehen", schlug ich vor. „Wenigstens *fährt* er." Das war auch mein Zug.

DER SCHÖNE IM ZUG

Er holte sein Handy heraus und runzelte die Stirn. „Heute ist echt nicht mein Tag. Der Akku ist gleich leer."

Ich musste etwas unternehmen, um ihn aufzuheitern. Nach einem kurzen Blick auf sein Handy griff ich in meine Tasche und holte ein USB-Kabel und meine mobile Ladebank heraus. Das Ding ist ziemlich schwer, obwohl es so klein ist, aber ich kann mein Handy damit mehrmals aufladen, bevor ich die Bank wieder an eine Steckdose hängen muss. „Hier." Ich hielt sie ihm hin.

Er starrte sie an, als hätte er noch nie so etwas gesehen.

„Wir fahren im gleichen Zug", erklärte ich. „Ich steige nur eine Station vor dir aus. Das gibt dir nach meiner Schätzung etwa zwanzig Minuten, um dein Handy wiederzubeleben."

Prompt erhellte ein strahlendes Lächeln seine eben noch so finstere Miene. „Echt? Mann, das ist voll nett von dir." Es war die Sorte Lächeln, die einem auffällt.

„Vergiss nur nicht, zu mir zu kommen, bevor wir Reading erreichen", sagte ich. Ich weiß, ich hätte mir Sorgen machen müssen, dass er mit meinen Sachen abhaut, aber wisst ihr was? Ich wusste einfach, dass er das nicht tun würde. Nur so ein Gefühl. Vielleicht lag es an dem Lächeln.

Genau in diesem Moment ertönte die computergenerierte Ansage, dass unser Zug Einfahrt hatte, also standen wir auf. Wir warteten an der Absperrung, während der Zug all seine Passagiere auf den Bahnsteig spuckte, die dann mit ihren Fahrkarten oder Dauertickets in der Hand auf uns zukamen. Sobald sie alle durch waren, kamen wir an die Reihe – eine dicht gedrängte Menge von Pendlern, die alle versuchten, sich durch die Absperrung zu zwängen und ihre Tickets unter den Scanner hielten. Und nicht ein einziges Mal erschien die automatische Anzeige „Bitte wenden Sie sich an einen Mitarbeiter".

(Moderne Technologie ist wunderbar, oder? Ja, wunderbar vorhersehbar. Oder sollte ich sagen sonderbar?)

Wie immer marschierte ich durch bis ans andere Ende des Bahnsteigs. Meine Großmutter hatte immer gesagt: Beobachte die Menge, und dann tu genau das Gegenteil. Also ließ ich die anderen Pendler in die erstbesten Waggons einsteigen. Ich hingegen hatte keinerlei Bedürfnis, mich in den nächsten neunzehn Minuten wie eine Ölsardine zu fühlen.

(Ich weiß, was ihr denkt. Wie traurig ist es, dass ich exakt wusste, wie lang meine Zugfahrt sein würde? Tja, vertraut mir – wenn ihr auf die Bahn angewiesen wärt, um pünktlich zur Arbeit zu kommen, wüsstet ihr das auch.)

(Und ich bin *nicht* traurig, okay?)

Dann fiel mir ein, dass es vielleicht eine gute Idee wäre, den Kerl mit meinem Ladezeugs wissen zu lassen, wo im Zug ich sitzen würde. Damit er mir die Sachen zurückgeben konnte.

(Ich schwöre, manchmal macht mein Gehirn autonome Ausflüge, ohne mir zu sagen, wann es vorhat zurückzukommen.)

„Warte!" Besagter Kerl kam den Bahnsteig entlang in meine Richtung gerannt.

Ich blieb an der Tür des vorderen Waggons stehen und lächelte ihn an. „Gut, dass wenigstens einer von uns seine sieben Sinne beisammen hat."

Er lachte. „Gott, du bist flott unterwegs." Er wartete, bis ich eingestiegen war, dann folgte er mir in den Waggon. Ich ging zu den Sitzen in der Mitte, wo es diese kleinen Tische gab, und rutschte in Fahrtrichtung auf einen Fensterplatz. Der Kerl blieb im Gang stehen.

„Ist es okay, wenn ich mich hier setze?" Er deutete auf den Platz mir gegenüber.

„Sicher." Mir war es recht. Und es machte ja auch irgendwie Sinn.

Er setzte sich und behielt seine Tasche auf dem Schoß. Eine Minute später ruckelte der Zug vorwärts und verließ langsam den Bahnhof. Ich lehnte mich in meinem Sitz zurück, mein Handy immer noch in der

Hand, während er das seine an die Ladebank anschloss. Ich nahm mir einen Moment, um ihn so unauffällig wie möglich zu mustern.

Ich muss zugeben, dass man seinen Anblick mit einem einzigen Wort zusammenfassen konnte: hübsch. Er war etwa in meinem Alter und hatte dunkelbraune Augen mit langen, schwarzen Wimpern, die sich auf seinen Wangen bogen, während er auf sein Telefon herabsah – auf seinen verdächtig glatten, makellosen Wangen ... *Trägt der Typ Make-up?* Dieser Glanz auf seinen Lippen musste eine Art Lipgloss sein. Natürlich hätte es auch ein Fettstift sein können, was wusste ich schon? Aber diese Wangenknochen ... ich kannte mehrere Frauen, die dafür getötet hätten, ein solches Gesicht zu haben. Sein Haar war perfekt gestylt, so als wäre er gerade vom Friseur gekommen. Es war dunkelbraun, kurz an den Seiten, aber etwas länger auf dem Oberkopf, mit ein paar helleren Strähnen. Er hatte sehr schlanke Hände, deren lange Finger in wundervoll manikürten Nägeln endeten.

Vielleicht ist er Model? Seine Kleidung war auf jeden Fall stylisch, von seinem weißen Oberhemd mit den hellgrauen Streifen bis zu seinem blass-rosa Blazer, der perfekt dazu passte. Seine Jeans hätte die Kombination eigentlich vermasseln müssen, aber die enge Passform und der ausgewaschene Stoff wirkten erstaunlich gut dazu.

Mir fiel der Anstecker auf dem Gurt seiner Tasche auf. Ein kleiner Regenbogen aus Emaille. Und da waren noch mehr: Ein Regenbogenherz, ein Smiley auf einem Regenbogenhintergrund, darauf die Worte *Liebe ist Liebe* und *Liebe gewinnt.*

Und als ich so darüber nachdachte – seine Stimme klang nicht so wie die von jemandem, der mit bloßen Händen Baumstämme durchsägen konnte. Jedenfalls nicht mit diesen Nägeln.

Okay, ich konnte mich natürlich irren, aber etwas sagte mir, dass der Kerl schwul war.

Um ehrlich zu sein, machte mir das nichts aus. Ich hatte schon mit zu vielen Typen gearbeitet, die bei dem Verdacht, ein schwuler Mann hätte auch nur in ihrer Gegenwart *geatmet*, schreiend aus dem Raum

gerannt wären. (Wieso denken nur so viele heterosexuelle Männer, dass
alle schwulen Männer sie immer anmachen wollen?)

(Falls ihr es bis jetzt noch nicht gemerkt haben solltet, ich mag
meine Arbeitskollegen nicht besonders. Hauptsächlich, weil sie totale
Arschlöcher sind.)

„Wie kannst du hier Empfang haben? Ich habe nicht mal einen
einzigen Balken."

Ich sah zu ihm hinüber. „Das Wi-Fi im Zug ist immer Scheiße.
Der Empfang kommt und geht. Ich lese etwas, das ich vorhin schon
heruntergeladen habe."

Er lächelte. „Kluger Junge." Dann lehnte er sich ebenfalls zurück,
jetzt sichtbar entspannter. „Danke. Es war ein ziemlich mieser Tag, und
du hast ihn schon bedeutend besser gemacht."

„Gern geschehen. Ich kenne solche Tage, glaub mir."

Er lachte leise. „Klar kennst du solche Tage. Du arbeitest mit
jemandem, der die Persönlichkeit eines Fusselfilters hat." Er schüttelte
den Kopf. „Das war witzig. Ist sie wirklich so schlimm?"

Ich stöhnte. „Oh Gott, schlimmer noch. Ich schwöre, sie glaubt,
ihre einzige Aufgabe dort wäre es, mich abzunerven." Ich gab ihm
einige Beispiele, er fing an zu lachen und schon bald lachte auch ich.
Dann erzählte er mir von einigen der Leute, mit denen er
zusammenarbeitete, und ich musste zugeben, einige davon klangen
ungefähr so tiefsinnig wie eine Pfütze. Es war ein angenehmes
Gespräch, und zum ersten Mal an diesem Tag entspannte ich mich.

Ich schickte einen geistigen Gruß an meine humorvollen Kollegen.
Seht ihr? Nicht alle schwulen Männer wollen nur flirten und euch
anmachen. Mit manchen kann man sich einfach nur gut unterhalten.

Er räusperte sich. „Kann ich dich fragen ... Wie heißt du eigentlich?
Wir reden die ganze Zeit, und es fühlt sich komisch an, nicht zu wissen,
mit wem ich mich unterhalte."

„Ich bin Lee." Er hatte natürlich recht. Ich konnte ja auch nicht
immer weiter von ihm als „dem Kerl" denken.

Er lächelte. „Hallo, Lee. Ich bin Daniel." Er streckte seine Hand aus, und ich schüttelte sie. Nur ... er hielt meine Hand ein kleines bisschen länger als erwartet und sah mir in die Augen.

Der erste Gedanke, der mir durch den Kopf ging, war, dass er wirklich schöne Augen hatte. Der zweite war, dass mir noch nie zuvor die Augen eines Mannes aufgefallen waren.

Und der dritte Gedanke war, dass mein Gott, er starrte mich an.

Dann ließ er meine Hand los, und der Moment war vorüber.

Ich hüstelte. „Also wo arbeitest du?" Ich benahm mich so, als wäre nichts gewesen. Aber... es war ja auch gar nichts gewesen. Wieso zum Teufel hatte ich dann genau das gegenteilige Gefühl?

„Ich arbeite in einer Herrenboutique."

„Tja, das erklärt einiges", sagte ich.

Er hob die schön geschwungenen Augenbrauen. „Was denn genau?"

Scheiße. „Wieso du aussiehst, wie du aussiehst. Du musst eine wandelnde Reklame für den Laden sein." Wieso hatte ich das gesagt? *Lee Paul Tennant, flirtest du mit dem Kerl?*

Gott, die Stimme in meinem Kopf klang wie die meiner Großmutter.

Seine Lippen zuckten. „Oh, danke. Das klingt wie ein Kompliment."

Okay, das kam einem Flirten nahe. Und ich wurde ganz schön verlegen.

Ich wollte noch einiges mehr zu ihm sagen, aber ich traute mich nicht.

Flirtest du mit mir?

Hältst du mich für schwul?

Ich bin nicht verrückt, oder? Du flirtest mit mir, stimmt's?

Ich hätte mit der üblichen Ich-bin-hetero-Nummer herausplatzen können, aber wisst ihr was? Damit hätte ich nur zwei Dinge erreicht: es hätte die Unterhaltung beendet, und ich wäre rübergekommen wie ein arroganter Mistkerl, der glaubte, Daniel wollte ihn anmachen.

Wie ironisch.

Also riss ich mich zusammen, und redete weiter, als wäre nichts gewesen. Aber ich war mir seiner plötzlich auf eine ganz neue Art bewusst. Unwillkürlich lehnte ich mich nach vorn und lächelte, während wir uns unterhielten. Ich sah ihm oft in die Augen. Und ich hob mein Kinn beim Sprechen, weil ich wusste, dass dann mein Hals länger wirkte. *Oh mein Gott. Was mache ich hier nur?*

Allerdings wusste ich ganz genau, was ich machte. Dasselbe, was ich machte, wenn ich mit jemandem zusammen war, den ich richtig beeindrucken wollte. Sicher, es war subtil, aber alles, was ich tat, schien seine Aufmerksamkeit zu erregen.

Daniel musterte mich die ganze Zeit, als würde er versuchen, eine Entscheidung zu treffen. Ich steckte mein Handy in meine Tasche, dann stellte ich die Tasche vor mir auf den Tisch und fummelte nervös an den ledernen Label.

Sein Blick wanderte zu meinen Händen, dann hob er wieder den Kopf und fragte: „Bist du nervös?"

„Nein", antwortete ich sofort und sah ihn an. „Weswegen sollte ich nervös sein?"

Okay, das klang irgendwie schüchtern, und ich hatte nicht einen einzigen schüchternen Knochen im Leib.

Daniel lachte. „Weißt du was, Lee? Du bist wirklich schnuckelig. Also... hast du morgen Abend schon was vor?"

Moment, ich bin schnuckelig?

Soeben hatte mir ein Mann gesagt, ich wäre schnuckelig.

Dann traf es mich wie ein Schlag. „Warum ... warum willst du das wissen?"

Er wird mich nicht um ein Date bitten. Auf keinen Fall. Wir haben uns gerade erst getroffen. Und ich bin hetero, alles klar?

„Weil ich dich gern auf ein Date einladen würde." Die dunkelbraunen Augen starrten mich an. Alles an Daniel sagte mir, dass er es vollkommen ernst meinte.

Okay. Dies war der Moment, als mich mein gesunder Menschenverstand verließ.

Es spielte keine Rolle, dass er keine Frau war. Er war ein attraktiver, interessanter Mann, mit einem guten Sinn für Humor. Und man konnte sich gut mit ihm unterhalten. Mein Herz raste, und meine Zunge arbeitete auf Autopilot, bevor mein Gehirn die Gelegenheit hatte, mir zu sagen, dass ich gefälligst den Mund halten sollte.

„Gern."

Was?

Kapitel 2

#loveWins
love is love

Daniel strahlte. „Super!"

Was zum Henker hatte ich gerade gemacht?

Und bevor ich mir selbst diese Frage beantworten konnte, gab Daniel mir sein Handy, das immer noch an meiner Ladebank hing, und bat mich, meine Nummer einzuspeichern. Ein wenig benebelt tat ich genau das.

Wieso sagte ich nicht: Tja, das ist sehr schmeichelhaft, aber ich bin hetero?

Wieso sagte ich nicht: Sorry, ich gehe nur mit Frauen auf Dates?

Und wieso schlug mein Herz so heftig, als wollte es zerspringen?

Ich wusste, teilweise lag es daran, dass er so glücklich aussah, als ich ja gesagt hatte. Wie konnte ich nein sagen und die Gefühle von jemanden verletzen, der so offensichtlich wirklich gerne mit mir auf ein Date gehen würde?

Ich gab ihm sein Handy zurück, und er schaute es an. „Lee Tennant. Bist du vielleicht mit David verwandt? Dem sexiesten Doctor Who aller Zeiten?" Ich glaube, mein Schnauben war Antwort genug. Mein Handy erwachte zum Leben und spielte „Addicted" von Serge Devant. Daniel lächelte erneut sein strahlendes Lächeln. „Ich mag das."

Hastig schaltete ich es ab und speicherte seine Nummer.

„Und ich bin Daniel Bond." Er grinste. „Mit der Lizenz zum Töten." Dann lachte er. „Sorry. Ich versuche immer, das zu erwähnen, bevor jemand den Witz macht."

Mein gewöhnlicher Geistesreichtum hatte mich komplett verlassen. Ich war so verlegen. Ich wusste einfach nicht, was ich zu ihm sagen sollte.

(Oh, es gab reichlich Dinge, die ich hätte sagen können – ich *wollte* nur nichts davon sagen, weil ich seine Gefühle nicht verletzen wollte.)

„Schreibst du mir heute Abend, damit wir etwas verabreden können?" Sein Lächeln hatte kein bisschen nachgelassen. „Du kannst mich auch anrufen, wenn du willst. Ich werde den ganzen Abend zu Hause sein. Zumindest weißt du schon, wann ich in Newbury ankommen werde."

Ich brauchte eine Sekunde, um zu verstehen. „Um 18:43 Uhr. Planmäßige Ankunft vorausgesetzt."

Daniels Augen funkelten. „Stimmt genau." Er sah aus dem Fenster, dann zog er rasch das USB-Kabel aus seinem Handy. „Wir sind fast in Reading." Er gab mir die Ladebank und das Kabel zurück. Als ich nichts sagte und sie nur zurück in meine Tasche stopfte, sah Daniel mich fragend an. „Alles in Ordnung? Es ist das erste Mal, dass du still bist, seit ich mich im Bahnhof neben dich gesetzt habe." Er wirkte, als würde der Gedanke ihn amüsieren.

Was zur Hölle sollte ich darauf antworten? *Tja, eigentlich versuche ich, dahinter zu kommen, wie ich dir sagen soll, dass mein Gehirn gerade einen Furz gelassen hat, und was dabei herauskam, war, ja, ich gehe mit dir auf ein Date?*

Und dann warf er mich komplett aus der Bahn. „Ich freue mich schon auf Samstagabend." Er sagte das so ernsthaft und so aufrichtig, dass ich es nicht über mich brachte, ihn zu enttäuschen.

Dann tu's nicht. Schreib ihm heute Abend und sag ab. Das wird das Einfachste sein, und du musst ihn nie wieder sehen.

Das beruhigte mich ein bisschen, und ich atmete ruhiger. Ich muss entspannter gewirkt haben, denn auch Daniel entspannte sich.

Wäre es denn so schlimm? Wir könnten in einen Club gehen, oder tanzen ... Seinen Musikgeschmack kannte ich bereits, der Vorschlag wäre also nicht so weit hergeholt. Dann riss ich mich innerlich am Riemen. *Wieso denke ich überhaupt darüber nach?*

Der Zug fuhr langsamer, als wir uns Reading näherten. Also stand ich auf und hielt mich an der Rückenlehne der Bank fest. Ich nahm meine Tasche vom Tisch, setzte ein hoffentlich fröhliches Lächeln auf und sagte: „Bis dann!" Dann eilte ich zur Tür und wartete dort darauf, dass der Zug anhielt. Als es soweit war, stürmte ich hinaus und lief zum nächsten Ausgang.

(Ich weiß, was ihr denkt, okay? Wieso habe ich Daniel nicht gleich gesagt, was Sache war? In diesem Moment konnte ich es auch nicht erklären. Das kam erst später.)

Ich schlängelte mich wie auf Autopilot durch den Bahnhof, in Gedanken immer noch bei Daniels Schock-Einladung. Mein Haus lag nur fünf Minuten vom Bahnhof entfernt, und ich dachte darüber nach, wer daheim sein würde, wenn ich dort ankam. Moz würde noch im Brad Street Einkaufszentrum sein. Er arbeitete dort in einem Juweliergeschäft. Mick würde jedoch bald Feierabend haben und vom Royal Berkshire Hospital zurückkehren, wo er als IT-Manager angestellt war. Das heißt, falls er nicht im Homeoffice arbeitete, was manchmal der Fall war. Justin war sicher noch im örtlichen Fitnesscenter und trainierte mit einem seiner Klienten. Somit blieb noch Niall übrig, der wahrscheinlich schlief. Er arbeitete in einer Bäckerei, und seine Arbeitstage begannen praktisch mitten in der Nacht.

Als ich die Haustür erreichte, hatte ich mich schon deutlich beruhigt. Im Haus war es still, und ich war dankbar dafür, denn ich brauchte ein wenig Frieden zum Nachdenken. Als ich in die Küche kam, fand ich sämtliche Arbeitsflächen aufgeräumt und glänzend vor und lächelte. Das war bestimmt Niall gewesen. Er räumte stets sämtliches Frühstücksgeschirr weg, wenn er von der Arbeit kam. Niall war auf jeden Fall von all meinen Mitbewohnern der Ordentlichste.

(Ja, ich weiß, es klingt katastrophal, fünf Kerle, die sich eine Wohnung teilen. Aber es funktioniert prima. Das Haus liegt günstig für Justin, Moz und Niall, und ich bin auch nur einen Steinwurf vom Bahnhof entfernt. Wir verstehen uns alle bestens – na ja, meistens jedenfalls. Manchmal streiten wir uns um die Fernbedienung, aber wir haben zwei gemeinsame Wohnzimmer, insofern kommt es nicht oft vor.)

Ich füllte den Wasserkocher, nahm einen Kaffeebecher aus dem Schrank und einen Teelöffel aus der Schublade. In Gedanken spulte ich das Gespräch mit Daniel immer wieder ab. Wir hatten uns vielleicht 20 Minuten lang unterhalten, bevor er mich um das Date bat.

Oh mein Gott. Eine Stimme in meinem Kopf schrie: Er hat mich um ein Date gebeten! Ihr wisst schon, nur für den Fall, dass mir das noch nicht aufgefallen war.

„Äh, Lee?"

Ich drehte mich um. In der Küchentür stand Niall und starrte mich belustigt an. Ich hob die Augenbrauen. „Was ist so witzig?"

Er schmunzelte. „Das Gesicht, das du machen wirst, wenn du den Kaffee probierst. Ich glaube, du hast ungefähr sechs Löffelvoll in den Becher getan."

Ich blinzelte und warf einen Blick in den Becher.

„Scheiße." Dann schüttelte ich das Pulver zurück und fing von vorn an. Der Wasserkocher piepte. „Willst du auch einen?"

Niall nickte, betrat die Küche und ging zum Kühlschrank. „Ich nehme nur einen Löffel in meinen Kaffee, falls du dich das gefragt haben solltest."

„Blödmann." Ich nahm auch für ihn einen Becher aus dem Schrank und machte seinen Kaffee. Als ich fertig war, nahm er seinen Becher und ging ans andere Ende des Tisches, der von fünf Stühlen umstellt war. Ich gesellte mich zu ihm, in Gedanken immer noch bei Daniel.

Was für ein seltsamer Tag.

Niall räusperte sich. „Also ... Wie war es auf der Arbeit?"

Ich starrte ihn an. „Seit wann fragst du mich danach? Möchtest du zu Tode gelangweilt werden?"

Er zuckte die Achseln. „Ich dachte, so könnte ich am schnellsten herausfinden, was dir durch den Kopf geht."

„Und wieso denkst du, mir würde etwas durch den Kopf gehen?", entgegnete ich.

Seine Lippen zucken. „Ach, komm schon. Der Kaffee hat dich verraten."

Ich war mir nicht sicher, ob ich wollte, dass jemand davon erfuhr. Aber dann dachte ich, darüber zu reden, könnte vielleicht helfen. Und zumindest war es Niall. Es hätte schlimmer sein können. Ich konnte mir gut vorstellen, wie Justin sich schlapp lachen würde.

Also legte ich los. Ich begann damit, wie Daniel im Bahnhof neben mir gesessen hatte, und beendete die Geschichte damit, wie ich aus dem Zug gestiegen war, nachdem ich ihm versprochen hatte, später zu schreiben oder anzurufen. Niall sagte nichts, während ich redete, sondern schlürfte nur seinen Kaffee. Er blieb auch noch eine ganze Weile still, nachdem ich geendet hatte.

Schließlich hielt ich es nicht mehr aus. „Was? Wieso lachst du nicht?"

Niall sah mich verblüfft an. „Oh, tut mir leid. Sollte das nur ein Witz sein?"

Okay, an dieser Stelle klappte mir die Kinnlade herunter. „Hast du den Teil nicht mitbekommen, an dem er mich um ein Date gebeten hat?"

„Doch, habe ich gehört. Und?"

Ich funkelte ihn an. „Was soll das heißen, und?"

„Nun, wirst du mit ihm ausgehen?"

„Wieso zum Henker sollte ich mit einem Mann ausgehen wollen? Ich bin hetero, falls du dich erinnerst!"

Niall lächelte mich wissend an. „Warum hast du dann ja gesagt?"

„I-ich ..." Ich versuchte, meine Gedanken zu sammeln. „Ich wollte seine Gefühle nicht verletzen." Niall kicherte, und ich starrte ihn überrascht an. „Was ist daran lustig?"

„Oh, ist es nicht. Aber die Vorstellung, dass du die Gefühle eines Mannes schonen wolltest, den du nicht einmal kennst ..." Seine Augen glänzten. „Seit wann bist du so zartfühlend?"

(Okay. An dieser Stelle muss ich zugeben, dass ich von allen Hausgenossen der frechste bin. Und Niall hatte recht. Normalerweise rede ich erst und denke später. Es gibt einen Grund dafür, dass meine Mutter mir immer sagt, ich soll erst mein Hirn einschalten, bevor ich den Mund aufmache.)

„Sieht er gut aus?", fragte Niall plötzlich.

„Ja. Er ist, ehrlich gesagt, irgendwie ... hübsch." (Nun, das war er! Ich würde nicht lügen.)

Er hob eine Augenbraue, sagte aber nichts dazu. „Und du hast noch *nie* darüber nachgedacht, etwas mit einem anderen Mann anzufangen?"

Ich schüttelte langsam den Kopf. Bis auf ... nein. Nein. Außerdem zählt das nicht. Ich hatte mich schließlich nur mal kurz gefragt, ob. Und sich das zu fragen, war nicht dasselbe, wie ernsthaft daran zu denken, richtig?

(Ja. Ich glaube, ich hatte einen schweren Anfall von Haarspalterei in diesem Moment.)

„Schonmal schwule Pornos geguckt?"

Okay, *das* kam überraschend. „Ausnahmslos hetero." Ich hüstelte. „Und ... manchmal Lesbenpornos." Und bei den Heteropornos konzentrierte ich mich immer nur auf die Mädels, aber das erwähnte ich nicht.

„Dann ist es also okay, zwei Frauen beim Sex zuzusehen, aber zwei Kerlen zuzuschauen, ist es nicht?" Da war wieder dieser belustigte Ausdruck.

Ich schnaubte. „Hast du jemals schwule Pornos geguckt?"

Ein weiteres Achselzucken. „Klar. Ich habe damit kein Problem. Manche davon sind scheiße geil."

Meine Kinnlade fiel erneut herunter.

Niall lachte. „Wenn du jetzt dein Gesicht sehen könntest." Er beugte sich nach vorn, die Ellenbogen auf dem Tisch und sein Kinn auf die verschränkten Finger gestützt. „Ganz offensichtlich ist Daniel an dir interessiert."

Da konnte ich nicht widersprechen. Immerhin hatte er mich um ein Date gebeten.

„Okay, spring mir nicht an die Kehle, ja?" Niall sah mir in die Augen. „Es muss einen Grund geben, warum du so schnell ja gesagt hast. Also vergiss mal einen Augenblick lang alles über hetero und dass du nur Frauen datest, und denk darüber nach. Hast du irgendeine Verbindung zu ihm gespürt?"

Ich öffnete meinen Mund, um nein zu sagen, klappte ihn aber sofort wieder zu. Es musste etwas da gewesen sein, oder nicht? Dieser Moment, als wir uns die Hände geschüttelt hatten. Und wie ich mich gefühlt hatte, als er mir in die Augen sah.

Ich schluckte. „Vielleicht", sagte ich zögernd.

Niall nickte, als hätte ich ihn gerade völlig überrascht. „Ich glaube, ein Teil von dir findet die Idee, mit Daniel auszugehen, spannend. Ich glaube, du stehst der Sache offener gegenüber, als dir selbst bewusst ist."

„Aber wieso jetzt?" Das war's, was ich an der Sache nicht verstand. „Du kriegst doch nicht mit sechsundzwanzig plötzlich schwule Gedanken, wenn du vorher niemals welche hattest."

„Wieso nicht?", fragte Niall stirnrunzelnd. „Und streng genommen sind es ja auch keine schwulen Gedanken." Er grinste. „Eher bisexuelle Gedanken." Dann neigte er den Kopf zur Seite. „Sei ehrlich. Findest du die Idee spannend?"

Ich stellte meinen Becher ab, starrte auf den Tisch und versuchte, meine Gedanken zu ordnen.

Stieß der Gedanke mich ab? Eindeutig nicht. Hätte er das getan, wären mir Daniels Gefühle furzegal gewesen – ich hätte auf der Stelle nein gesagt. War ich für etwas so Neues offen? Wieso eigentlich nicht, zum Teufel? Es war nichts Falsches daran, oder?

Wollte ich herausfinden, wohin es führte? Okay, das war der leicht beängstigende Teil, denn einer der Orte wohin es führen konnte, war zu einem Bett, und ich war nicht sicher, wie ich mich deswegen fühlen sollte. Was, wenn er am Samstagabend mit mir schlafen wollte?

Okay, darüber konnte ich jetzt nicht nachdenken. Allerdings... vielleicht sollte ich Daniel gegenüber durchaus erwähnen, dass ich keinerlei Erfahrung in Sachen schwulem Sex hatte.

Und da war es wieder, dieses seltsame Gefühl in der Magengegend. Dasselbe Gefühl wie in dem Moment, als Daniel mich auf diese besondere Weise angesehen hatte.

(Ja, okay, ich kann es jetzt zugeben. Es war wirklich ein flirtender Blick gewesen, und keine Frau hatte mich je auf diese Weise angesehen oder mir das Gefühl gegeben, so ... begehrt zu werden. Und vielleicht hatte ich deswegen so schnell ja gesagt.)

Ich erschauerte. „Ja", flüsterte ich. „Ich finde es spannend."

Niall schenkte mir ein warmes Lächeln, und in meinem Herzen wusste ich, er tat es deswegen, weil ich die richtige Antwort gegeben hatte.

„Dann ruf ihn heute Abend an und mach ein Date aus", sagte er schlicht. Was er sonst noch gesagt hätte, erfuhr ich nicht mehr, denn die Haustür öffnete sich, und Justin rief, es wäre Freitagabend und jemand sollte besser schon Bier und Pizza bestellt haben.

Niall sah mich an. „Wenn du noch weiter darüber reden willst, weißt du ja, wo du mich findest", sagte er leise. „Nur bitte keine Panikgespräche mitten in der Nacht, okay? Einige von uns müssen mit den Hühnern aus dem Bett."

Ich lachte. „Versprochen." Dann ging die Tür zum nächsten Wohnzimmer auf, und Mick kam heraus, seinen Laptop auf den Armen.

„Ich dachte mir schon, dass ich Stimmen gehört habe." Er grinste.

„Naja, ich habe Justin gehört."

Solange das alles war, was er gehört hatte, war ich froh. Ich hatte gedacht, Niall und ich wären allein gewesen.

Justin marschierte in die Küche und sah sich um. „Wo sind all die Biere? Kommt schon, Jungs. Ich habe heute jede Menge Kalorien abgearbeitet. Da habe ich mir ein Bier verdient, oder auch vier." Er schnappte sich die Karte des Pizzalieferdienstes von der Pinnwand und begann, sie zu studieren.

„Ich gehe mich umziehen, damit ich aus meinen Arbeitsklamotten komme", murmelte ich, drückte mich an Justin vorbei und ging die Treppe hinauf. Mein Zimmer befand sich im zweiten Stock.

„Du hast etwa 40 Minuten, bevor das Essen hier ist", informierte mich Justin. „Und Moz wird in etwa zehn Minuten hier sein. Er hat mir bereits seine Bestellung getextet." Er lachte. „Und was *du* willst, weiß ich auch so", sagte er zu mir. „Mister Vorhersehbar."

Es lag mir auf der Zunge zu sagen: „Tja, das ist alles, was du weißt", aber ich hielt den Mund. Je weniger Leute von meinem heutigen Erlebnis erfuhren, desto besser.

Mir blieb eine Dreiviertelstunde, bevor die Pizza ankam. Sollte ich bis nach dem Essen warten, bevor ich Daniel anrief?

Einen Scheiß sollte ich.

Kapitel 3

#lovewins
love is love

Ich ging in mein Zimmer und schloss die Tür. Trotz Nialls offensichtlicher Überzeugung, dass ich das Richtige tat, hämmerte mein Herz in meiner Brust. Ich überlegte kurz, Daniel lieber eine Textnachricht zu schreiben, verwarf den Gedanken aber wieder.

Ich musste seine Stimme noch einmal hören.

Also setzte ich mich aufs Bett, mein Handy in der Hand, und ging im Geiste durch, was ich ihm sagen wollte.

Okay, Daniel? Es gibt da etwas, das du wissen solltest...

Ja, ich würde gern auf ein Date mit dir gehen. Werde ich Kondome brauchen?

Gehen wir in einen schwulen Club?

Scheiß drauf, wenn es so weiterging, würde ich noch um Mitternacht hier sitzen.

Mach einfach den verdammten Anruf.

Ich scrollte durch meine Kontakte bis zu Daniels Nummer, dann klickte ich auf Anrufen. Er antwortete nach nur zweimaligem Klingeln.

„Das ging ja schnell." Selbst übers Telefon konnte ich hören, dass er lächelte.

(Seht ihr? Deshalb sind Anrufe tausendmal besser als jede Textnachricht.)

„Sieh mal, wegen des Dates ..." Jetzt, da ich mit ihm redete, drehte sich mir der Magen um.

„Du *warst* nervös, stimmt's?"

Und alles andere. Was mich in ein Dilemma brachte. *Soll ich ihm sagen, dass ich nicht schwul bin?* Denn wenn ich das tat, sagte er unser Date vielleicht ab. Und es schockierte mich, als mir klar wurde, dass ich das auf keinen Fall wollte. Ich wollte sehen, wohin das Ganze führte. Sicher, da war nur dieser eine Moment gewesen, aber ich war fasziniert und aufgeregt darüber.

„Es ist schon eine Weile her, seit ich ein Date hatte." Naja, das war auf jeden Fall nicht gelogen. Mein letztes Date musst du schon mehr als ein Monat zurückliegen.

„Das macht nichts." Er lachte leise. „Ich bin sicher, es ist wie Fahrradfahren. Jedenfalls habe ich mir schon Gedanken gemacht, was wir vielleicht tun könnten."

Mein Herz begann zu galoppieren. „Oh?"

„Um ehrlich zu sein, war es eine stressige Woche. Wärst du damit einverstanden, wenn wir uns einfach entweder bei dir oder bei mir treffen und zusammen einen Film schauen?"

Oh, mir gefiel, wie sich das anhörte. „Sicher. Aber ich glaube, an dieser Stelle sollte ich fragen, welche Sorte Filme du magst." Im Geiste ging ich bereits eine Liste von Filmen durch, mit denen er herausrücken könnte. *The Birdcage, Brokeback Mountain, Priscilla – Königin der Wüste ...*

„Magst du Animationsfilme?"

Okay. Damit hatte ich nicht gerechnet, und es geschah mir recht dafür, dass ich so klischeemäßig gedacht hatte. „Ja, man sagt mir nach, ich hätte schon den einen oder anderen gesehen." Ich warf einen Blick auf die Ecke in meinem Zimmer, wo sich meine DVDs stapeln. *Toy Story, Nemo, König der Löwen, Die Eiskönigen ... Dumbo ...*

(Ihr lacht mich aus. Ich kann es fühlen.)

„Hast du schon *Drachenzähmen leicht gemacht* gesehen?"

„Den habe ich wohl verpasst. Ist er gut?"

„Er ist toll. Es gibt schon ein paar Sequels, und sie sind

auch alle gut. Ich habe die ersten beiden, und ich dachte, das schaffen wir vielleicht an einem Abend."

Ein Date mit Animationsfilmen – das war okay für mich. „Das klingt toll. Äh ... wo? Ich würde ja sagen, bei mir, aber glaub mir, das würdest du nicht wollen." *Ich* wollte es auf keinen Fall. Für meine Mitbewohner wäre das ein gefundenes Fressen!

„Okay, jetzt bin ich neugierig."

„Ich teile mir das Haus mit vier anderen Jungs. An den meisten Abenden herrscht hier organisiertes Chaos." Und außerdem, wie zur Hölle sollte ich den anderen Daniel erklären?

„Na gut, dann also bei mir? Ist das okay für dich, nach Newbury zu kommen?"

Damit hatte ich kein Problem. Mit dem Zug waren es nur 20 Minuten von Reading aus. „Ja, das wäre okay. Schreib du mir einfach deine Adresse."

„Und ich wohne übrigens allein. In einer Zweizimmerwohnung ganz nahe beim Bahnhof." Er schwieg für einen kurzen Moment. „Hör zu... willst du etwas essen, bevor wir die Filme gucken? Ich kann kochen. Naja, gewissermaßen. Ich bin gerade dabei, meine kulinarischen Fähigkeiten zu verbessern. Falls das nicht klappt, gibt es ein fabelhaftes italienisches Restaurant um die Ecke, das auch liefert." Er lachte. „Das ist vielleicht die sicherere Variante, wenn ich recht darüber nachdenke."

„Hört sich gut an." Ich liebte italienisches Essen. Okay... Ich weiß nicht, was über mich kam. Wir hatten uns ganz ruhig unterhalten, und es schien ihm nichts auszumachen, dass ich lange nicht mehr auf einem Date gewesen war. Ich hatte also keine Ahnung, warum ich anfing zu plappern. „Du hast recht. Ich bin nervös. Es ist nur so..." Ich nahm einen tiefen Atemzug. „Ich bin noch nie zuvor mit einem Mann ausgegangen."

Es entstand ein Moment des Schweigens, und ich war sicher, dass ich es vermasselt hatte. „Das ist in Ordnung, wirklich." Seine Stimme war sanft, und der Klang allein beruhigte mein rasendes Herz. „Wie ich schon im Zug sagte, du bist schnuckelig, und ich würde dich wirklich gern wiedersehen." Eine weitere Pause. „Aber wenn du deine Meinung ändern willst, dann ist das auch in Ordnung."

Ich wollte meine Meinung nicht ändern.

„Ich würde dich auch gern wiedersehen." Und das war die absolute Wahrheit.

„Großartig." Ich konnte die Erleichterung in seiner Stimme hören. „Wie klingt 7:00 Uhr?"

„Klingt gut. Ich werde da sein. Soll ich noch irgendetwas mitbringen?"

Daniel lachte. „Nur dich selbst, Süßer." Und dann legt er auf.

Mein Herz klopfte wie wild. *Ich hab's getan. Ich werde auf ein Date gehen – mit einem Mann.* Und ich hatte keine verdammte Ahnung, was ich erwarten sollte. *Süßer?*

Ich warf einen Blick in den Spiegel. *Was sieht er, das ich nicht sehe?* Mein Haar ... hing einfach irgendwie herunter, ich hatte ein riesiges Kinn, mein Kiefer war zu kantig, ich hatte Lippen wie ein Mädchen ...

Scheiße. Es waren meine Lippen, oder? Er hatte meine Lippen angesehen und daran gedacht, sie zu küssen. Nur ... das brachte mich jetzt dazu, mir vorzustellen, wie es wäre, *ihn* zu küssen. Mir vorzustellen, wie sich das anfühlen würde. Sein Gesicht war glatt, also musste ich nicht über einen kratzenden Bart nachdenken. Und seine Lippen sahen aus, als wären sie sehr weich.

Das war es nun, jetzt dreher ich durch. Ich stand vor meinem Spiegel, den Kopf voll mit Gedanken daran, Daniel zu küssen, und die Vorstellung war... angenehm.

Aufregend.

Okay, es war auch erregend. (Zufrieden jetzt? Der Gedanke an einen Kuss mit Daniel törnte mich an, na und? Hm? Wenn ich zu einem Date mit einem Mann bereit war, wieso sollte ich dann nicht auch bereit ... zu anderen Dingen sein?)

Auch, wenn besagte andere Dinge mir einen wohligen Schauer über den Rücken jagten.

„Lee! Pizza!"

Ich blinzelte, dann warf ich einen Blick auf den Wecker neben meinem Bett. Kann nicht sein! Ich war doch nur wenige Minuten lang am Telefon gewesen. Dann wurde mir klar, dass ich die meiste Zeit damit zugebracht hatte, mich zu fragen, was zum Henker ich zu ihm sagen wollte. (Und mit Fantasien darüber, ihn zu küssen. Ja, den Teil vergaß ich nicht.)

„Ich komme!" Ich entledigte mich meines Anzugs und meines Hemdes, dann schlüpfte ich in meine Jeans. Als ich unten in der Küche ankam, waren alle anderen schon versammelt, öffneten Pizzaschachteln, teilten Knoblauchbrot und Pizzastücke untereinander auf und füllten Krautsalat in Schälchen.

Justin grinste, als er mich sah. „Deine ist die Pizza Hawaii, richtig?" Er erschauderte übertrieben. „Ananas auf Pizza."

Mick stupste ihn mit dem Ellenbogen an. „Du warst doch derjenige, der all diese Käse/Ananas/Cocktailwürstchen-Spießdinger verschlungen hat, die es auf Moz' Geburtstagsparty gab." Seine Augen funkelten.

Justin blinzelte. „Ja, nun, ich wollte nur höflich sein."

Mick schnaubte. „Höflich wäre es gewesen, eins oder zwei davon zu essen. Wenn ich mich recht erinnere, hast du sie fast alle aufgegessen."

Ich hielt mich einfach zurück und genoss die Show.

Justin klappte der Mund auf. „Aber ... das hier ist Pizza!", sagte er, als würde das alles erklären. „Das ist einfach ... schräg."

Moz lachte. „Sagt derjenige, der Anchovis auf seiner Pizza mag." Er imitierte Justins Schaudern perfekt, und die anderen lachten.

Niall schenkte sich ein Glas Cola ein. „Sonst noch jemand, der kein Bier will?" Er verdrehte die Augen. „Und ich habe nicht *dich* gefragt", wandte er sich an Justin. Darüber wurde noch mehr gelacht.

Als alle ihr Essen hatten, gingen wir in das Wohnzimmer nebenan, und Niall schaltete den Fernseher ein. Rasch schnappte Mick sich die Fernbedienung. „Nein, wir gucken jetzt nicht diese Dating-Show", sagte er inbrünstig, aber mit einem Augenzwinkern. „Wenn du das sehen willst, geh woanders hin."

„Geht heute Abend irgendjemand raus?", fragte Justin zwischen zwei Bissen.

Moz schüttelte den Kopf. „Ich bin erledigt."

„Wie kannst du erledigt sein?", rief Justin aus. „Alles, was du tust, ist den ganzen Tag hinter einem Tresen zu stehen und gelangweilt auszusehen." Er grinste. „Oh, abgesehen von den Zeiten, wenn jemand ein paar Ohrringe für zehn Mäuse aus dem Schaufenster sehen will."

Moz prustete Cola über seine Pizza. „Zehn Mäuse? Wie ich sehe, ist es schon Ewigkeiten her, dass du für eine Freundin Ohrringe gekauft hast."

„Ja, nun, normalerweise sind es die Mädchen, die mir Sachen kaufen." Justin warf sich in die Brust.

„Glauben die vielleicht, der einzige Weg, dich loszuwerden, ist Bestechung?", fragte Mick unschuldig.

„Zumindest gehe ich überhaupt auf Dates", gab Justin gutmütig zurück. „Das Einzige, was du voller Sehnsucht ansiehst, ist die neueste technische Spielerei."

„Na und?" Niall lachte. „Inzwischen gibt es technische Spielereien für alle möglichen... *Bedürfnisse.*" Seine Mundwinkel zuckten. „Vielleicht hat Mick ja die richtige Idee. Ein technisches Gerät muss man nicht zum Essen ausführen oder mit ihm tanzen gehen. Sie wollen keine Geschenke. Sie brauchen nur ein bisschen ... Saft, und vielleicht muss man sie ab und zu saubermachen, fertig."

(Okay, ihr wollt *nicht* wissen, wohin meine Gedanken wanderten.)

Wie es aussah, hatten Mick und Niall denselben Humor. „Ja, manche sind sogar wasserfest." Er wackelt mit den Augenbrauen.

Dieses Mal prustete ich Cola auf mein Essen.

Justin sah mich, Mick und Niall an. „Da denkt man, man würde gewisse Menschen kennen und dann..." Als Mick in Gelächter ausbrach, gefolgt von Niall, wirkte Justin erleichtert. „Einen Moment lang bin ich auf euch reingefallen."

Schließlich wandten wir uns der ernsthaften Aufgabe der Nahrungsaufnahme zu, und Mick fand einen Film, den wir beim Essen schauen konnten.

Ich muss zugeben, es war wirklich ein Glücksfall gewesen, hier einziehen zu können. Wie ich schon sagte, verstehen wir uns alle wirklich gut. Der größte Altersunterschied zwischen uns liegt bei fünf Jahren. Moz ist mit fünfundzwanzig der Jüngste, und Mick ist der Älteste – er ist dreißig und hat einen beruhigenden Einfluss auf die anderen. Er redet nicht viel über sich selbst, aber er hat einen guten Sinn für Humor (wie ihr schon sehen konntet) und bewahrt in Krisensituationen einen klaren Kopf. Wie zum Beispiel, als mitten im Winter der Boiler ausfiel. Justin, obwohl er schon achtundzwanzig war, war hilflos durchs Haus gelaufen wie ein geköpftes Huhn, aber Mick hat in aller Ruhe die Sache in Ordnung gebracht.

Und nun sah es ganz so aus, als hätte ich einen Vertrauten unter meinen Hausgenossen gefunden.

Als hätte er meine Gedanken gelesen, warf Niall mir einen Blick zu. Mit den Lippen formte er stumm: *Okay?*, und ich nickte ihm zu. Sein kurzes, bestätigendes Lächeln gab mir ein gutes Gefühl. Jetzt musste ich mir nur noch überlegen, was ich anziehen sollte. Ich meine, was *zieht* man denn an, wenn man mit einem schwulen Mann verabredet ist?

(Ja, ich kann euch hören. „Kleidung!" Das ist nicht hilfreich.)

Ich nahm mir vor, am Samstag gründlich meinen Kleiderschrank durchzugehen, und falls ich nichts fand, das Daniel umhauen würde, dann würde ich shoppen gehen und etwas finden. Erst später an diesem Abend dachte ich noch einmal darüber nach. *Daniel umhauen?* Wir würden DVDs gucken und etwas vom Lieferservice essen. Wieso war es plötzlich wichtig, ihn zu beeindrucken? Außerdem fand er mich doch bereits schnuckelig, oder? Das musste für den Anfang ja wohl reichen.

Habe ich mir schon immer so viel den Kopf zerbrochen vor einem Date? Okay, ich bin nicht gerade ein Gammler, aber auch kein Fashion-Model. Dann dämmerte es mir. So wie Daniel aussah, hätte er gut und gerne ein Model sein können. Vielleicht hatte ich das Gefühl, äußerlich unzureichend zu sein? (Hängendes Haar, großes Kinn, Lippen wie ein Mädchen und so weiter. Ihr erinnert euch, ja?)

Oh Gott. Und jetzt dachte ich wieder daran, ihn zu küssen. Zusammengekuschelt auf einer Couch zu sitzen. Unsere Blicke würden einander über dem Tiramisu begegnen und–

Tiramisu?

Ich musste mich verdammt noch mal zusammenreißen. Es war doch nur ein Date. Und soweit ich wusste, würde es auch nur eine einmalige Sache bleiben. Vielleicht würde

ich den Abend mit Daniel verbringen und beschließen, dass ich genug hatte.

Aber was, wenn ...?

Ja. Es war das *Was, wenn*, das mir Schmetterlinge im Bauch machte.

Kapitel 4

#love wins
love is love

9. Juni 2018

Es war etwa 6:45 Uhr, als ich Daniels Wohnung erreichte. Er hatte nicht untertrieben – der Fußweg vom Bahnhof hatte buchstäblich zwei Minuten gedauert. Das Gebäude wirkte ziemlich neu, mit drei Stockwerken und großen Dachfenstern. Es gab mehrere Eingangstüren, weshalb ich die mit Daniels Wohnungsnummer erst suchen musste. Sie war ganz am Ende des Blocks.

An der Tür hielt ich inne und starrte die Sprechanlage an. Ich wollte ihn nicht wissen lassen, dass ich bereits da war. Ein wenig zu spät zu kommen, war eine Sache – zu früh da zu sein, eine ganz andere. Er hatte zusammen mit seiner Adresse auch die Karte des Lieferservices geschickt, sodass mein Essen wahrscheinlich schon auf mich warten würde. *Ich darf nicht zu eifrig wirken, oder?*

„Jetzt ist es ein wenig spät, um es sich noch anders zu überlegen."

Ich fuhr fast aus der Haut. Daniel stand hinter mir, eine große, braune Papiertüte mit Henkel in der Hand. Er lächelte.

Und Scheiße, er sah gut aus! Er trug eine enge Jeans, die wie aufgemalt wirkte, schwarze Sportschuhe und einen hellblauen Hoodie. Keine Spur von Make-up dieses Mal,

aber das brauchte er auch nicht – sein Gesicht war immer noch umwerfend hübsch.

„Ich hasse es, zu früh zu kommen", erwiderte ich erklärend. Dann schnupperte ich. „Oh, wow. Das riecht wundervoll."

„Ich hab's gerade geholt. Ich dachte, ich hätte noch genug Zeit, wieder hier zu sein, bevor du eintriffst", sagte Daniel lachend. „Wahrscheinlich hätte ich aber wissen müssen, wann der Zug aus Reading hier ankommt." Er griff in seine Hosentasche und holte einen Schlüsselbund heraus, dann hielt er inne. „Also ... willst du hier unten warten, bis es sieben ist, oder kommst du jetzt schon mit mir hinein?"

Ich verdrehte die Augen. „Oh, ich weiß nicht. Lass mich kurz nachdenken."

Er lachte. „Okay, während du darüber nachdenkst, gehe ich schon mal nach oben und esse all den Knoblauch und die Rosmarin-Focaccia." Ich glaube, an dieser Stelle habe ich gewimmert, denn er schüttelte den Kopf und murmelte: „Du bist wirklich schnuckelig."

Daniel öffnete die Tür, und ich folgte ihm hinein. Wie sich herausstellte, befand sich seine Wohnung im obersten Stock, ganz am Ende des Gebäudes.

„Ich wollte nur das Essen abholen und mich dann fertig machen", sagte er, als wir die Treppe hinaufgingen.

„Du meinst, du bist noch nicht fertig? Fast wäre ich darauf reingefallen." Und damit wollte ich nicht nur höflich sein.

Er drehte den Kopf zu mir und sah mich an. „Du bist wirklich gut für mein Ego." Wir erreichten sein Stockwerk, und er steckte den Schlüssel ins Schloss. „Die Wohnung ist nicht besonders groß", sagte er, als er die Tür aufdrückte.

Ich lachte. „Glaub mir, du hast garantiert mehr Platz als ich. Ich habe nur ein Zimmer, und selbst das ist so klein wie ein Schuhkarton." Wir kamen in einen Korridor, von dem fünf Türen abgingen.

Daniel gestikulierte zur ersten Tür an der linken Seite. „Zuerst das wichtigste. Das ist das Bad. Nur dass es keine Badewanne hat." Er verstummte und musterte mich einen Moment lang. „Du siehst gut aus."

Ich machte eine wegwerfende Handbewegung, so als würde ich jeden Tag fünf Stunden damit verbringen zu entscheiden, was ich anziehen soll, und dann noch eine Stunde vor dem Badezimmerspiegel bei dem Versuch, meine Haare weniger lappig und mehr gewollt-so-gestylt aussehen zu lassen. Am Ende hatte ich mich für meine Jeans ohne die trendig aufgerissenen Knie und eine schlichte schwarze Jacke entschieden. Nicht so schick, aber ordentlich und einfach.

„Ich bin froh, dass du gekommen bist", sagte Daniel leise. Dann biss er sich auf die Unterlippe. „Würdest du es zu aufdringlich finden, wenn ich dir einen Kuss auf die Wange gäbe?"

Oh Gott. Mein Herzschlag beschleunigte sich ein wenig. „Kommt drauf an. Begrüßt du all deine Gäste auf diese Weise?"

Er kicherte. „So ziemlich."

Mein Puls raste, als ich ihm meine Wange hinhielt. „Dann mach nur." Ich hielt den Atem an, als er näher kam und seine Lippen sanft meine Haut berührten.

Dann trat er einen Schritt zurück, und seine Augen funkelten. „Du kannst jetzt weiteratmen." Ja, da war wieder dieser belustigte Tonfall.

Ich atmete aus, und mir wurde bewusst, dass ich ein wenig zitterte.

Daniel zögerte, so als wollte er etwas sagen. Aber dann ging er zur zweiten Tür an der linken Seite. „Lass mich das Essen auftischen. Das Wohnzimmer ist die Tür geradeaus; darin ist auch der Esstisch. Ich brauche ein

paar Minuten mit dem Essen, also sieh dich in der Zwischenzeit ruhig hier um." Er wandte sich lächelnd zu mir. „Was wahrscheinlich insgesamt zehn Sekunden in Anspruch nehmen wird." Dann verschwand er in der Küche.

Ich nahm mir einen Moment, um meinen Herzschlag zu beruhigen. *Es war nur ein Kuss auf die Wange, um Himmels willen.* Ich ging zu der Tür am Ende des Korridors und drückte sie auf. Das Wohnzimmer nahm eine Ecke der Wohnung ein, mit Dachfenstern zu beiden Seiten. Es war ein ordentlicher, aufgeräumter Raum, mit einem Ecksofa, einem niedrigen Couchtisch davor, einem Tisch mit vier Stühlen, einem Schreibtisch unter einem der Fenster und einem schräg gestellten Fernsehtisch in der anderen Ecke. Der Holzfußboden sah nach Eiche aus.

Ich zog meine Jacke aus und legte sie über die Lehne eines der Stühle. Der Raum wirkte sehr gemütlich. Ich wollte den Rest der Wohnung sehen, aber da nur noch zwei Zimmer übrig waren, von denen eins das Schlafzimmer sein musste, entschied ich mich dagegen. Mir sein Schlafzimmer anzusehen, fühlte sich nicht richtig an, beinahe als wollte ich es für später schonmal auschecken.

Und was, wenn wir später dort landen?

Okay, das war nicht wirklich ich. Sicher, ich hatte schonmal bei einem ersten Date gefickt, aber ich hatte auch schon viele Dates gehabt, die mit einem Kuss auf der Wange und einem „Danke für den wunderbaren Abend" geendet hatten. Und der Gedanke, eventuell in Daniels Bett zu landen, machte mich so nervös. Ja. Das war überhaupt nicht ich.

Es ist nur Sex, richtig? Ich meine, wie schwer kann das schon sein? Ich weiß, welcher Teil wohin gehört, oder etwa nicht? Und das Gefühl seiner Lippen auf meiner Wange ...

„Bist du schon fertig mit deiner Besichtigung?", fragte Daniel von der Tür her. In seiner Hand hält er eine längliche Schale, gefüllt mit der duftenden Focaccia.

„Die Schlafzimmer habe ich ausgelassen."

Er lachte. „Schon gut. Ich habe aufgeräumt, bevor du gekommen bist." Seine Augen funkelten. „Alles, wovor die Pferde scheuen könnten, ist sicher untergebracht und außer Sicht."

Ich hob die Augenbrauen. „Da bin ich aber platt."

Er lachte und stellte die Servierschale auf den Tisch. „Da es Hühnchen und Pilze gibt, dachte ich, eine Flasche Weißwein wäre gut dazu. Vorausgesetzt, du trinkst Wein."

„Ich trinke alles." Dann erstarrte ich, als mir bewusst wurde, wie sich das anhörte. „Na ja, ich meine, ich mag Wein, und–"

„Alles klar, ich weiß, was du meinst."

Erst in diesem Moment fiel mir auf, dass er den Hoodie ausgezogen hatte. Daniel trug ein hellrosa Top mit tiefem Halsausschnitt und kaum vorhandenen Ärmeln, die sich eng um seine wohldefinierten Oberarme spannten. Das Top klebte geradezu an seinem Körper, bei näherer Betrachtung auch an seinen Nippeln, die so fest gegen den Stoff drückten, dass ich sehen konnte, dass sie gepierct waren.

Okay. Bei mir war nichts gepierct. Auch nicht tätowiert. Was daran liegen könnte, dass ich kein großer Fan von Nadeln bin. Genauer gesagt, überhaupt kein Fan. Einmal bin ich beim Blutspenden ohnmächtig geworden, weil ich hingesehen habe, als die Schwester sagte, ich sollte lieber nicht hinsehen.

„Willst du sie sehen?"

Oh Gott. Ich hatte seine Nippel angestarrt.

Ich hustete laut und tat mein Bestes, um nicht zu sagen: ja, bitte. Denn auch wenn ich selbst nicht das geringste

Bedürfnis hatte, meinen Körper zu verstümmeln, so war ich doch nicht abgeneigt, mir die Bodyart von jemand anderem anzuschauen. Und ich hätte wirklich gern gesehen, wie die Piercings aussahen.

„Ich war gerade irgendwie ganz woanders", sagte ich rasch, sobald ich mit dem Husten fertig war.

„Mh-hm." Daniels Lippen zuckten. „Okay, setz dich. Das Essen kommt sofort." Dann ließ er mich wieder allein.

Ich zog einen Stuhl heraus und setzte mich. Mein Herz klopfte heftig, während ich versuchte, nicht daran zu denken, was für einen Eindruck ich machte. Ich nahm ein Stück Focaccia und schnupperte an der Knoblauch-Herrlichkeit.

Scheiße. Knoblauch. Tja, Mist. Damit war Daniel zu küssen aus dem Spiel. Es sei denn, er aß ebenfalls Knoblauch. *Dann geht es, oder?*

Na toll. Ich fluchte innerlich, dass ich keine Zahnbürste und etwas minzige Zahncreme mitgenommen hatte.

Daniel kehrte mit zwei Tellern zurück, und das Aroma war göttlich. Er stellte sie auf den Tisch, dann ging er, um den Wein zu holen. Als er sich schließlich setzte und den Wein einschenkte, hatte sich mein Herzschlag normalisiert.

Er hob sein Glas. „Auf unser erstes Date."

Ich wusste nicht, wie ich antworten sollte, denn auf gewisse Weise wollte ich unbedingt wissen, ob es ein zweites Date geben würde. Aber ich wagte nicht zu fragen. Stattdessen hob ich mein Glas und stieß mit ihm an, und dann begannen wir zu essen.

Daniel hatte recht mit dem Essen. Es war extrem gut. Meine Fettuccine in Champignonsoße waren köstlich, und sein Hähnchenfilet in cremiger Zitronensoße ließ mir das Wasser im Mund zusammenlaufen. Offensichtlich bemerkte er mein Sabbern, denn er schnitt ein Stück von

dem Hähnchen ab, tunkte es in die Soße und hielt mir die Gabel hin.

„Kleine Kostprobe?"

Als ob ich dazu nein sagen würde.

Er schob den Bissen in meinen Mund, wo ich die Gabel ein wenig länger festhielt, als nötig gewesen wäre. (Okay, ja, ich flirtete also. Na und? Ich war schließlich auf einem Date.) Daniel riss leicht die Augen auf, und sein Mund öffnete sich.

Ein Punkt für mich fürs erfolgreiche Flirten.

„Also, erzähl mir ein bisschen von den Jungs, mit denen du dir das Haus teilst." Er grinste. „Als du das erwähntest, hatte ich Bilder von dieser Comedy-Serie aus den Achtzigern im Kopf, die sie ab und zu wiederholen, weißt du? Vier Jungs, die Sachen in die Luft jagen, Zeugs in ihrem Kühlschrank züchten, permanentes Chaos..."

Ich lachte. Ich hatte sie noch nie gesehen, konnte es mir aber lebhaft vorstellen. „In unserem Kühlschrank würde nichts wagen zu wachsen. Niall würde alles zu Tode bleichen."

„Ist Niall ein Ordnungsfreak?"

„Er ist Bäcker", erklärte ich. „Und wir sind ein bisschen zu alt, um Studenten zu sein. Auch wenn Justin sich immer noch wie einer benimmt." Ich erzählte ihm von meinen Mitbewohnern, ihren Angewohnheiten und worüber wir zusammen lachten.

„Lass uns das Thema wechseln", sagte er nach einer Weile.

„Worüber würdest du gerne reden?"

„Über dich." Daniel füllte unsere Gläser auf.

Sofort schlug mein Herz wieder schneller. „Was würdest du gerne wissen?"

Er warf mir einen verlegenen Blick zu, der hinreißend war. „Wie alt du bist? Weil, du hast so etwas Jungenhaftes an dir, und ich kann dein Alter irgendwie nur schwer einschätzen. Du könntest achtzehn, was weiß ich?"

„Oh, und du sagst, ich wäre gut für *dein* Ego?" Ich lächelte. „Ich bin sechsundzwanzig." Ich sah ihn erwartungsvoll an.

„Siebenundzwanzig. Und du bist Single."

Mir wurde die Kehle ein wenig eng, und ich nahm einen Schluck Wein, um sie zu ölen. „Ja." Ich wollte nicht über mich sprechen. „Gibt es noch Nachtisch? Ich glaube, du hast nichts davon gesagt."

Daniel lachte, und ich hatte den starken Verdacht, dass er mich komplett durchschaute. „Ich habe Himbeerkäsekuchen im Kühlschrank, und Vanilleeis."

Ich konnte es mir nicht verkneifen. „Kein Tiramisu?"

Er hob die Brauen. „Sie machen kein Tiramisu bei Mio Fiore. Jedenfalls haben sie es nicht auf der Karte für den Lieferservice."

„Klingt gut. Kein Problem." Er stand vom Tisch auf, um den Nachtisch zu holen. Ich nutzte seine Abwesenheit, um einmal tief durchzuatmen. Mit ihm über einem Mundvoll Hähnchenfilet zu flirten, war eine Sache. Fragen zu beantworten, die mehr enthüllen mochten, als ich bereit war zu enthüllen, war etwas ganz anderes.

Ich tue hier nichts Falsches, erinnerte ich mich selbst. *Es ist nur ein Abendessen und eine DVD.* Warum also drehte sich mir derartig der Magen um? Daniel war ein netter Kerl. Er war witzig, intelligent und gut aussehend. Was machte es also, wenn er schwul war? Das bedeutete ja nicht, dass zwischen uns irgendetwas passieren musste, oder?

Ja. Aus irgendeinem Grund hatte mein Gehirn den Sinn und Zweck eines Dates vergessen.

Daniel kehrte mit dem Nachtisch zurück, und der Rest des Abendessens verlief ohne Zwischenfall. Als wir fertig waren, sammelte Daniel das Geschirr ein und brachte es in die Küche. Dann kam er zurück ins Wohnzimmer, nahm die halb leere Weinflasche und deutete zum Sofa. „Bereit für unseren Film?"

Für einen Film? Sicher. Für irgendetwas anderes? Ich hatte keine Ahnung.

Ich setzte mich in die Mitte des Sofas, während Daniel die DVD nahm und in den Player steckte. Dann kam er zum Sofa und sah zu mir herab. „Du kannst dich auch dort hinsetzen, wenn du möchtest", sagte er und deutete auf das Liegeende des Ecksofas. „Mach es dir bequem."

Das könnte ich tun.

Ich rutschte mit meinem Hintern hinüber, dann lehnte ich mich gemütlich zurück. Daniel setzte sich neben mich, richtete die Fernbedienung auf den Fernseher und ließ sich in die Polster an der anderen Seite der Couch fallen.

Ich will ehrlich zu euch sein. Ich kann mich an nichts erinnern, das in den ersten zehn Minuten des Films passiert ist. Ich war viel zu sehr damit beschäftigt, mich zu fragen, was als Nächstes in Daniels Wohnzimmer passieren würde. Aber nach und nach hörte der Hamster in meinem Kopf auf, sich in seinem kleinen Rad zu drehen, und mein Herz beschloss, seinen normalen Rhythmus wieder aufzunehmen.

Schließlich konnte ich mich genug entspannen, um den Film zu genießen.

Und Daniel hatte auch noch mit einer anderen Sache recht – es war ein großartiger Film. Er war witzig, besonders die Teile, wo der Held, Hicks, hinterlistige Tricks benutzte, um den Drachen ohne Gewalt für sich zu gewinnen. Die Idee, dass jemand einen Drachen kitzelte, um ihn gefügig zu machen, ließ mich laut auflachen, und Daniel lachte mit. Ich glaube, ich habe den ganzen Film über gegrinst, außer in dem Moment, als Hicks fiel. Ohne nachzudenken, packte ich das Nächstbeste, um mich festzuhalten – was sich als Daniels Schenkel entpuppte. Kaum hatten meine Finger den festen Muskel berührt, da zog ich sie hastig

wieder weg, ganz verlegen.

Daniel lachte. „Nichts passiert. Warte nur, bis wir uns einen Horrorfilm ansehen. Da werde ich mich die ganze Zeit an dich klammern. Ich bin ein echtes Weichei, was Horrorfilme angeht." Dann wandte er sich wieder dem Fernseher zu und schaute weiter den Film.

Die beiläufige Bemerkung verriet mir zwei Dinge. Daniel hatte vor, mehr als nur ein Date mit mir zu haben, und wie es sich anhörte, würde beim nächsten Mal Anfassen dazugehören.

Trotz meiner Nervosität von vorhin hatte ich weder mit dem einen noch dem anderen ein Problem. Der Filmabend hatte sich als nichts weiter entpuppt als eben ein Filmabend, und das machte mir nicht das Geringste aus. Ich fühlte mich wohl, entspannt und hatte Spaß. Ich hatte eine halbe Flasche Weißwein getrunken, was bedeutete, dass ich nicht betrunken war, aber angenehm beschwipst.

Schließlich lief der Abspann, und ich seufzte glücklich. „Das war toll."

„Naja, wir haben noch Drachenzähmen leicht gemacht zwei, wenn du Lust hast."

Ich überlegte kurz. Es war fast 8:30 Uhr. Der letzte Zug fuhr um 23:38 Uhr. Es blieb also noch genug Zeit für einen zweiten Film.

Falls ich noch bleiben wollte.

„Ich könnte schon", begann ich, aber bevor ich weiter sprechen konnte, legte Daniel mir einen Finger auf die Lippen.

„Wirst du mich aufhalten, wenn ich versuche, dich zu küssen?" Er sah mir in die Augen. „Denn Gott weiß, das will ich schon den ganzen Abend."

Ich starrte auf seine Lippen, die so rosig und weich aussahen. Verdammt, ich wusste, dass sie weich waren. Mein Herz raste erneut, mein Blut pulsierte in meinen

Ohren, und ich zitterte. Nicht aus Angst oder Unsicherheit.

Vor Verlangen.

„Dann küss mich", flüsterte ich und schluckte heftig.

Daniel wandte sich zu mir und legte eine Hand in meinem Nacken, um mich für einen zärtlichen Kuss an sich zu ziehen. Keine Zunge, nur Lippen, und *verdammt*, es fühlte sich fantastisch an. Mir wurde am ganzen Körper warm, und es war, als würde jeder noch so kleinste Klang verstärkt, vom leisen Summen des DVD-Players bis zum Ticken der Wanduhr, die die dahin gehenden Sekunden zählte. Meine Hand war an seinem Hals und streichelte ihn dort. Ich erzitterte erneut, dieses Mal vor Lust.

Dann beendete er den Kuss und lehnte sich zurück. Seine Augen leuchteten, und er atmete schnell. „Wow."

Ich schluckte erneut. „Ist das ein gutes Wow oder ein schlechtes Wow?"

Daniel lächelte. „Es war ein ,Wenn es sich so anfühlt, dich zu küssen, kann ich es nicht erwarten, dich ins Bett zu bekommen'-Wow."

Oh mein Gott. Er hatte das B-Wort gesagt.

Ich rang um Atem und brachte nur ein einziges Wort heraus. Eigentlich wollte ich wow sagen, aber das war es nicht, was herauskam.

„Boah."

Kapitel 5

#loveWins
love is love

Ich machte mir selbst etwas vor, oder?

All das Gerede darüber, offen zu sein für ein Date mit einem Mann, die Gedanken daran, Daniel zu küssen, das Flirten... aber wenn es darauf ankam, zitterte ich wie Espenlaub.

Dabei hatte er nichts weiter getan, als mich zu küssen.

„Lee. *Lee.*"

Ich blinzelte, und dann war ich zurück in Daniels Wohnung. Daniel neben mir auf dem Sofa, und er sah mich an mit–

Wärme. Einem Hauch Verwirrung. Und dann ... Begreifen.

Ich nahm einen tiefen Atemzug. „Tut mir leid."

Daniel rückte von mir ab, nicht viel, aber das Zeichen war unmissverständlich.

Er hat es sich anders überlegt. Er will mich nicht mehr sehen. Ich habe es vermasselt.

Wie sehr ich mich auch darüber ärgerte, dass ich so reagiert hatte, eines war mir plötzlich mehr als klar: Ich wollte es nicht vermasseln!

„Möchtest du mir vielleicht irgendetwas mitteilen?" Daniel sah mich fragend an. Als ich nichts sagte, nickte er nur langsam, der Blick seiner Augen immer noch warm. „Okay. Dann werde *ich* es sagen, okay? Als du gesagt hast,

dass du noch nie zuvor mit einem Mann ausgegangen bist,

dachte ich, du meinst, dass du erst seit kurzem out bist oder gerade erst herausgefunden hast, dass du schwul bist, aber ... das ist es gar nicht, richtig?" Er sah mir fest in die Augen.

Ich könnte nichts weiter tun, als den Kopf zu schütteln.

„Du bist hetero." Es war keine Frage, also gab ich auch keine Antwort. Daniel nickte, als hätte er das erwartet. „Kann ich dich etwas fragen? Wieso hast du ja gesagt, als ich dich um ein Date gebeten habe? Bin ich für dich so etwas wie ... ein Experiment?"

Ach, Mist.

Bevor ich antworten konnte, stieß er einen langen Atemzug aus. „Es gibt da etwas, das du über mich wissen solltest. Für gewöhnlich laufe ich nicht herum und bitte vollkommen Fremde, die mir im Zug begegnen, um ein Date. Um genau zu sein, habe ich das noch nie getan – bis ich dir begegnet bin." Seine dunkelbraunen Augen hielten meinen Blick. „Und selbst jetzt bin ich nicht ganz sicher, wieso ich das getan habe."

„Da war *etwas*, oder?", platzte ich heraus. „Zumindest war da etwas für mich. Als wir einander die Hände geschüttelt haben. Und so wie du mich angesehen hast."

„Das hat dir gefallen."

Ich nickte. „Niemand hat mich je... Ich meine, ich habe nie auch nur darüber nachgedacht..." Ich fand nicht die richtigen Worte.

Daniel streckte seine Hand nach mir aus, als wollte er meine Wange streicheln, aber dann riss er sich in letzter Sekunde zusammen und zog seine Hand wieder zurück. „Ich werde nicht dein kleines sexuelles Experiment sein, Lee", sagte er leise.

„Das ist auch nicht, was ich will, ganz ehrlich", sagte ich hastig. Nur war ich nicht sicher, was ich überhaupt wollte.

Daniel betrachtete mich nachdenklich. „Okay. Dann werden wir Folgendes tun. Ich werde dieses Date jetzt beenden."

Mir drehte sich der Magen um. „Okay".

Er sah mich immer noch an. „Du wirst jetzt nach Hause gehen. Aber du kannst zurückkommen."

Ich erstarrte. *Was?*

Daniels Atem beschleunigte sich. „Aber nur, wenn du ernsthaft da weiter machen willst, wo wir aufgehört haben, und nur, nachdem du wirklich darüber nachgedacht hast."

Ich verstand es nicht. Dann bemerkte ich, dass er zitterte, und mein Herz schlug heftig.

„Ich dachte, du könntest jemand Besonderes sein", fügte er schließlich hinzu. „Es hat sich im Zug so angefüllt."

Scheiße, mein Herz schlug so wahnsinnig schnell. *Ich fühle dasselbe!*, wollte ich schreien. Aber Daniel war noch nicht fertig.

„Und falls du dich entscheiden solltest, die Sache weiterzuverfolgen – mit allem, was dazugehört – wenn du das wirklich willst, dann komm zurück."

Ich wusste, wovon er redete. Von mehr Dates. Sex. Daniel legte er einfach seine Karten auf den Tisch, damit ich von Anfang an Bescheid wusste.

Damit ich wusste, worauf ich mich einließ – *falls* ich zurückkommen sollte.

„Okay", sagte ich mit so fester Stimme, wie ich konnte. „Aber..." Ich schluckte. „Es war nie meine Absicht, dich an der Nase herumzuführen."

Daniels Lächeln war beruhigender als seine Worte. „Ich weiß. Und ich bin nicht die Sorte Mann für One-Night-Stands. Ich mache so etwas eigentlich nicht. Nur wenn etwas an der Person zu mir spricht." Er schaute mir tief in die Augen. „So wie es bei dir war." Dann stand er auf und

ging zu dem Stuhl, wo ich meine Jacke gelassen hatte. „Ich danke dir für den wunderbaren Abend", sagte er und

reichte mir meine Jacke.

„Ich sollte *dir* danken. Das Essen und der Film waren toll." Der Kuss war auch ziemlich großartig gewesen. Als ich meine Jacke nahm, berührten sich unsere Hände, und ich erschauerte. „Daniel, ich–"

Zum zweiten Mal an diesem Abend hob er die Hand und stoppte meine Worte. „Bitte nicht."

Ich nickte, und er nahm langsam seine Finger von meinen Lippen. Dann brachte er mich zur Tür und öffnete sie. „Schreibst du mir eine Nachricht, wenn du zuhause bist? Damit ich weiß, dass du sicher angekommen bist?"

Gott, es war so süß von ihm, das zu sagen.

„Das mache ich."

„Und... du kannst mir jederzeit Nachrichten schreiben. Oder mich anrufen, wenn du willst. Was auch immer. Aber komm nicht hierher zurück, wenn du es nicht wirklich ernst meinst."

Impulsiv beugte ich mich nach vorn und küsste ihn auf die Wange. „Danke", flüsterte ich, bevor ich auf den Treppenabsatz hinaustrat. Ich drehte mich nicht noch einmal um, als ich mit klopfendem Herzen die Treppe hinunterging.

Ich musste einen Zug erwischen, und hatte viel nachzudenken.

Der Sonntag verging wie im Nebel. Ich erinnere mich nicht mehr an viel. Immer wieder wanderten meine Gedanken zu Daniel – der Kuss, seine Worte, seine Hand an meinem Hals, die Art, wie er mich angesehen hatte. Immer wieder erinnerte ich mich an den verletzten Blick in seinen Augen, als er mich fragte, ob er nur ein Experiment wäre.

Ja. Das hatte weh getan. Denn ich konnte verstehen, wieso er das gedacht hatte.

Ich muss wohl abgelenkt gewirkt haben, denn die anderen machten einen großen Bogen um mich. Niall war weiß Gott wohin unterwegs. Justin war in seinem Zimmer und hörte die meiste Zeit des Tages laute Musik. Und Moz hing auf der Couch ab und sah fern. Mick war nirgends zu sehen, und ich vermutete, dass er sich oben in seinem Zimmer versteckte.

Ich bereitete meine Kleidung für die kommende Arbeitswoche vor, aber das konnte ich praktisch mit geschlossenen Augen. Als der Abend dämmerte, saß ich gedankenverloren auf meinem Bett.

Was wäre so schlimm daran, mit Daniel zusammen zu sein?

Nun, es gab eine offensichtliche Antwort, eine, die dafür sorgte, dass ich mich selbst nicht besonders gut leiden konnte. *Was würden die Leute sagen?* Und mit *Leute* meinte ich meine Mitbewohner und meine Eltern. Es war mir scheißegal, was der Idiotenhaufen auf der Arbeit von mir dachte, denn es ging sie einen feuchten Dreck an, mit wem ich ausging. Aber meine Mitbewohner... ihnen würde ich es sagen müssen. Ich wusste bereits, dass Niall mich unterstützen würde. Das war Nummer eins. Blieben noch die drei anderen.

Hör dich nur an. Du redest schon, als wäre alles entschieden, und du müsstest nur noch überlegen, wie du den anderen sagst, dass du schwul bist.

Aber genau das war das Problem. Ich dachte nicht, dass ich schwul war. Ich *fühlte* mich nicht schwul.

Scheiße verwirrt, so fühlte ich mich.

Ein leises Klopfen an meiner Tür riss mich zurück in die Gegenwart. „Komm rein." Ich sah mich kurz in meinem Zimmer um. Es war Gott sei Dank aufgeräumt.

(Hey, ich wollte nicht, dass die anderen mich für ein Ferkel hielten.)

Mick steckte den Kopf zur Tür herein. „Hast du mal eine Minute?"

Ich lachte. „Ich denke, ich kann dich in meinem vollen Terminkalender unterbringen."

Er kam ins Zimmer und schloss die Tür hinter sich. Einen Moment lang stand er nur da und sah sich verlegen um. Es gab nur einen Stuhl, und auf den würde ich mich sicher nicht setzen. Das verdammte Ding war nur dazu zu gebrauchen, Wäsche darauf abzulegen. Ich deutete auf das Fußende des Bettes. „Du kannst dich hier parken."

Mick setzte sich und lehnte sich an das hölzerne Fußteil. „Du warst heute ungewöhnlich still. Ich mache mir Sorgen."

Ich starrte ihn an. „Nur, weil ich still war?

„Eigentlich mehr wegen dem, was ich bei dem Gespräch zwischen dir und Niall am Freitag gehört habe, nachdem du von der Arbeit gekommen warst."

Ich saß sehr still da. „Du hast uns belauscht?"

„Das Wohnzimmerfenster war offen. Genau wie das Küchenfenster." Er zuckte die Achseln. „Was soll ich sagen? Eure Stimmen waren zu hören. Und ja, ich hätte auf mein Zimmer gehen und dort arbeiten können. Aber als ihr angefangen hattet zu reden, wollte ich den Rest hören."

„Warum?", fragte ich. Ich hatte Mick immer gemocht. Er war ein anständiger, zuverlässiger Kerl, aber das hier ...

Mick antwortete nicht, sondern holte sein Handy heraus. Er scrollte ein bisschen, dann gab er es mir. Ich nahm es und betrachtete ein Foto von ihm und einem anderen Mann.

Was mich überraschte, war, dass der andere Mann seinen Arm um Mick gelegt hatte. Und ich hatte Mick noch nie so ... glücklich gesehen. Dann sah ich genauer hin. Der andere Kerl sah *hübsch* aus.

Okay, er erinnerte mich an Daniel.

Ich zählte zwei und zwei zusammen. „Du bist schwul?" Er hatte nie ein Wort darüber fallen lassen.

Zu meiner Überraschung schüttelte Mick den Kopf.

Ich lehnte mich zurück in die Kissen. „Du machst mir Kopfschmerzen. Das ergibt alles keinen Sinn. Du gehst nicht aus. Du triffst dich mit niemandem. Du bist entweder auf der Arbeit im

Krankenhaus, oder du bist hier. Wie kannst du einen festen Freund haben?"

„Du weißt doch, dass ich alle drei Monate zu diesen IT-Management-Kursen geschickt werde?" Micks Augen funkelten. „Es gibt sie gar nicht. Na ja, es gibt sie schon, aber ich bin seit Ewigkeiten mehr zu keinem Kurs gefahren."

Mir klappte der Mund auf. „Stattdessen bist du ... aber ... nur alle drei Monate? Wo lebt er denn?"

„Edinburgh." Mick streckte die Hand nach seinem Telefon aus. Ich gab es ihm zurück, und er steckte es ein. „Ich sollte dir wohl besser die ganze Geschichte erzählen. Du musst sie sowieso hören, denn sie hat etwas mit deiner eigenen Situation zu tun."

Okay, jetzt war ich wirklich neugierig.

„Ich kenne ihn schon seit Jahren. Wir waren zusammen auf der Uni."

Bei dem liebevollen Ausdruck in seinen Augen musste ich lächeln. „Hast du da schon auf ihn gestanden?"

Mick lachte leise. „Nein, damals noch nicht. Ich stand nicht auf Männer. Aber ich wusste, dass er schwul war. Wir sind oft samstagabends zusammen etwas trinken gegangen. Dann habe ich ihm von meinen erfolgreichen oder katastrophalen Dates erzählt, und er hat mir von seinen erzählt. Nachdem wir die Uni verlassen hatten, blieben wir in Kontakt. Jedenfalls, etwa vor drei Jahren bin ich nach Schottland gefahren, um ihn zu sehen, und er steckte in einer miesen Phase. Er hatte gerade mit seinem Verlobten Schluss gemacht. Wir sind zusammen in die Stadt gefahren und haben uns haltlos betrunken." Er lachte erneut. „Was dann passierte, kannst du dir sicher denken."

Ich keuchte übertrieben. „Er war von seiner Trennung geknickt, und er hat dich schamlos ausgenutzt."

Mick brach in Gelächter aus. „Tut mir leid, dich enttäuschen zu müssen, aber ich war derjenige, der angefangen hat. Er zog immer wieder die Notbremse, um sich zu vergewissern, dass das, was wir taten, für mich okay war. Also nein, er hat seinen armen, betrunkenen Hetero-Freund nicht ausgenutzt."

„Was ist dann passiert?"

„Am nächsten Morgen wachte ich in seinem Bett auf, wir beide splitternackt, leere Kondompackungen auf dem Boden, und keiner von uns konnte dem anderen in die Augen sehen. Nachdem wir etwas Kaffee in uns hineingeschüttet hatten, gingen wir zum Frühstücken raus. Als wir danach wieder bei ihm zu Hause waren, haben wir lange geredet – was das Beste war, was wir hätten tun können."

„Und seitdem seid ihr zusammen?"

Mick nickte. „Aber das ist genau der Punkt, um den es mir geht. Ich stehe nicht auf Männer. Habe ich nie. Nur bei ihm. Er war die eine Person, mit der ich diese Verbindung

hatte. Es spielte keine Rolle, dass ich bis dahin ausschließlich mit Frauen geschlafen hatte." Er seufzte. „Anfangs hatte er Angst. Er dachte, ich würde zu Sinnen kommen und mich daran erinnern, dass ich hetero bin, und ihn verlassen."

„Wie heißt er?" Es fühlte sich seltsam an, mit Mick über seinen namenlosen festen Freund zu reden.

„Pete."

Eine Sache verwirrte mich vollkommen. „Wie kannst du sagen, dass du nicht schwul bist, wenn du mit ihm zusammen bist?"

„Ich denke, ich mag keine Labels. Ich führe einfach nur eine Fernbeziehung mit einem Mann."

„Einem Mann, den du bis heute noch nie erwähnt hast."

Mick hob die Brauen. „Das liegt daran, dass es niemanden außer mir etwas angeht."

„Also nicht, weil du nicht willst, dass wir wissen, dass du schwul bist?"

Er schüttelte den Kopf. „Und da sind schon wieder die Labels. Ich glaube, es ist für mich einfacher zu sagen, was ich *nicht* bin, als zu sagen, was ich bin."

Ich blinzelte. „Was soll das bedeuten?"

Mick zählte an seinen Fingern ab: „Ich bin *kein* heimlicher Schwuler, der Angst hat, als schwul geoutet zu werden. Ich bin Sex mit Frauen *nicht* abgeneigt. Ich bin *nicht* frustriert über mangelnden Erfolg bei Frauen. Ich betrachte mich selbst *nicht* als bi."

„Wieso nicht bi?"

Mick zuckten mit den Schultern. „Vielleicht bin ich einfach nur pingelig, aber Bisexualität impliziert, dass man Männer *und* Frauen attraktiv findet, aber ich interessiere mich nur für einen ganz bestimmten Mann auf diese Weise. Der Rest der männlichen Bevölkerung löst in dieser Hinsicht nicht das Geringste bei mir aus." Er grinste.

„Sorry, mein Lieber, aber das schließt dich mit ein."

Ich legte theatralisch eine Hand an meine Stirn. „Ich gebe mir Mühe, nicht gekränkt zu sein", sagte ich mit einem schweren Seufzer.

Mick lachte. „Okay, wenn du also nichts von alledem bist, was bleibt dann übrig?"

Er lächelte. „Ein Mann, der zu einem bestimmten anderen Mann eine besondere Verbindung fühlt und sich in ihn verliebt hat. Was mich zu dem Grund bringt, warum ich jetzt hier sitze." Er verschränkte die Arme. „Was ist mit dir?"

„Was ist mit mir?"

Mick sah mich nachdenklich an. „Lass mich dir ein paar Fragen stellen. Könntest du dich von einem Mann angezogen fühlen? Könntest du mit einem Mann Sex haben? Würdest du in Erwägung ziehen, eine Beziehung mit einem Mann zu haben?"

Ich schluckte. Hatte ich mir selbst nicht dieselben Fragen gestellt, seit ich Daniel begegnet war? „Vielleicht. Wenn ich ihn wirklich mag."

Mick nickte. „Nun, würde jemand diese Fragen an einen Mann im Alter meines Opas richten, wäre die Antwort wahrscheinlich ‚Auf keinen Fall!' Aber du und ich, wir gehören einer anderen Generation an, und die Zeiten haben sich geändert. Sexualität ist deutlich ...

fließender. Und das bringt mich zu dir und ... Daniel war der Name, ja?" Ich nickte. „Okay, reden wir über dich und Daniel. Was mir am meisten in Erinnerung geblieben ist von dem Gespräch zwischen dir und Niall, war das ganze ‚Aber-ich-bin-hetero'-Szenario." Er beugte sich vor, und seine Augen leuchteten. „Hör auf, dich selbst in eine Schublade zu stopfen. Handle einfach nach dem, was du empfindest." Er neigte den Kopf zur Seite. „Wie ist euer Date gelaufen?"

Ich holte tief Luft, und dann purzelte einfach alles in einem Schwall von Worten und Emotionen aus mir heraus. Mick hörte wortlos zu, nickte nur immer wieder. Als ich fertig war, konnte ich etwas leichter atmen.

Schließlich sprach Mick wieder. „Das war es, warum du den ganzen Tag so still warst, oder? Du hast dir die ganze Zeit den Kopf zerbrochen."

„Ja. Und ich glaube nicht, dass ich zu einer Lösung gekommen bin." Nun, das war ich nicht, aber das war, bevor Mick sich auf mein Bett gesetzt und vollkommen mein Bild von ihm geändert hatte. Aber es blieb eine Frage, die ich unbedingt stellen musste. „Weiß deine Familie davon? Von Pete, meine ich?"

„Ja." Er verzog das Gesicht. „Ich will dich nicht anlügen. Das war der schwierigste Teil an dem Ganzen. Aber ich muss sagen, es wird langsam etwas besser." Er lächelte ein wenig traurig. „Ich musste ihnen einfach ein paar Dinge erklären."

Und das war es – die Sorge, die die ganze Zeit an meinem Unterbewusstsein genagt und Zweifel und Unsicherheit gesät hatte. „Vielleicht muss ich dich irgendwann fragen, wie genau du das gemacht hast."

Mick starrte mich an. „Ah. Ich verstehe. Du denkst darüber nach, wie deine Familie auf Daniel reagieren wird."

Ich nickte. Dann wurde mir klar, dass ich gerade mehr zugegeben hatte als nur meine Besorgnis.

Mick hatte das natürlich bemerkt. „Dann willst du es also mit Daniel versuchen?"

„Ja. Denn all diese Dinge, die du *nicht* bist?" Ich lächelte. „Die bin ich auch nicht. Und dein Blick, wenn du von Pete sprichst? Ich möchte ebenso für jemanden empfinden." Denn ich hatte nicht einmal bei Cheryl etwas Vergleichbares gefühlt, obwohl wir so lange ein Paar waren. Ein ganzes Jahr!

Mick stand vom Bett auf, und ich erhob mich ebenfalls. „Wann immer du reden willst, du weißt, wo du mich findest, okay? Aber tu mir einen Gefallen. Die beste Person, um darüber zu sprechen, wie du empfindest, bin nicht ich, und auch nicht Niall – das ist Daniel."

„Er sagte, ich könnte ihn anrufen oder eine Nachricht schreiben."

„Dann tu das." Mick nahm mich in den Arm. „Und noch etwas, worüber du nachdenken solltest. Das halbe Haus weiß jetzt, dass du dich für einen Mann interessierst. Somit bleiben nur noch Justin und Moz übrig." Er grinste. „Natürlich ist dir völlig schnurz, was Justin denkt."

Da hatte er nicht unrecht.

Mick ging zur Tür. „Lass mich wissen, wie du dich entscheidest." Seine Augen funkelten. „Obwohl ich bereits eine ziemlich gute Vermutung habe ..."

Und das Funkeln in seinen Augen erinnerte mich an etwas. „Äh, Mick? Diese ... technischen Spielereien, von denen du Freitag gesprochen hast ..."

Micks Lippen zuckten. „Nein, du kannst sie dir nicht borgen. Kauf dir selbst welche." Er grinste. „Aber ich kann dir zeigen, wo du sie findest." Dann war er weg und schloss die Tür hinter sich.

Ich brauchte noch eine weitere Sekunde, um dahinterzukommen, was er meinte.

Oh mein Gott. Er hatte von Sexspielzeug gesprochen. Spielzeug für Jungs.

Ja, darüber würden wir reden müssen. Aber zuerst musste ich mit Daniel sprechen. Und was du heute kannst besorgen ...

Kapitel 6

#lovewins
love is love

Hey Daniel? Können wir reden?

Sekunden später erwacht mein Handy zum Leben, und ich lächelte. Offensichtlich konnten wir. Ich streckte mich auf dem Bett aus und machte es mir bequem. „Hi."

„Also, wie war dein Tag?"

Okay, darüber musste ich lachen. „Ich habe nicht viel gebacken gekriegt. Hatte zu viel im Kopf."

„Ja. Ich kenne das Gefühl." Daniels Stimme wurde weicher. „Bitte denke nicht, dass ich gemein sein wollte, als ich unser Date beendet habe. Um ganz ehrlich zu sein, habe ich dich zu sehr gedrängt. Dich einfach so zu küssen und so."

„Küsst du immer beim ersten Date?" Ich war wirklich neugierig. Ich hatte Frauen gekannt, die damit glücklich gewesen waren, aber auch einige, die mich angeschaut hatten, als hätte ich ihnen die Hand in den Schlüpfer gesteckt. Und eine besonders Forsche hatte mich auf der Fahrt zu ihr nach Hause schon im Taxi befummelt.

Ich hatte mich jedoch nicht beklagt, nebenbei gesagt.

„Schätzchen, ich habe schon beim ersten Date gefickt. Aber nur äußerst selten."

Also waren wir nicht so verschieden. „Und was hast du heute gemacht?"

„Ich war sogar mega fleißig. Wir haben für nächsten Monat geprobt."

„Geprobt? Für was? Bist du etwa auch Schauspieler?"

Daniel lachte. „Nein. Obwohl ich vor ein paar Jahren zu einer örtlichen Theatergruppe gehört habe. Jetzt bin ich Mitglied bei einer schwulen Tanztruppe. Wir bereiten uns für die Pride Parade vor."

„Die Parade in London?" Nicht, dass ich die schon einmal gesehen hätte, außer im Fernsehen. Ich ging an diesem Tag nicht einmal in die Nähe von London.

„Dann haben wir also schon mal von Pride gehört?"

Ich erkannte einen spöttischen Tonfall, wenn ich ihn hörte. „Ja ja, mach dich nur über den Heterojungen lustig." Scheiße, Mick hatte recht. Ich und Labels.

„Du könntest kommen und uns zusehen. Dann würdest du mich in meinem lila Lycra sehen, wie ich meine riesige, wunderbare Regenbogenflagge schwinge. Oh, und meine hochhackigen Stiefel."

Okay, ich werde ganz ehrlich sein. Er sagte Lycra, und ich sah auf der Stelle einen geschmeidigen Daniel vor meinem inneren Auge, der so etwas trug wie eine zweite Haut, die nichts der Fantasie übrig ließ. Dann sackte der Rest seiner Worte. *Hochhackige Stiefel?*

Ganz offenbar gefiel meinem Schwanz, wie das klang.

Tja. Offensichtlich doch nicht so hetero.

Ich räusperte mich. „Ich war noch nie auf der Pride."

„Warum nicht? Es ist ein Riesenspaß."

„Tja ... weil ich ... bisher keinen Grund dazu gesehen habe?"

Daniel lachte. „Schätzchen, man muss nicht schwul sein, um die Pride Parade zu sehen. Die Leute gehen hin, um Freunde, Familie und vollkommen Fremde zu unterstützen, die LGBTQA sind."

„Wofür steht das Q? Und das A?" Ich kam mir wie ein Idiot vor. Ich sollte dieses Zeug wissen, oder?

Daniel seufzte. „Ich sehe schon, ich habe noch viel Arbeit mit dir vor mir, stimmt's?" Bevor ich antworten konnte, wurde seine Stimme wärmer. „Aber es ist gut, dass ich denke, dass du es wert bist, findest du nicht auch?"

„Ja?" Plötzlich wurde mir ganz warm in der Brust, und ich fühlte mich am ganzen Körper angenehm leicht. Und in diesem Moment wollte ich unbedingt, dass er wusste, ich *war* es wert. „Kennst du diesen Film, *Per Anhalter durch die Galaxis*?"

„Ich ziehe die Bücher vor, aber ja."

„Weißt du noch, diese Stelle, wenn sie die Einstufung der Erde in ‚überwiegend harmlos' ändern? Nun ... ich glaube, ich habe eine neue sexuelle Ausrichtung erfunden." Mein Herzschlag beschleunigte sich. „Überwiegend hetero. Ich stelle mir das mit einem kleinen Schuss Homosexualität vor."

Von Daniels Ende war ein warmes Kichern zu hören. „Das klingt vielversprechend. Aber nur ein kleiner Schuss? Wie viel ist ein Schuss? Reden wir von so etwas wie einer kleinen Prise oder einem ordentlichen Spritzer?"

Ich holte tief Luft. „Ich glaube nicht, dass es eine feste Größenordnung gibt. Es ist mehr... fließend."

Es entstand eine Pause. „Dann klingt es wirklich vielversprechend. Ich würde gern sehen, wie sich das entwickelt." Noch eine Pause. „*Wird* es sich entwickeln?"

Ich wusste, was er fragte. „Ich denke schon." Daniel wollte, dass ich keine halben Sachen anfing. Er wollte, dass ich gut darüber nachdachte.

„Gehst du gern tanzen?"

Ich lachte. „Ich bin nicht sicher, dass sich das, was ich tue, mit deinen Bemühungen vergleichen lässt, aber ja, ich habe hier und da schonmal einige Bewegungen auf einer Tanzfläche ausgeführt." Normalerweise nur, wenn ich niemanden kannte und mir egal war, wer mich sah.

Okay, meine Schwester sagte immer, dass ich beim Tanzen aussehe wie eine watschelnde Ente, na und? Was weiß sie schon? Als sie mich das letzte Mal tanzen gesehen hat, war ich *sechs Jahre* alt, um Himmels willen.

Beweisführung abgeschlossen.

„Ich würde dich gern tanzen sehen", sagte Daniel leise. „Ich wette, du machst das wirklich gut."

Dieses Mal hatte ich keinen Zweifel. „Du flirtest mit mir."

„Das musst *du* gerade sagen. Ich merke auch, wenn jemand flirtet. Und letzten Freitag im Zug hast du absolut geflirtet."

„Okay. Schuldig."

„Das war okay", fügte Daniel hinzu. Dann gähnte er.

Ich kicherte. „War das der Kommentar zu meiner Gesprächstechnik?"

„Tut mir leid, ich bin einfach erledigt. Es war eine lange Probe, und wir mussten viel austüfteln. Ich sollte langsam ins Bett gehen, um ehrlich zu sein. Ich darf morgen nicht den Zug verpassen, stimmt's?"

Ich schnaubte. „Und ich auch nicht." An den meisten Tagen war das ein schwerer Fall von *Mind over Matratze*. „Dann lasse ich dich jetzt besser schlafen."

„Wirst du diese Woche an mich denken?"

Falls der Sonntag als Maßstab betrachtet werden konnte, würde ich in den nächsten Tagen kaum etwas anderes im Kopf haben als Daniel. „Ja."

„Oh." Es war der Wahnsinn, wie glücklich diese kleine Silbe sich anhörte, und das machte mich ebenfalls glücklich. „Gute Nacht dann."

„Gute Nacht. Träum schön."

Ich hörte Daniel leise glucksen. „Oh, ich werde sehr schön träumen. Ich werde von dir träumen, Süßer." Dann legte er auf.

Ich warf mein Handy neben mir aufs Bett und starrte an die Decke.

Er will mich immer noch.

Er ist immer noch interessiert.

Ich kam mir wieder wie ein Teenager vor und, Scheiße, es fühlte sich gut an.

Ich machte mich fürs Bett fertig, kroch unter die Decke und griff zum Nachttisch, um das Licht auszuschalten. Mein letzter Gedanke, bevor ich einschlief, war die Frage, ob ich ihn am nächsten Tag im Zug sehen würde.

Ich hoffte es sehr.

#love wins
love is love

Als ich am Montagabend nach Hause kam, war zum Glück niemand da, der die Plastiktüte sehen konnte, die ich krampfhaft umklammerte. Ich schaffte es bis in mein Zimmer, ohne gesehen zu werden, und schloss die Tür. Dann trat ich mir die Schuhe von den Füßen, zog meine Jacke aus und schlüpfte in eine Shorts und ein T-Shirt.

Daniel war nicht in dem Zug um 18:04 Uhr gewesen, und ein Teil von mir war darüber sehr enttäuscht. Ich sagte mir, dass es reiner Zufall gewesen war, dass sein Zug ausgefallen war, warum wir uns am Freitag begegnet waren. Schließlich konnte er jeden beliebigen Zug nach Hause nehmen. Als ich mich dabei erwischte, online die Fahrpläne von Reading nach Newbury zu studieren, wurde mir erstmals wirklich klar, wie wichtig Daniel für mich wurde.

Ich erwog, ihn anzurufen, aber es gab nichts Neues, das ich ihm hätte erzählen können. *Ich rufe ihn besser erst an, wenn ich wirklich etwas zu sagen habe.* Außerdem hatte ich etwas zu tun.

Der tragbare DVD-Player, den meine Mutter mir vor ein paar Jahren zu Weihnachten geschenkt hatte, stand auf dem Regal und setzte in seiner schwarzen Stoffhülle Staub an. Ich schnappte ihn mir, nieste zweimal und öffnete den Reißverschluss.

Als es an der Tür klopfte, bekam ich beinahe einen Herzanfall. „Ich bin beschäftigt!", rief ich.

Niall lachte. „Upps. Soll ich zurückkommen, wenn du fertig bist?"

„Komm schon rein." Ich warf ihm einen finsteren Blick zu, als er zögernd den Kopf durch den Türspalt steckte. „Ich hoffe, es ist sonst niemand da, der hören konnte, wie du das gerade gesagt hast."

„Und wenn schon, na und? Sie werden einfach nur denken, dass du dir in Ruhe einen runterholen willst." Niall grinste. „Wenigstens hast du die Tür zugemacht. Justin ist das scheißegal. Er lässt seine Tür weit offen, während er wichst." Justins Zimmer lag direkt neben dem Bad. Pinkeln zu gehen, konnte zuweilen unterhaltsam sein.

Niall warf einen Blick aufs Bett. „Aha, da hat jemand bei HMV geshoppt, wie ich sehe. Was hast du gekauft?"

Ich seufzte. „Schließ die Tür." Niall machte die Tür zu, dann kam er zum Bett und setzte sich. Er betrachtete mit offensichtlicher Neugier die Plastiktüte. Ich packte die unteren Ecken, drehte sie um, und eine DVD fiel auf die Bettdecke.

Niall nahm sie und starrte das Cover an. „Queer as Folk", las er laut. Dann blinzelte er.

„Zur Recherche."

Er schmunzelte. „Kein Scheiß." Dann las er stumm die Rückseite der DVD-Hülle. „Oh. Das klingt gut. Kann ich sie mit dir zusammen ansehen?"

Ich war ihm einen gespielt finsteren Blick zu. „Nein, kannst du nicht."

„Ach Mann, wieso nicht?"

„Ich wollte es mit Kopfhörern schauen, und ich habe nur einen Anschluss."

Nialls Augen leuchteten auf. „Ich habe einen Y-Verteiler. Den stöpselt man ein, und dann können zwei Leute gleichzeitig hören."

Offensichtlich würde er nicht nachgeben. „Schön. Nachdem wir etwas gegessen haben."

„Oder wir könnten wenigstens die erste Folge jetzt gucken?"

Ich starrte ihn einfach nur an.

Er legte die DVD zurück, dann warf er mir einen fragenden Blick zu. „Und wieso hast du die gekauft?"

Da war ich mir selbst nicht ganz sicher. Ich war während der Mittagspause zu HMV spaziert und wie zufällig in der schwulen und lesbischen Sektion der DVD-Abteilung gelandet. Ich hätte da jede Menge Geld ausgeben können, denn jede DVD, die ich in die Hand nahm, hatte mein Interesse geweckt. Schließlich hatte ich mich für diese DVD entschieden, anstatt die amerikanische Version zu nehmen, weil ich den Regisseur Russell T. Davies von seiner Arbeit bei *Doctor Who* wiedererkannte. Nicht, dass ich etwas in *der* Art erwartete.

Und was die Frage nach dem *warum* betraf – vielleicht wollte ich Daniel besser verstehen, und ich dachte, diese Serie könnte mir dabei helfen.

Ich erinnere mich daran, dass ich 17 war und noch bei meinen Eltern wohnte, als *Brokeback Mountain* im Fernsehen lief. Als es zu der Szene kam, als Jake Gyllenhaal zu Heath Ledger ins Zelt kroch, hatte meine

Mutter sich die Fernbedienung geschnappt und hastig den

Kanal gewechselt. Dabei hatte sie etwas gemurmelt wie: *Naja, ich glaube nicht, dass wir das sehen müssen.* Mein Vater hatte zustimmend genickt und mir einen vielsagenden Blick zugeworfen.

Rückblickend könnte man diesen Blick auf mehrere Arten interpretieren. Er wollte nicht, dass sein Sohn korrumpiert wurde, oder er wollte sehen, ob ich mehr als das übliche Interesse daran zeigte. So wie ich meinen Vater kannte, konnte leider das eine wie das andere richtig gewesen sein.

Ich kann mich immer noch erinnern, wie enttäuscht ich war, besonders am folgenden Tag in der sechsten Klasse, als alle darüber redeten. Vielleicht ging es nur mir so, aber ich kann mich nicht erinnern, in meiner Jugend besonders viele schwule Figuren in Filmen gesehen zu haben. Inzwischen sieht man sie überall, aber in den frühen Nuller-Jahren nicht zu sehr.

Ich wusste, dass ich noch einen anderen Grund hatte, *Queer as Folk* zu kaufen, und dieser Grund war Sex. Das Cover machte es offensichtlich, dass in der Serie gefickt wurde, und ich wollte etwas sehen, das kein Porno war.

Ja, was das anging ...

Ich will nicht lügen. Ich gucke Pornos, okay? (Hey, als ich sagte, ich wäre ein 26-jähriger Mann, der nie in seinem Leben Porno geguckt hätte, habt ihr die Augen verdreht, stimmt's?) Das Zeug ist gut, um sich einen runter zu holen, richtig? Aber es ist nicht echt. Die Frau stöhnt nicht, weil sie den besten Fick aller Zeiten hat – sie stöhnt, weil wer immer hinter der Kamera steht, ihr gesagt hat, sie soll laut sein.

Der Regisseur von *Queer as Folk* war ein schwuler britischer Mann; es war also zu erwarten, dass die Serie schwule Männer angemessen reflektierte – hoffte ich

jedenfalls. Ich hoffte, sie würde mir helfen, irgendwie zu Daniel aufzuholen, zu verstehen, was er wollte, wie er dachte ...

Ich hatte nämlich nicht den geringsten Schimmer.

Dann wurde mir klar, dass ich Nialls Frage nicht beantwortet hatte.

„Ich bin nicht ganz sicher, warum ich sie gekauft habe, um ehrlich zu sein." Ich lächelte. „Aber du hast recht. Sieht interessant aus." Bewusst positionierte ich die DVD außerhalb von Nialls Reichweite. „Später."

„Na gut. In diesem Fall gehe ich erst einmal etwas essen. Ich komme wieder."

Ich lachte. „Alles klar, Arnie." Nachdem er das Zimmer verlassen hatte, nahm ich die DVD wieder in die Hand.

Das würde interessant werden.

#love wins
love is love

Kennt ihr das auch, dass man manchmal viel zu spät bemerkt, dass man wirklich nicht hätte ja sagen sollen?

Japp. So ging es mir, als ich später neben Niall auf dem Bett saß und wir beide auf den Bildschirm starrten, wo sich zwei Männer zusammen im Bett wälzten. Einer lag mit dem Gesicht nach unten, auf seine Ellenbogen gestützt, während der andere sich einen Weg an seiner Wirbelsäule abwärts leckte. Dann bewegte er sich weiter nach unten, und noch weiter, bis–

„Großer Gott", murmelte ich. Ich hatte schon zuvor Rimming gesehen, wieso also war es plötzlich so ganz anders?

Weil ich nicht damit gerechnet hatte, so etwas in einer Fernsehserie zu sehen, und irgendwie machte das die ganze Sache viel schärfer. Man konnte nur den Hauptdarsteller sehen, mit den Beinen des anderen Kerls auf seinen Schultern, und dann endete die Szene. Aber die Vorstellungskraft erledigte den Rest. Als die Folge endete, drückte ich auf Stopp und nahm meine Ohrstöpsel heraus.

Niall schien von dem Ganzen nicht berührt zu sein. Dann fiel mir wieder ein, dass er Schwulenpornos sah. Er zog ebenfalls seine Ohrstöpsel heraus und schaute mich erwartungsvoll an. „Nun?"

Ich hüstelte. „Ich denke, das hat mir ein bisschen Material gegeben, über das ich reden kann, wenn ich Daniel das nächste Mal sehe."

„Danach wollte ich dich fragen. Das Letzte, was ich gehört hatte, war, dass du ihn angerufen hast. Bist du auf das Date gegangen? Wie ist es gelaufen?" Niall runzelte die Stirn. „Du warst gestern wirklich sehr still, und ich wollte nichts sagen, für den Fall, dass es nicht so gut gelaufen ist."

Ich erzählte ihm, was passiert war, abgesehen von dem Teil, wo wir uns geküsst hatten. Manche Dinge behält man einfach für sich, okay?

„Dann wirst du ihn also wiedersehen?"

Ich denke, das hatte ich bereits nach dem Gespräch mit Mick beschlossen. „Ja, ich denke schon."

Niall nickte langsam. „Das finde ich toll. Und ich hoffe, dass daraus etwas wird." Er deutete auf die DVD-Hülle. „Kann ich die ausleihen, wenn du alle Folgen gesehen hast?"

Ich lachte. „Ja, natürlich." Außerdem war ich mir nicht mehr ganz sicher, dass die Serie wirklich so zutreffend die schwule Szene darstellte, wie ich erwartet hatte. Es konnten doch nicht alle schwulen Männer so sein – oder

doch? Ich dachte an Daniel, wie er so ruhig darauf bestanden hatte, dass er nichts für One-Night-Stands und anonymen Sex übrig hatte. Er war meilenweit von dem forschen und sexbesessenen Stuart aus der Serie entfernt.

Vielleicht brauchte ich das wahre Leben, und nicht irgendjemandes Fantasie.

Kapitel 7

#loveWins
love is love

14. Juni 2018

Niedergeschlagen ging ich den Bahnsteig entlang zum vordersten Waggon, wie üblich.

Die ganze Woche lang hatte ich keine Spur von Daniel gesehen.

Jeden Abend hatte ich mich aufmerksam im Bahnhof umgesehen in der Hoffnung, ihn zu entdecken. Aber er war nie unter den zahlreichen Pendlern gewesen. Ich hatte immer bis zur letzten Minute gewartet, bevor ich in den Zug einstieg, nur für den Fall, dass er doch noch auf dem Bahnsteig auftauchen würde. Aber vergebens.

Ja, ich weiß, ich hätte ihn anrufen können, aber ...

(Findet ihr, dass es typisch britisch ist, jemandem nicht auf die Nerven gehen zu wollen? Ich finde, ja. Ich denke, das steckt genauso in uns wie, dass wir uns entschuldigen, wenn jemand anderer *uns* anrempelt, anstatt anders herum. Verdammt, wir sind ein zaghaftes Völkchen.)

Ich stieg in den Waggon und begab mich zu den ganz vorderen Sitzen. Dieses Mal kümmerte ich mich nicht darum, einen Sitzplatz am Tisch zu bekommen, denn ich wollte ohnehin nur meine Augen schließen, bis wir Reading erreichen. Gott sei Dank funktionierte die Klimaanlage, denn es war ein heißer Tag gewesen. Ich zog meine Jacke aus, warf sie auf die Gepäckablage und knöpfte die oberen drei Knöpfe meines Hemdes auf, bevor ich mich auf den Fensterplatz fallen ließ und meine Tasche auf den leeren Sitz neben mir legte.

Ich werde ihn heute Abend anrufen.

Ich wollte ihn sowieso anrufen. Fünf Tage, nachdem wir zuletzt geredet hatten, und ich konnte an nichts anderes denken als an ihn. Ich hatte im Fernsehen eine Talentshow geguckt; ein männlicher Tänzer war auf die Bühne getreten und hatte sich rhythmisch bewegt.

Und ich? Ich dachte sofort an Daniel.

Am Donnerstagabend hatte ich in der Paddington Station einen hübschen jungen Mann gesehen, mit rosigen, glänzenden Lippen, hohen Wangenknochen, und lilafarbenem Lidschatten. Er hatte helle Strähnchen im Haar.

Mein Herz machte einen Hüpfer, bis ich näher kam und sah, dass es nicht Daniel war.

„Ist dieser Platz belegt?"

Ich sah zu dem Sprecher auf, und verdammt, mein Herz geriet ins Stolpern. Daniel stand da und sah großartig aus in einem weißen Hemd und einer hellblauen Jacke zu Jeans. Auf seinen Lippen lag ein Hauch von Gloss, und seine Augen hatte er mit Eyeliner betont.

Er lächelte.

Ich nahm hastig meine Tasche vom Sitz, um für ihn Platz zu machen.

Daniel lachte und setzte sich, seine eigene Tasche auf dem Schoß. „Ich nehme das als ein Nein." Dann drehte er seinen Körper halb zu mir. „Hallo."

„Du hast mir diese Woche gefehlt", platzte ich heraus. „Ich habe jeden Abend nach die Ausschau gehalten."

„Ich weiß, ich habe dich gesehen."

Ich runzelte die Stirn. „Du... Wo warst du? Ich habe dich nicht gesehen."

„Das liegt daran, dass ich mich außer Sichtweite gehalten habe."

Mein Ausdruck musste wohl verraten haben, wie sehr mich das verletzte, denn er machte ein trauriges Gesicht.

„Ich wollte dir etwas Raum und Zeit lassen. Nachdem wir am Sonntag miteinander geredet hatten, wurde mir klar, dass ich nicht fair gespielt habe." Daniel lehnte den Kopf zurück an die Rückenlehne. „Ich habe mit dir geflirtet, und dazu hatte ich kein Recht, nachdem ich dich gebeten hatte, gut über alles nachzudenken. Und als ich danach nichts mehr von dir gehört habe, dachte ich, ich hätte dich zu sehr gedrängt." Er seufzte. „Es war verdammt schwer, mich die ganze Woche über von dir fernzuhalten."

„Aber jetzt bist du hier." Und ich las eine ganze Menge in diesen Umstand hinein.

Der Zug ruckelte vorwärts, und die computergenerierte Stimme hieß uns an Bord willkommen. Ich könnte an nichts anderes denken als daran, dass ich nur 19 Minuten mit ihm zusammen hatte, bevor ich wieder aus dem Zug steigen musste.

„Habe ich irgendetwas am Mund?"

Ich blinzelte. „Wie bitte?"

Daniel schien belustigt zu sein. „Mein Mund. Du starrst ihn an."

Verdammt. Ich dachte rasch nach. „Hast du Lipgloss drauf? Geht das nicht im Laufe des Tages ab?"

Er beugte sich vor und flüsterte verschwörerisch: „Ich trage ihn neu auf, bevor ich die Arbeit verlasse. Ein Mann muss schließlich fabelhaft aussehen im Zug, richtig?" Seine Augen funkelten. „Man weiß ja nie, wem man begegnet." Dann lehnte er sich wieder zurück. „Wie war deine Arbeitswoche? Irgendwelche neuen Zwischenfälle mit Ihr, deren Gesicht wie ein versohlter Arsch aussieht?"

Ich stöhnte. „Erinnere mich nicht daran. Am Mittwoch sagte sie zu mir, ich müsste an meiner Aufrichtigkeit beim Beantworten von Anrufen arbeiten. Tut mir leid, aber aufrichtig zu klingen, wenn du einen Kerl am Telefon hast, der dir sagt, sein Monitor würde nicht funktionieren, und dann findest du heraus, dass er das blöde Ding nicht einmal eingestöpselt hat..."

Daniel kicherte. „Kriegst du viele solche Anrufe?"

„Du hast ja keine Ahnung. Der beste war gestern. Da ruft mich diese völlig hysterische Frau an und fragt, wie sie ihren Staubsauger aufbekommt, weil der ihren Hamster einsaugt hätte, der im Wohnzimmer herumgelaufen war. Sie bestand darauf, dass ich ihre Beschwerde an den Hersteller weiterleite, damit der einen Hamsterschutz oder so etwas an den Saugerkopf baut, und zwischendurch weinte sie immer wieder."

„Der arme Hamster", murmelte Daniel. „Und die arme Frau."

„Von wegen arme Frau", entgegnete ich. „Plötzlich wurde sie ganz still, und ich fragte immer wieder ,Hallo? Sind sie noch da?' und wunderte mich, was zur Hölle passiert war. Dann sagte sie, es wäre alles in Ordnung, sie hätte soeben ihren Hamster gesehen, wie er an den Vorhängen hochkletterte."

Daniel starrte mich einen Moment lang an, dann brach er in lautes Gelächter aus. Gott, er hatte ein tolles Lachen.

„Jedenfalls, genug von mir. Wie läuft es bei deinen Proben?"

„Wirklich gut. Wir werden zwei Nummern auf der Bühne am Trafalgar Square aufführen, und wir haben die ganze Woche daran gearbeitet. Sie sind ziemlich heiß." Daniel fächelte sich übertrieben Luft zu.

„Oh? Erzähl!"

Daniel beugte sich dicht zu mir, als wollte er vermeiden, dass andere Passagiere etwas mitbekommen. „Ich trage

eine enge, schwarze Ledershorts und Netzstrümpfe, dazu

eine regenbogenfarbene Federboa um den Hals."

Okay, das rief ein ganz bestimmtes Bild hervor.

Ich konnte nicht widerstehen. „Trägst du auch die hochhackigen Stiefel dazu?"

Daniel starrte mich an, und seine Augen funkelten. „Oh. Stehst du auf High Heels?" Er biss ich auf die Lippe.

Und das war das Seltsame. High Heels an einer Frau bewirkten nicht das Geringste bei mir, aber die Vorstellung von Daniel mit hohen Stiefeln?

„Ich wette, du siehst gut aus darin. Ich finde auch, dass du verdammt gut mit Make-up aussiehst." Scheiße. Das hatte ich eigentlich nicht sagen wollen.

Daniel lächelte. „Danke. Ich fühle mich immer gut, wenn ich ein bisschen Farbe auftrage." Er beugte sich erneut näher. „Und wenn ich mich wirklich gut fühlen will, dann trage ich ein wenig Spitze unter meiner Jeans."

Oh mein Gott. Daniel drückte bei mir auf Knöpfe, von denen ich gar nicht gewusst hatte, dass ich sie besaß.

Dann lehnte er sich wieder zurück, und ich hatte Probleme, gleichmäßig zu atmen.

„Hast du diese Woche an mich gedacht?" Sein neckischer Tonfall war verschwunden, genau wie das Funkeln in seinen Augen. Es war offenbar eine ernste Frage.

„Ja, habe ich", gestand ich. „Sehr viel sogar." Mehr, als ich zugeben mochte, weil er sonst denken würde, dass ich von ihm besessen war.

„Und hast du irgendwelche... Entscheidungen getroffen?" Seine schönen braunen Augen bohrten sich in meine, und ich hatte das Gefühl, dass er den Atem anhielt.

Und ich konnte ihn schließlich nicht an Sauerstoffmangel sterben lassen, oder?

„Ja", sagte ich mit fester Stimme. Dann lächelte ich, obwohl mein Herz bis zum Hals schlug. „Denkst du, wir könnten ein weiteres Date zusammen haben?"

Scheiße, das Leuchten in seinem Gesicht und seinen Augen ließ mein Herz schneller schlagen. „Meinst du das ernst?"

Ich nickte. „Ein Date. Kein Experiment. Ich möchte dich besser kennenlernen."

Daniel stockte der Atem. „Dann steig nicht in Reading aus. Bleib im Zug. Komm mit mir nach Hause."

„Heute Abend?" Okay, jetzt schlug mein Herz sogar noch schneller.

„Außer, du musst heute dringend nach Hause?"

„Nein, ich habe nichts vor." Nur die übliche Freitagabend-Pizza, und auf die konnte ich verzichten.

Daniel lächelte. „Dann komm mit zu mir, und wir können zusammen zu Abend essen. Wahrscheinlich nur etwas vom Lieferservice, weil ich vor morgen nicht einkaufen gehen wollte, aber es gibt da zahlreiche Möglichkeiten in der Nähe."

„Können wir dann *Drachenzähmen leicht gemacht*, Teil zwei schauen?" Es klang lächerlich, selbst als ich es sagte, aber der Gedanke daran, zusammen auf Daniels Sofa zu sitzen und den Film zu schauen, wärmte mir das Herz.

Er lachte leise. „Ich denke, das kriegen wir hin." Dann neigte er den Kopf zur Seite. „Und... Kann ich dich dann noch einmal küssen?"

Ich hatte jeden Abend und jede Nacht an Daniels Lippen gedacht seit diesem einen Kuss.

„Oh, ich denke, das kriegen wir hin." Wie ich es schaffte, so nonchalant zu klingen, werde ich nie verstehen.

Daniel nahm einen tiefen Atemzug. Er sagte nichts, aber das musste er auch nicht – sein Lächeln sagte viel mehr, als Worte je hätten ausdrücken können.

Den Rest der Fahrt saßen wir schweigend da, aber es war nicht unangenehm. Ich wollte sowieso nicht reden.

Ich war zu sehr damit beschäftigt, mir vorzustellen, wie unser Date laufen würde. Ich war nervös, sicher. Geradezu zappelig. Aber vor allem freute ich mich darauf.

Dies war ein neues Kapitel, und ich konnte nicht erwarten zu sehen, was auf der nächsten Seite auf mich wartete.

#LoveWins
„love is love

„Bist du sicher, dass du kein Bier willst? Oder ein Glas Wein?", fragte Daniel, während er die Verpackungen von unseren Fish und Chips wegräumte.

„Ich bin sicher. Aber ein Kaffee wäre gut." Die Fish und Chips waren eine gute Wahl gewesen. Sie hatten wunderbar gerochen und noch besser geschmeckt. Sobald wir in Daniels Wohnung angekommen waren, hatte ich Mick eine Nachricht geschickt und ihm gesagt, dass ich nicht zur Freitagabend-Pizza kommen würde.

Seine Antwort hatte aus drei Fragezeichen bestanden, gefolgt von einem zwinkernden Smiley.

Ich saß auf der Couch und studierte die Rückseite der DVD-Hülle. Hicks sah älter aus und auch – wagte ich es zu sagen? – ziemlich schnuckelig.

„Hicks sieht ziemlich heiß aus so erwachsen, oder?", bemerkte Daniel, als er ins Zimmer zurückkam. Ich blinzelte, und die Plastikhülle fiel mir aus der Hand. Daniel grinste. „Oh, ich verstehe. Ich bin also nicht der einzige, der so denkt."

„Ich habe *keinerlei* Gefühle für eine animierte Filmfigur, alles klar?"

Daniel hob beschwichtigend die Hände. „Wie auch immer." Er deutete auf seine Kleidung. „Ich hoffe, es macht dir nichts aus, aber ich musste aus meinen Arbeitsklamotten."

Ob es mir etwas ausmacht? Er trug eine Jeansshorts und ein Tanktop, das perfekt für den warmen, beinahe sommerlichen Abend war. Und er war wunderschön. Seine Beine waren lang und schlank, mit definierten Oberschenkeln und festen Waden. Es waren perfekte Tänzerbeine. Die geschmeidige Art und Weise, in der er sich bewegte, als er durch das Zimmer auf mich zukam, war hypnotisierend. Ich konnte meine Augen nicht von ihm lassen.

„Ist dir kühl genug?"

Lee Paul Tennant, hör sofort auf zu sabbern.

(Wieso klingt diese Stimme manchmal ausgerechnet wie die meiner Großmutter? Das kann einem echt die Stimmung versauen.)

„Alles bestens", versicherte ich ihm. Ich rollte meine Hemdsärmel auf und trat aus meinen Schuhen, aber weiter würde ich nicht gehen. Daniel betrachtete meine schwarzen Socken. „Du kannst sie ausziehen, weißt du. Ich habe nichts gegen nackte Füße."

Ich senke meinen Blick weiter, und tatsächlich, er war barfuß. Und, oh Scheiße, seine Zehennägel waren pink und glitzerten.

Und sie sahen wundervoll aus.

Daniel wackelte mit den Zehen und kicherte. „Ich liebe es, wenn meine Nägel lackiert sind." Er hielt die Hände hoch und wackelt mit den Fingern. „Und sie passen zusammen." Dann sah er mich fragend an. „Hattest du schon mal Nagellack drauf?"

Ich war wirklich froh, dass ich dieses Mal gerade nichts trank. „Ich kann mir nicht vorstellen, dass meine Kuh von Abteilungsleiterin das gerne sehen würde."

Er grinste. „Aber sie kann deine Zehen ja gar nicht sehen, oder?" Seine Augen funkelten. „Darf ich dir deine Zehennägel lackieren, Lee? Bitte?"

Scheiße, er meinte das ernst.

Bevor ich ein Wort sagen konnte – denn aus irgendeinem Grund hat sich meine Kehle zusammengezogen, und mein Mund war so trocken wie eine Sandgrube – zupfte Daniel schon an meinen Socken. Er nickte anerkennend. „Ich mag es, wenn ein Mann seine Füße pflegt." Dann sah mir in die Augen. „Bitte, lass es mich tun, ja? Ich werde es richtig gut machen. Ich habe Zehentrenner, Unterlack, Topcoat, und jede Menge verschiedene Farben, unter denen du wählen kannst." Er grinste. „Das wird Spaß machen, ein bisschen wie ein Mädelsabend." Schließlich schaffte ich es, wieder zu atmen. Ich verengte die Augen. „Solange es nicht damit endet, dass du mir ein komplettes Make-Over verpasst, denn da ziehe ich die Grenze. Keine Schminke im Gesicht."

Daniel schmollte, und es sah hinreißend aus. „Ach, Mann."

Ich seufzte. „Ich habe nicht das Gesicht für Make-up. Ich würde damit... albern aussehen."

Zu meiner Überraschung setzte Daniel sich neben mich und legte mir seine Hand auf die Schulter. „Würdest du nicht." Er streichelte sanft meine Wange. „Und das hier ist ein wunderschönes Gesicht."

Alles, was ich in dieser Sekunde wollte, war, dass er sich herüberbeugte und mich küsste, aber das tat er nicht. Stattdessen stand er auf und sah mich entschlossen an. „Ich hole mein Zeug. Und dann lackiere ich dir die Zehennägel." Und damit marschierte er aus dem Raum.

Ich versuchte gleichmäßig zu atmen. Im Laufe von nur einer Woche war ich vom Ausflippen wegen eines Kusses so weit gekommen, dass ich seine Lippen auf den meinen fühlen wollte. Ob ich für mehr als das bereit war, wusste ich nicht, aber ich würde einen Schritt nach dem anderen tun.

Daniel kam ins Zimmer zurück und trug eine weiße Eiscremeschachtel aus Kunststoff. Er stellte sie neben mich aufs Sofa und nahm einen rosafarbenen, gebogenen Gegenstand aus Schaumstoff heraus, und dazu einige Flaschen mit klarer Flüssigkeit. Er zeigte auf die Schachtel. „Such dir eine Farbe aus."

Ich konnte nicht fassen, dass ich das wirklich tat. Ich studierte die zehn kleinen Fläschchen mit den verschiedenen Schattierungen von pink, grün, lila, und–

„Oh, wow." Ich nahm eine Flasche mit violett-blauem Lack heraus, die so aussah, als wäre darin eine Tonne Glitzer explodiert. Die Farbe war dunkel und funkelte, mit tausend kleinen funkelnden Flocken darin ...

Scheiße, sie sah super aus.

„Das ist mein Lieblingslack." Daniel grinste. „Okay, lehn dich zurück. Brauchst du noch irgendetwas, bevor ich anfange? Du wirst nämlich ein Weilchen hier festsitzen."

Ich würde es wirklich tun ... „Kann ich meine Meinung ändern und doch ein Glas Wein haben?"

Er lachte. „Ich schenke uns beiden etwas ein." Dann ging er in die Küche.

Ich sank in die Polster. Ich weiß, ich sagte, dass es ein neues Kapitel war und so weiter, aber das hier war nicht *ganz* das, was ich mir vorgestellt hatte. Dennoch lief mir ein aufgeregter Schauer über den Rücken.

Fünfzehn Minuten später hatte ich ein Glas Wein in der Hand, und Daniel saß rittlings auf dem Liegeteil der Couch, meine Füße zwischen seinen Schenkeln – auf einem Kissen und mit rosa Schaumstoff, der meine Zehen spreizte. Daniel pinselte sorgfältig die erste Lage Farblack über den Unterlack, der bereits getrocknet war. Ich starrte auf meine Zehen, vollkommen fasziniert von dem Vorgang.

„Kommt da mehr als eine Farbschicht drauf?"

Daniel nickte abwesend; er konzentrierte sich sehr auf seine Aufgabe. Dann richtete er sich auf und lächelte triumphierend. „So. Erste Schicht ist fertig. Wie findest du es?"

Ich fand, meine Zehen hatten noch nie so hübsch ausgesehen. „Und jetzt?"

Daniel warf einen Blick auf mein Glas. „Erstmal füllen wir dein Glas auf, während der Lack trocknet. Dann kommt die zweite Schicht Farbe. Und wenn die trocken ist, kommt noch klarer Überlack drauf, damit die Nägel schön glänzen und der Lack länger hält." Er strahlte. „Ist wirklich gut geworden, wenn ich das so sagen darf."

Ich bewunderte sein Werk. „Du könntest das beruflich machen, falls du deinen jetzigen Job jemals leid werden solltest."

„Ich nehme das als Kompliment." Er stand auf und ging die Weinflasche holen. Als er zurückkehrte, schenkte er uns beiden etwas ein, dann begab er sich wieder zu meinen Füßen in Position.

Ich konnte nicht umhin, seine Oberschenkel zu bewundern, deren Muskeln sich anspannten, als er sie spreizte. Wie sich die Shorts so eng an seine Haut schmiegte – und die offensichtliche Erektion, die gegen den Reißverschluss drückte. Ich schluckte hastig meinen Mundvoll Wein herunter, der prompt den falschen Weg nahm, sodass ich hustete und prustete.

Daniel hob seine Augenbrauen, und für eine erschreckende Sekunde war ich sicher, dass er bemerkt hatte, wohin mein Blick gewandert war. „Immer schön langsam", sagte er schmunzelnd. Dann machte er sich

wieder an seine Aufgabe, und ich versuchte, nicht zu offensichtlich all die entblößte Haut vor mir anzustarren.

Und dann wurde mir erst richtig bewusst, was los war. Mein Herz raste, mein Puls wummerte in meinen Ohren, mein Atem ging zu schnell – und ich hatte einen Harten.

Seit wann törnte mich die Erektion eines anderen Mannes an?

Kapitel 8

#love wins

love is love

„Lee?"

Ich riss mich zurück in die Gegenwart. Daniel starrte mich an. Ich sah hinab auf meine Füße, und mir stockte der Atem. „Das sieht fantastisch aus." Die Zehentrenner waren immer noch in Position. „Kann ich die jetzt rausnehmen?" Alles, nur nicht weiter daran denken, dass mein Schwanz mit jeder Sekunde härter wurde.

„Noch nicht. Ich möchte, dass die Nägel erst komplett trocken sind, bevor die rauskommen. Der Lack kann immer noch verschmieren." Daniel erhob sich anmutig, und ich bemühte mich sehr, ihm nicht in den Schritt zu starren. Er ordnete all seine Sachen wieder zurück in die Plastikdose, bevor er die auf den Boden stellte. Dann setzte er sich mit seinem Weinglas zu mir auf die Couch. „Jetzt haben wir doch keinen Film geschaut." Er grinste. „Aber das hat viel mehr Spaß gemacht."

Ich wackelte vorsichtig mit den Zehen. „Es fühlt sich irgendwie komisch an, im Anzug zur Arbeit zu gehen und zu wissen, dass meine Zehen darunter so aussehen." Ganz langsam beruhigte sich mein Herzschlag wieder.

Er lachte. „Dann verstehst du jetzt vielleicht, wieso ich gerne etwas weniger gewöhnliche Unterwäsche trage, wenn ich zur Arbeit gehe. Es ist irgendwie aufregend, mit Kunden zu sprechen, ihnen Kleidung zu zeigen und wie ein ganz gewöhnlicher Verkäufer auszusehen, während darunter ..." Seine Augen leuchteten.

79

„Außerdem fühle ich mich scheiße sexy, und das ist schließlich nichts Schlechtes, oder?"

Ich konnte nicht antworten. Ich war zu sehr damit beschäftigt, mir seinen Schwanz in einem Spitzenslip vorzustellen.

„Also, während du hier festsitzt", fuhr er fort, „unfähig, dich zu bewegen – denn Gott behüte, solltest du meine perfekte Arbeit ruinieren ... sollte ich das vielleicht ausnutzen und dich küssen." Aber er machte keinerlei Anstalten dazu.

Und da galoppierte mein Herz schon wieder. Nur würde ich dieses Mal nicht nach nur einem Kuss *Boah* sagen.

Dieses Mal wollte ich mehr.

Ich gab Daniel mein Glas. „Magst du das irgendwo abstellen?" Ich tat mein Bestes, um ruhig zu klingen, aber innerlich kochte mein Blut.

Er nahm das Glas und stellte es zusammen mit seinem eigenen neben der Plastikbox auf den Boden. Dann rückte er ein wenig näher. „Ich habe die ganze Woche daran gedacht, das zu tun." Seine Stimme war sanft und leise, und der leicht heisere Ton ließ mich erschauern.

„Ich auch." Mein Atem beschleunigte sich, als er eine Hand in meinen Nacken legte und mir in die Augen sah. Bei der ersten, zarten Berührung unserer Lippen schmolz ich ein wenig dahin. Der Kuss war genauso keusch wie eine Woche zuvor.

„Du kannst mich anfassen, weißt du", murmelte Daniel, dann küsste er mich erneut. Nur dieses Mal dauerte der Kuss an, und er schob zärtlich seine Finger in mein Haar – die Berührung fast so leicht wie ein Windhauch.

Ich umfasste seinen Hinterkopf und hielt ihn, während unser Kuss sich in etwas wirklich Aufregendes verwandelte. Als seine Zunge meine Lippen berührte, zögerte ich nur eine Sekunde, bevor ich den Mund für ihn öffnete. Eine kleiner, begeisterter Laut entwischte mir, als sich unsere Zungen berührten. Ich rutschte ein Stück tiefer auf der Couch, bis ich beinahe auf dem Rücken lag, und er folgte und legte ein Bein über meines, sodass wir eng umschlungen dalagen.

Ich konnte nicht genug von ihm bekommen, von seinen Lippen, seiner Zunge, seinen Händen an meinem Hals und auf meiner Brust. Ich schob meine Finger unter sein Tanktop und fand dort glatte, warme Haut. Meine Hände waren an seiner Taille, auf seinem Rücken, und bewegten sich ruhelos, während der Kuss feuchter und heißer wurde. Das leichte Kratzen von Bartstoppeln an meinem Gesicht war neu, und es machte mir nicht das Geringste aus. Daniel erhob sich auf seine Knie, ein Bein zwischen meinen Schenkeln, und beugte sich hinab, um mich immer und immer wieder zu küssen. Und ich klammerte mich an ihn, eine Hand in seinem Nacken, die andere auf seinem Rücken.

Schließlich beendete Daniel den Kuss und richtete sich auf. „Lass es mich etwas leichter machen für dich." Mit einer schnellen Bewegung zog er sich das Tanktop über den Kopf und enthüllte seinen glatten Oberkörper, der so schlank und definiert war, wie ich es mir vorgestellt hatte. Die silberfarbene Barbells in seinen Nippeln glänzten im Licht. Ich konnte nicht anders, als ihn anzufassen, und fuhr mit den Händen über die festen Muskeln seines flachen Bauches. Dann beugte er sich wieder über mich und küsste mich erneut. Ich seufzte in den Kuss, begierig auf seine Berührung.

„Mehr", murmelte ich. Er erstarrte für einen Moment, seine Lippen auf meinen, und dann lag er plötzlich auf mir, die Arme um mich geschlungen. Ich spreizte die Beine und zog an seinen Hüften, bis er zwischen meinen Schenkeln lag.

„Deine Nägel", murmelte er und riss die Augen auf.

„Scheiß auf meine blöden Nägel", stöhnte ich. Dann schlang ich beide Arme um seinen Hals und küsste ihn. Unsere Zungen duellierten sich. Oh Gott, sein Geruch ... was immer das für ein Duft war, den er trug – er füllte meine Nase, warm, berauschend, und ich inhalierte ihn gierig. Wir konnten nicht aufhören, einander zu küssen, und wir stöhnten beide. Ein Zeichen, dass es ihm genauso gefiel wie mir.

Als er meinen Hals küsste, erschauerte ich und legte den Kopf zur Seite, um ihm Platz zu machen. Ich erbebte, als er an meinem Ohrläppchen leckte und dann zärtlich daran zog. Er war unentwegt in Bewegung, wie eine Welle am Strand, langsam und sinnlich, und ich genoss das Gefühl seines Körpers an meinem. Seines harten Körpers.

Oh Scheiße, Daniel war hart.

Er ließ seine Hüften kreisen, und da war es wieder – ich fühlte seinen Harten an meinem Schwanz. Unverkennbar. Ein langsames, sexy Rotieren seines Beckens rieb seinen Schaft über meinen. Mein Herz raste, und ich erstarrte.

Dann hielt sofort inne. Er sah mir in die Augen. Sein Mund war leicht geöffnet, und er atmete schnell. „Und das ist mein Stichwort aufzuhören."

Ich schluckte. Ich konnte nicht widersprechen.

Daniel erhob sich auf seine Knie und griff nach seinem Tanktop, das er zur Seite geworfen hatte. Er zog es über. „Tut mir leid."

Ich ignorierte mein rasendes Herz und starrte ihn an. „Was denn? Dass du mich geküsst hast? Du kannst mir nämlich glauben, dass ich das genauso sehr wollte wie du.

Und ich bin nicht mehr ganz so unerfahren wie letzte Woche. Ich ... ich habe ein wenig recherchiert."

Daniel blinzelte und setzte sich auf seine Fersen. „Recherchiert?"

Ich nickte mit erhobenem Kinn. „Ich habe *Queer as Folk* geschaut."

Jetzt starrte Daniel mich unverwandt an. „Bitte sag mir, dass du das britische Original geschaut hast. Denn für die US-Version hättest du Tage gebraucht."

Ich verdrehte die Augen. „Ja, die britische Fassung." Ich war nun ruhiger; mein Herz hatte seinen normalen Rhythmus wieder aufgenommen.

Daniel grinste. „Ich bin beeindruckt." Er streckte mir eine Hand entgegen und half mir in eine sitzende Position. Dann nahm er mein Gesicht in beide Hände und gab mir einen zärtlichen Kuss. Er seufzte, als er mich wieder losließ. „Okay … ich weiß, ich sagte letzte Woche, ich könnte es nicht erwarten zu sehen, wie du im Bett bist. Aber das war vorher."

„Vor was?"

Er sah mich vielsagend an. „Bevor ich wusste, wie der Fall liegt. Also … was ich jetzt sagen will, ist … ich möchte es langsamer angehen. Beziehungsweise … ich hatte die feste Absicht, es langsamer anzugehen – bis wir angefangen haben, uns zu küssen."

Okay, darüber fühlte ich mich ziemlich selbstzufrieden. Ich polierte meine Fingernägel an meinem T-Shirt. „Tja, was soll ich sagen? Es ist eine Gabe."

Daniel verdrehte die Augen zum Himmel.

Aber ich konnte nicht lange den Arroganten markieren, nicht, wenn sich Daniels Zärtlichkeiten so fantastisch angefühlt hatten. Ich schlang die Arme um seinen Hals. „Ich weiß, was du meinst mit dem Küssen. Was ist das nur mit dir, dass ich mich auf einmal wieder wie ein Teenager
bei seinem ersten Mal fühle?" Denn genauso fühlte ich
mich.

Er grinste. „Was soll ich sagen? Es ist eine Gabe." Ich schlug ihm leicht auf den Arm, und er sah mich gespielt entrüstet an. „Autsch."

„Also, was nun?" Ich hatte nichts dagegen, die Dinge langsam angehen zu lassen. Ich war bereit gewesen, mit ihm auf der Couch herumzumachen, aber nach meiner Reaktion auf seinen Ständer war das offenbar, wo ich im Augenblick die Grenze zog.

Aber wer konnte sagen, wie ich nach einer weiteren Woche Recherche fühlen mochte?

Daniel erhob sich vom Sofa und setzte sich neben mich. „Was hast du morgen Abend vor?"

Ich hob die Augenbrauen. „Hast du etwas Bestimmtes im Sinn?"

Er nickte. „Ein Date. Und zwar etwas anderes als Abendessen bei mir daheim."

Ich schnaubte. „Solange du nicht an Abendessen bei mir denkst."

Seine Augen funkelten. „Eigentlich hatte ich an ... Tanzen gedacht."

„Wo?"

„London. Soho. Eine schwule Bar namens Freedom, wo es tolle Cocktails gibt, mit einem fantastischen Tanzbereich im Untergeschoss."

„Eine schwule Bar?" Und schon vollführte mein Herz einen kleinen Tanz.

Daniel lachte. „Warst du schon einmal in einer schwulen Bar?"

Ich schnaubte. „Nein. Aber es gibt viele Orte, an denen ich noch nicht war."

„Dann gehen wir ins Freedom. Vielleicht begegnest du dort sogar ein paar Promis."

„Wieso? Wer geht in diese Bar?"

„Einige der Tänzer und ihre Tanzpartner aus *Strictly*." Sein strahlendes Lächeln war zurückgekehrt. „Wenn die einen Abend in der Gesellschaft von Schwulen genießen können, kannst du das sicher auch. Außerdem sind da nicht nur Männer – Frauen gehen ebenfalls in diese Bar." Er neigte den Kopf zur Seite. „Also, haben wir ein Date? Wir können uns an der Eros-Statue am Piccadilly treffen. Da wird viel los sein, deshalb werde ich sicherstellen, dass du mich auch findest." Seine Augen funkelten. „Ich werde meine Regenbogen-Federboa tragen, und Netzstrümpfe."

Okay, ich glaubte ihm für ganze zwei Sekunden, bevor mir klar wurde, dass er mich nur neckte. Das brachte ihm ein weiteres Boxen auf den Arm ein. Dann fiel mir ein, dass ich ihm eine Antwort schuldete. „Wir haben ein Date." Auch wenn der Gedanke etwas in meiner Magengegend flattern ließ.

Er strahlte, und der Anblick beruhigte meinen nervösen Magen sofort wieder.

(Okay, so schlimm war es eigentlich auch gar nicht, aber ihr wisst, was ich meine, oder?)

Daniel hob mein Weinglas vom Boden auf und reichte es mir. „Du musst heute Nacht nicht nach Hause gehen", murmelte er. „Ich habe ein Gästezimmer."

Und mein Herz tat den nächsten Hüpfer.

Ich musste ehrlich zu ihm sein. „Falls ich hier übernachten sollte, würde ich gern vorbereitet sein. Du weißt schon, meine Zahnbürste dabeihaben, Kleidung zum Wechseln und all das ..."

Er nickte. „Ja, schon klar." Seine Stimme war leise.

„Nein, du verstehst nicht." Ich legte meine Hand auf sein Knie. „Weil, falls ich je beschließen sollte, die Nacht hier zu verbringen ..." Scheiße, mein Herz. „Dann will ich nicht in deinem Gästebett schlafen, alles klar?"

Daniel musterte mich einen Moment lang. „Falls ich je ... das klingt ein bisschen vage, so als ... würde das vielleicht nie passieren."

Sag es einfach. Du weißt, dass du es willst.

Ich holte tief Luft. „*Wenn* ich die Nacht hier verbringe, dann wird es in deinem Bett sein. Okay?"

Sein Atem stockte, und ich hatte das Gefühl, das Richtige gesagt zu haben. „Okay. Ich freue mich schon darauf."

Es klang wie eine Abmachung, und es überraschte mich selbst, dass ich das vollkommen okay fand. Wir hatten keinen Zeitpunkt dafür festgelegt, es gab keine Deadline. Nur das Einverständnis, dass es eines Tages passieren würde.

Oder sollte ich sagen, eines Nachts?

Wie auch immer. Ich hatte ein Gefühl von Leichtigkeit in meiner Brust, mein Puls raste, und Adrenalin rauschte durch meine Adern bei dem Gedanken, in seinem Bett zu liegen.

Denk jetzt nicht darüber nach. Später.

Ich trank mein Glas aus. „Ich sollte jetzt wohl besser gehen." Ich kam auf die Füße, und er erhob sich ebenfalls. Bevor ich ein weiteres Wort äußern konnte, küsste er mich und ließ sich viel Zeit dabei.

Daran könnte ich mich gewöhnen.

Dann wurde ich mir des angespannten Gefühls in meinen Zehen bewusst, das zuvor nicht dagewesen war.

„Daniel?", murmelte ich an seinen Lippen.

„Hm?"

„Kann ich die Zehentrenner jetzt rausnehmen, bitte?"

Er lachte, und ich konnte die Vibration in meinem ganzen Körper spüren. „Klar. Ich mach das eben." Er kniete sich zu meinen Füßen auf den Boden und entfernte behutsam den rosa Schaumstoff. „Wie sieht das aus?"

Ich schaute nach unten. Alles, was ich sah, war Daniel auf seinen Knien vor mir, sein Gesicht nur Zentimeter von meinem Schoß entfernt. Er hob den Kopf und sah zu mir auf, und als er sich die Lippen leckte, durchlief mich ein aufregender Schauer. „Sieht ... toll aus", murmelte ich.

Daniel erhob sich anmutig, bis er mir geradeaus in die Augen sah. „Ich meinte eigentlich deine Zehennägel", flüsterte er mit zuckenden Mundwinkeln.

Ich blinzelte. „Meine Nägel?" Dann sah ich nach unten und grinste. „Hey, sieh nur. Kein bisschen verschmiert."

Daniel lachte. „Weißt du überhaupt, wie lustig das war? ‚Scheiß auf meine blöden Nägel'", imitierte er mich.

Jetzt, da er es erwähnte ...

Wir lachten, bis er mich mit einem neuen Kuss zum Schweigen brachte. Mit einem tiefen Kuss, bei dem sich meine funkelnd violett-blauen Zehen krümmten. Ich hielt seinen Hinterkopf und erwiderte den Kuss mit allem, was ich hatte – leises Stöhnen eingeschlossen. Eine Hand lag an seinem Rücken, und meine Finger suchten sich erneut einen Weg unter sein Tanktop.

(Okay, ich wollte unbedingt seine Nippel anfassen. Ich hatte gehört, Piercings würden sie besonders empfindsam machen, und ich wollte sehen, ob das stimmt.)

„Scheiße, ich könnte süchtig nach dir werden", murmelte ich an seinen Lippen.

Daniel zog den Kopf zurück und lachte erneut. „Das musst *du* gerade sagen. Ich kann nicht genug von dir kriegen."

„Du kannst morgen Abend mehr haben." Dann dachte ich darüber nach. „Ist es okay, dich in dieser Bar zu küssen?"

Daniel biss sich auf die Lippe. „Ich denke, damit wirst du schon durchkommen." Mit einem Seufzen stieß er mich von sich weg. „Du musst jetzt gehen. Meine Willenskraft reicht nicht ewig, weißt du." Er nahm eine Jacke von der Stuhllehne und hielt sie mir hin, sodass ich hineinschlüpfen konnte. Dann reichte er mir meine Tasche. „Nur, dass du es weißt ... ich kann es kaum erwarten, dich wiederzusehen", sagte er mit leiser Stimme.

Dito. Nur ein Wort, aber ich meinte es von ganzem Herzen.

Sobald ich meine Schuhe wieder anhatte, brachte er mich nach unten zur Haustür, und bevor ich in die kühle Nachtluft hinaus trat, nahm Daniel mich in seine Arme und wir teilten einen letzten, langen Kuss.

„Bis morgen dann."

Ich nickte. „Ich werde nach der Federboa Ausschau halten."

Daniel lachte, während er die Tür schloss. Ich ging die Straße entlang zum Bahnhof, und ich hatte mich noch nie so leicht und so glücklich gefühlt. Ich war wie auf Autopilot, in Gedanken immer noch in seinem Wohnzimmer, auf dem Sofa, dabei ihn zu küssen...

Okay. Einen Kerl zu küssen. Das war gar nicht so anders, als ein Mädchen zu küssen – und doch irgendwie schon. Ich weiß, ich weiß. Das ergibt keinen Sinn. Es gab subtile Unterschiede, natürlich – Bartstoppeln zum Beispiel. Und als er sich gehen ließ, war da mehr... Stahl in seinem Kuss, könnte man sagen. Ich weiß, *ich* hatte mich auch nicht sehr zurückgehalten.

Ich konnte es nicht erwarten, ihn wieder zu küssen. Und wieder.

Eine halbe Stunde später war ich wieder zu Hause. Nach den Geräuschen zu urteilen, die aus dem Wohnzimmer drangen, schauten die anderen einen Horrorfilm. Ich würde Justins Kreischen überall erkennen.

Ich schlich auf Zehenspitzen an der Tür vorbei, um unbemerkt zu meinem Zimmer zu kommen, aber als ich an der Treppe war, öffnete sich die Tür.

„Hattest du einen schönen Abend?" Es war Mick.

Ich blieb stehen und drehte mich lächelnd um. Ich glaube, ich hatte nicht eine Sekunde lang aufgehört zu lächeln, seit ich Daniels Wohnung verlassen hatte. „Ja. Ich hatte viel Spaß."

Mick starrte mich schmunzelnd an. „Das sehe ich."

Ich runzelte die Stirn. „Wie meinst du das?"

Er lachte, dann nahm er meinen Arm und zog mich zu dem Wandspiegel im Flur. Mick drehte mich um, sodass ich in den Spiegel sehen musste, und stellte sich hinter mich. „Fällt dir irgendetwas auf?" Er schmunzelte immer noch.

Oh mein Gott. Das Licht im Flur war ziemlich schummerig, aber ich konnte trotzdem sehen, dass meine Lippen röter waren als gewöhnlich und ein wenig geschwollen. Außerdem war die Haut rund um mein Kinn und mein Mund gerötet.

Mick beugte sich zu mir und flüsterte: „Ja, du hattest *wirklich viel* Spaß, nicht wahr?"

Ich musste lachen. „Er ist eben ein sehr guter Küsser", flüsterte ich zurück. Ich starrte mein Spiegelbild an und berührte behutsam mit den Fingern meine Lippen.

Ich sah aus, als wäre ich wahrhaftig gut geküsst worden.

Erneut ging ich zur Treppe, und Mick folgte mir bis zu ihrem Fuß. „Sag ihm, er soll sich das nächste Mal rasieren. Außerdem willst du doch sicher keine wundgescheuerte Haut an ... empfindlicheren Stellen haben."

Okay, ich brauchte einen Moment, um zu verstehen, was er meinte, aber dann klappte mir die Kinnlade herunter. „Wir haben nicht ... wir waren nicht ... ich habe kein ...“

Mick lachte leise. „Okay, okay, ich glaube dir. Betrachte es als guten Rat für die Zukunft.“ Er nickte mit dem Kopf in Richtung Wohnzimmer. „Ich gehe jetzt besser wieder rein. Justin braucht jemanden, der seine Hand hält, wenn die wirklich gruseligen Szenen kommen.“ Wie aufs Stichwort

durchschnitt Justins lautes Angstgeheul die Luft. Mick schüttelte den Kopf. „Zu spät.“

Ich lachte und ging die Stufen hinauf.

„Lee?“

Ich blieb noch einmal stehen. „Ja?“

Mick stand am Fuß der Treppe. „Ein warnendes Wort von jemandem, der in deiner Haut gesteckt hat.“ Er deutete auf meine Lippen. „Nur, damit du es weißt – morgen wird es noch deutlicher zu sehen sein.“

Ich starrte ihn entsetzt an. „Ach, Mist.“

Mick nickte. „Also sei auf alles vorbereitet. Du kennst die Bande hier. Sie werden es nicht ignorieren, nicht, wenn sie die Chance haben, dich ordentlich auf den Arm zu nehmen.“ Dann ging er zurück ins Wohnzimmer.

Ich stieg die Treppe hinauf und betaste vorsichtig meine Lippen. *Tja, das ist das erste Mal für mich.* Aber als ich meine Zimmertür hinter mir schloss, wurde mir bewusst, dass noch weitere erste Male in meiner nahen Zukunft auf mich warteten.

Ich wusste nicht, ob ich mich freuen oder fürchten sollte.

Kapitel 9

#loveWins
love is love

16. Juni 2018
Es gibt nichts Besseres, als ein Samstagmorgen, an dem man ausschlafen kann.

Kein Job, für den ich mich aus dem Bett hieven musste. Das Haus war still, denn abgesehen von Moz und Niall, die bereits auf der Arbeit waren, war noch niemand wach. Nichts war zu hören, außer dem entfernten Rauschen des Verkehrs, denn der Rest der Welt war wach und beschäftigt, auch wenn ich es nicht war. Und das Allerbeste daran, im Bett liegenbleiben zu können?

Ich hatte alle Zeit der Welt, um mir gemütlich einen runterzuholen.

An jenem Morgen war etwas mehr als das Übliche in meinem erotischen Kopfkino gespeichert. Manchmal dachte ich beim Wichsen an Pornos, aber meistens spielte ich eigene Fantasien im Kopf ab, während ich dalag, das Federbett bis zu den Füßen heruntergeschoben, die Füße fest auf die Matratze platziert, und mir mit reichlich Gleitmittel langsam den Schwanz massierte.

Dieses Mal dachte ich nur an Daniel.

Ich schloss die Augen. Meine Beine waren gespreizt, einen Fuß hatte ich auf der Matratze abgestellt. Ich hielt meinen Ständer locker in der Hand und massierte ihn sanft. Er war da, auf seinen Knien vor mir in seinem Wohnzimmer,

und sah mit seinen schönen, braunen Augen zu mir auf, sein Mund nur Zentimeter von meinem Schoß entfernt. Ich wichste mich langsamer und zog mit der anderen Hand sanft an meinem Sack, während ich mir seine glänzenden Lippen vorstellt.

Die er sich leckte.

Das feuchte Geräusch an meinem Schwanz erhöhte meine Erregung nur noch. Fantasie-Daniel griff nach dem Knopf meiner Jeans und fragte lächelnd: „Darf ich?"

Welcher geile Mann, der bei Verstand war, würde zu einem warmen, feuchten Mund an seinem Schwanz Nein sagen?

Ich nickte, und meine Hand arbeitete ein wenig schneller an meinem Schaft, aber jetzt kniff ich mir auch in einen Nippel und rieb ihn langsam mit meinem Daumen. Daniel zog meinen Reißverschluss herunter, griff in meinen Slip, der plötzlich scheiß-eng geworden war, und holte meinen Ständer heraus. Ich hatte keine Zeit, auch nur ein Wort zu sagen, bevor er über meine Eichel leckte. Dann nahm er meinen Schwanz behutsam in den Mund.

Ich kniff fest die Augen zu, als würde sich der Anblick von Daniel, wie er meinen Schwanz lutschte, in nichts auflösen, falls ich sie öffnete. Ich legte meine Hände auf seinen Kopf und drängte ihn, mich tiefer in den Mund zu nehmen. Meine Hüften hoben sich unwillkürlich vom Bett, während ich seinen schönen Mund fickte und seine Lippen sich fest um meinen Schaft schlossen.

Ich wollte mehr.

Ich öffnete die Augen, drehte mich auf den Bauch und stopfte ein Kissen unter mich. Dann stützte ich mich ab und begann, mich daran zu reiben. Ich trieb meinen Ständer in das weiche Kissen und fickte es, so wie ich Daniels Mund ficken wollte. Ich konnte ihn stöhnen hören, während ich meinem Orgasmus näher kam, näher, und näher ...

Mit einem Aufschrei ergoss ich mich in das Kissen. Mein Körper erbebte, meine Arme zitterten. Im Kopf sah ich Daniels Lippen, bedeckt mit meinem Sperma, und er säuberte sie genüsslich mit seiner Zunge. Ich erschauerte bei dem Bild.

„Du schmeckst wunderbar." Seine Augen funkelten.

Ich packte meinen Schwanz und rieb meine Eichel an seiner Unterlippe. Seine Zunge kam hervor und leckte verführerisch langsam, und dann–

Mein Handy klingelte.

Scheiße, Scheiße, Scheiße!

Ich griff danach und verfluchte mich selbst, weil ich es am Abend zuvor nicht auf stumm geschaltet hatte. Als ich den Anrufer sah, stöhnte ich. Mum.

(Ja, ich weiß, man hat nur eine Mutter. Und ja, natürlich liebe ich sie. Aber versucht euch vorzustellen, wie ihr euch fühlen würdet, wenn ihr gerade gekommen wärt, euch noch nicht einmal saubergemacht hättet, und ausgerechnet jetzt eure Mum mit euch sprechen wollte.)

Ich nahm den Anruf an und schaltete auf Lautsprecher. „Morgen, Mum", begrüßte ich sie, während ich das Kopfkissen abzog und mich mit dem ohnehin eingesauten Baumwollbezug notdürftig sauber wischte.

„Guten Morgen. Ich habe dich doch nicht bei irgendwas gestört, oder?"

„Nein, nein. Alles gut." Es hätte schlimmer sein können. Sie hätte mich mittendrin anrufen können.

„Ich rufe nur an, um dich an morgen zu erinnern, das ist alles."

Morgen? In meinem Kopf war ein absolutes Loch. Ich konnte an nichts anderes denken als an mein Date mit Daniel später.

Sie seufzte. „Ja. Dein Schweigen ist sehr vielsagend.

Sonntagsessen, erinnerst du dich? Deine Schwester kommt auch. Und Ben."

Einmal im Monat machte Mum ein Mittagessen für die ganze Familie – das waren für gewöhnlich meine Eltern, meine Schwester Rachel, ihr Ehemann Ben und ich. Drei Stunden lang herumsitzen bei der Standardmahlzeit, bestehend aus Brathähnchen, Bratkartoffeln und Erbsen und Möhren, alles bedeckt von Mums spezieller

Bratensoße, (Keine Soße aus der Tüte kam in *dieses* Haus, vielen Dank auch – Dad würde ausflippen.) und möglichst versuchen, Gespräche zu vermeiden, die mit „Also, hast du eine Freundin?" begannen.

Folter.

„Ich hatte es nicht vergessen", log ich schamlos. Kommt schon ... ich hatte letzte Woche viel im Kopf gehabt, okay? „Um die gleiche Zeit wie immer?" Was bedeutete: Sei um zwölf Uhr da, sonst ...!

„Ja."

„Kann ich eine Flasche Wein mitbringen?" Alles, was den Anlass angenehmer macht und die Zeit schneller vergehen lässt. Vielleicht lieber *zwei* Flaschen Wein?

„Ja, aber erwarte nicht, dass dein Vater etwas davon trinkt." Ich unterdrückte ein Schnauben. Dad trank nur hartes Zeug. Wein war etwas für *andere Leute*.

„Und deine Schwester sagt, sie hat Neuigkeiten."

Ich hoffte inständig, dass Ben keinen neuen Job hatte und die beiden die Stadt verlassen mussten. Sie wohnten nur ein paar Straßen von meinen Eltern entfernt, was mir nur recht war. Mum tauchte immerzu unangemeldet und unter irgendeinem Vorwand bei Rachel auf, was meiner Schwester nichts auszumachen schien. Sie und Mum hatten ein sehr enges Verhältnis.

Aber falls sie wegziehen sollte ...

Nein. Darüber wollte ich nicht einmal nachdenken. Ich wollte auch nicht darüber reden. „Ich werde da sein", sagte ich mit fröhlicher Stimme. „Bis dann." Und dann legte ich hastig auf. Ich würde mir Gedanken um Rachels Neuigkeiten machen – worum auch immer es sich dabei handeln sollte – wenn ich sie sah. Im Moment war ich am Verhungern.

Ich schlüpfte in eine Jogginghose, dann ging ich zur Tür und steckte den Kopf hinaus. Ich konnte kein Wasser laufen hören, also schnappte ich mir ein Handtuch und eilte die Treppe hinunter ins Erdgeschoss und zu dem einzigen Badezimmer des Hauses.

Man lernt, schnell zu sein, wenn man zu fünft in einem Haus wohnt und es nur eine einzige Dusche gibt.

Ein Blick in den Spiegel zeigte, dass Micks Voraussage korrekt gewesen war. Meine Lippen waren immer noch ein wenig geschwollen, aber die Röte auf meinen Wangen und meinem Kinn war deutlich auffälliger. Mein erster Gedanke galt jedoch nicht meinen Mitbewohnern, sondern meinem heutigen Date.

So kann ich nicht vor die Tür gehen! Na ja, jedenfalls nicht ohne Papiertüte über dem Kopf.

Als ich einige Zeit später auf der Jagd nach etwas zum Frühstücken in die Küche kam, hatte Mick bereits eine Kanne Tee gemacht, und Niall befasste sich mit dem Toaster. Er drehte sich zu mir um, gerade als er eine Scheibe Brot hineinstecken wollte, und erstarrte. „Oh … oh, wow." Sein Blick zuckte kurz zu Mick.

Ich winkte ab. „Alles okay. Er weiß Bescheid."

Niall nickte. Dann biss er sich auf die Lippe. „Ich muss wohl nicht fragen, ob es gut gelaufen ist, oder?"

Mick schnaubte, dann räusperte er sich hastig. „Tee?", fragte er und deutete auf die Kanne.

„Gern." Ich machte eine vage Geste zu meinem Gesicht.

„Ich muss mir allerdings überlegen, was ich deswegen unternehmen soll. Ich habe heute Abend ein Date."

Mick Augen leuchteten anerkennend auf. „Ein weiteres Date? Dann läuft es ja wirklich gut. Wo geht ihr hin?"

„Tanzen in einer Bar in Soho." Dann traf es mich wie ein Schlag. „Oh Gott. Was ziehe ich dafür an?"

Niall kicherte. „Was du normalerweise auch anziehst."

„Aber es ist eine schwule Bar."

Mick lachte. „Und?" Er verdrehte die Augen und zeigte auf den Tisch. „Setz dich. Wenn du etwas Tee und Toast gehabt hast, kommen wir mit dir nach oben und gehen deine Garderobe durch. Irgendetwas musst du doch haben, worin du fantastisch aussiehst." Er füllte eine

Tasse mit Tee und reichte sie mir. „Mach dir Milch und Zucker rein, oder wie immer du deinen Tee trinkst. Niall macht den Toast. Dann setzen wir uns hin und frühstücken erstmal in Ruhe."

Ich konnte nicht widerstehen. „Ja, Dad." Beide lachten. „Aber ich muss mir immer noch überlegen, wie ich das hier verbergen kann." Ich deutete auf mein Kinn und meinen Mund.

„Make-up geht immer", schlug Niall vor. Seine Augen funkelten.

Ich wollte ihn schon mit einem finsteren Blick strafen, als mir eine Idee kam. Ich nahm mein Handy aus der Hosentasche und schrieb eine Nachricht an Daniel.

Schon wach?

Nur Sekunden später klingelte mein Handy. „Dies ist eine Bandaufzeichnung. Daniel ist noch im Bett, aber wenn Sie eine Nachricht hinterlassen wollen, sprechen Sie bitte nach dem–"

„Ha ha, sehr witzig. Es ist ernst."

„Wieso? Was ist passiert?" Daniels Stimme änderte sich schlagartig, und er klang besorgt.

„Mein Gesicht ist eine totale Katastrophe, das ist passiert", antwortete ich. „Und das ist allein deine Schuld."

„Rasier dich nächstes Mal, bevor du ihn abknutschst", rief Mick, und dieses Mal bekam ich den finsteren Blick hin.

„Das ist Mick, einer meiner Mitbewohner, und falls er das nochmal macht, wird er ein Ex-Mitbewohner sein."

Daniel lachte. „Oh Mann. Na ja, wenigstens weiß ich jetzt, was das Problem ist." Sein Tonfall wurde weicher. „Ist es sehr schlimm?"

„Schlimm genug, dass ich so nicht die Bar betreten kann."

„Oh, ich weiß nicht. Wenn wir zusammen hineingehen, werde ich *viele* neidische Blick ernten."

Ich schüttelte den Kopf. „Wie machst du das nur? Ich sollte sauer auf dich sein, aber stattdessen sagst du drei Worte, und ich fühle mich gut."

„Das freut mich." Seine leise Stimme rührte etwas in mir.

„Aber du könntest etwas tun, damit ich mich noch besser fühle."

„Ja?"

„Bring heute Abend dein Make-up-Zeugs mit. Man kann das abdecken, oder?" Ich hoffte es jedenfalls.

Daniel lachte nicht. „Ich bringe Foundation und Puder mit."

Ich seufzte erleichtert.

„Vielleicht auch etwas Augen-Make-up und Lippenstift", fügte er hinzu.

Ich erstarrte. „Wieso?"

„Ach, nur so", antwortete Daniel in einem beiläufigen Tonfall, auf den ich keine Sekunde lang hereinfiel. „Wir treffen uns wie geplant, dann gehen wir irgendwohin, wo ich mich um dein Gesicht kümmern kann, bevor wir ins Freedom gehen. Wie klingt das?"

„Perfekt." Ich war schon ein wenig beruhigt.

„Dann sehen wir uns beim Eros, wie verabredet. Sind deine Lippen wund?" Da war wieder der besorgte Ton.

„Nein, nur ein wenig geschwollen."

„Es tut mir kein bisschen leid", sagte Daniel heiser. „Ich bereue nichts."

Ich schluckte, und mir wurde am ganzen Körper warm. „Ich auch nicht." Dann legte ich auf. Erst jetzt wurde mir bewusst, wie still es im Raum war.

Mick und Niall starrten mich reglos an.

Ich zeigte auf den Toaster. „Fang an zu toasten! Wir haben einiges zu tun!" Ich ging zum Kühlschrank, um die Milch herauszuholen, während sich mein Puls beschleunigte.

Er wird mich nicht *dazu bringen, mehr Make-up zu tragen als unbedingt nötig.*

#love wins

love is love

Ich ließ den Blick über die Menschenmenge rund um die Statue schweifen und suchte nach Daniel. Er hatte recht behalten, was die Anzahl der Leute betraf. Ich stand nun schon seit zehn Minuten hier, aber kein Zeichen von Daniel. Ich wusste, dass er kommen würde – er hatte nicht abgesagt – trotzdem drehte sich mir ein wenig der Magen um.

Das hier war neu.

Es war ein echtes Date.

Nicht, dass unsere anderen Treffen keine Dates gewesen wären, aber in der Öffentlichkeit mit ihm zusammen zu sein, mit ihm zu tanzen ... Mein Mund war staubtrocken, und ich wünschte, ich hätte eine Flasche Wasser

mitgenommen. Wie es sich anfühlte, hatte ich bereits eine

Horde Schmetterlinge im Bauch.

„Hallo."

Ich zuckte zusammen und wirbelte zu ihm herum. „Jesus, du hast mich erschreckt."

Daniel lachte leise. „Sorry." Er sah so hinreißend aus wie all die anderen Male, als wir uns getroffen hatten, in einer engen, schwarzen Jeans, seinen schwarzen Sportschuhen und einem quergestreiften T-Shirt, das sich eng an seine Brust schmiegte. In einer Hand trug er eine leichte, schwarze Jacke, und der Gurt seiner Tasche lag quer über seiner Brust. Ein Hauch violett betonte seine Augenwinkel, und der schwarze Eyeliner ließ sie strahlen.

Er grinste. „Kann ich so gehen?"

Ich nahm einen tiefen Atemzug. „Du siehst toll aus, wie immer."

Daniels Lippen öffneten sich, und er hielt eine Sekunde lang die Luft an. „Danke." Dann sah er mich von oben bis unten an, bevor sich ein wunderschönes Lächeln auf sein Gesicht stahl. „Du aber auch", sagte er mit so viel Aufrichtigkeit in der Stimme, dass meine Sorge über die Wahl meines Outfits sich in Luft auflöste. Niall hatte darauf bestanden, dass ich Jeans trug, aber Mick hatte ein Oberteil ausgesucht, das ich kaum je getragen hatte. Es war aus fließendem, weißem Stoff, der wundervoll fiel, mit einem sehr tiefen Ausschnitt, der viel von meiner Brust zeigte.

Sanft fuhr Daniel mit einem Finger über mein Brustbein. „Das gefällt mir. Und ich mag auch, dass du hier genauso haarlos bist wie ich."

„Ich hatte mal drei Haare auf der Brust. Mehr ist nie zustande gekommen." Ich seufzte dramatisch. „Vor lauter Scham sind sie wieder verschwunden." Es fühlte sich seltsam an, dass er mich mitten auf einer belebten Straße

so intim berührte, aber es brachte auch mein Herz dazu,

schneller zu schlagen.

Er lachte, dann berührte er meine Lippen mit so viel Zärtlichkeit, dass ich fast dahinschmolz. „Du Armer. Kann ich dich zur Linderung küssen?"

Wir sind in der Öffentlichkeit.

Wir sind in der Öffentlichkeit.

„Ja", flüsterte ich, und er schloss den Abstand zwischen uns, um mich sanft auf den Mund zu küssen. Ein keuscher, zärtlicher Kuss.

Ein genau richtiger Kuss.

(Merkt ihr was? Ich klinge schon wie Goldlöckchen.)

Dann neigte er den Kopf zurück. „Okay, dann lass uns das mal in Ordnung bringen", sagte er und zeigte in Richtung der U-Bahn-Station. „Die Toiletten da werden gehen. Das Licht ist furchtbar, aber wenigstens sehen wir dann alles gut. Und die Beleuchtung im Freedom ist nicht so hell."

Ich folgte ihm zur Station und in die nächstbeste Herrentoilette. Sobald wir drin waren, gingen wir zu den Waschbecken. Daniel wühlte in seiner Tasche und brachte zwei Fläschchen und eine Puderdose zum Vorschein.

„Ich war nicht ganz sicher, welcher Ton besser zu deinem Teint passt. Deine Hautfarbe ist ein wenig wärmer als meine, aber ansonsten nicht so viel anders." Er öffnete beide Flaschen und tupfte mit dem Finger etwas von jeder auf mein Kinn.

Ein Kerl im Anzug betrat die Toilette, warf einen Blick auf uns und drehte sich prompt wieder um und ging.

Daniel schnaubte. „Was hat der denn für ein Problem? Man könnte meinen, er hätte noch nie zuvor zwei Männer beim Schminken gesehen." Er zwinkerte. Dann beugte er sich näher und musterte mein Kinn. „Dieses hier, denke ich." Er steckte die andere Flasche zurück in seine Tasche, dann holte er einen kleinen, flachen Schwamm heraus und

gab ein wenig von dem Make-up darauf. Er trug es

sorgfältig um meinen Mund herum auf und verwischte es, bis er mit dem Ergebnis zufrieden war. Dann nahm er einen zweiten Schwamm, dieses Mal mit Puder, und drückte ihn immer wieder auf mein Gesicht. Dann verwischte er erneut die Übergänge.

„Fertig?", fragte ich und versuchte mich umzudrehen, um das Ergebnis zu sehen.

„Nicht so ungeduldig. Ich verteile noch ein wenig über dein ganzes Gesicht, damit es gleichmäßig aussieht."

„Überall?" Ich war nicht sicher, ob ich für ein Gesicht voller Schminke bereit war.

„Vertrau mir", sagte er und drückte den Puderschwamm unter meine Augen, auf meine Wangen und meine Stirn. Dann richtete er sich auf, packte meine Schultern und drehte mich zu dem Spiegel über dem Waschbecken. „Und? Ist es besser?"

Besser? Es war scheiß-*fantastisch*!

„Ich liebe es."

Daniel atmete hörbar auf.

Dann verengte ich die Augen. „Hast du noch mehr Make-up in deiner Tasche?"

„Habe ich", sagte er mit leichtem Zögern. „Aber um ehrlich zu sein, wenn ich dich jetzt so sehe – du brauchst das nicht." Er biss sich auf die Lippe. „Außer vielleicht ... ich würde dir gern ein winziges Bisschen Lipgloss draufmachen. Oder vielleicht Lippenstift?" Er griff in seine Tasche und holte eine transparente Tube mit einer rosa Flüssigkeit heraus, sowie einen Lippenstift in einer schwarzen Hülle.

„Das ist rosa."

Daniel lachte leise. „Sehr gut beobachtet. Der Lippenstift ist auch rosa. Und beides würde super an dir aussehen. Versuchst du es? Bitte? Für mich?"

Als ob ich ihm etwas abschlagen könnte. „Okay", sagte ich, und mein Herzschlag beschleunigte sich wieder.

Daniel drehte die Spitze des Lippenstifts heraus und trug die Farbe sorgfältig auf, bevor er sie mit einem Papiertuch abtupfte. „Das mache ich nicht, wenn ich selbst Lippenstift oder Gloss benutze, aber dafür haben wir jetzt keine Zeit." Er trug eine zweite Schicht auf und tupfte sie erneut ab, bevor er den Lipgloss hinzufügte. „Also, wie findest du es?"

Ich starrte mein Spiegelbild an. Wer aus dem Spiegel zurückstarrte, war nicht ich – es war jemand, der viel, viel besser aussah. Meine Haut sah makellos aus. Meine Lippen wirkten ... voll, anders konnte man es nicht bezeichnen.

Daniel stand hinter mir. „Ich finde, du siehst fabelhaft aus", sagte er leise. „Und ich glaube, jeder Typ im Freedom wird mir heute die Augen auskratzen wollen, weil ich derjenige sein werde, der mit dir tanzt." Er packte sein Make-up wieder ein, dann sah er mir im Spiegel in die Augen. „Bereit?"

Ich holte tief Luft. „Bereit."

Für was? Ich hatte nicht die leiseste Ahnung.

Kapitel 10

#love wins
love is love

„Du hast keine Witze gemacht, als du sagtest, es würde voll sein", sagte ich, als wir das Freedom betraten. Die Bar war gerammelt voll. Ich konnte den Tresen nicht sehen, weil einfach so viele Leute davor standen. Es lief laute Musik, etwas mit einem wummernden Bass, der durch den Boden vibrierte. Überall an den Wänden waren Sitzecken, und sie waren alle besetzt.

Daniel beugte sich zu mir, um über die Musik hinweg etwas zu sagen, denn wir standen direkt neben dem DJ. „Es ist immer so. Du solltest es erst mal während der Pride sehen. Da ist es noch schlimmer." Dann stieß er einen erfreuten Schrei aus. „Oh, wow!"

Ich folgte der Richtung seines Blickes und sah ein Paar in einer der Sitznischen. Die Frau winkte Daniel heftig zu. „Ich nehme an, das sind Freunde von dir?"

„Wirklich gute Freunde", antwortete Daniel warm. „Komm und lern sie kennen." Er zog mich zu der Sitzecke, wo sich eine gepolsterte Bank im Halbkreis um Dreiviertel eines runden Tisches schmiegte. Das Paar stand auf und kam hinter dem Tisch hervor, um Daniel mit überschwänglichen Umarmungen zu begrüßen. Dann deutete er auf mich. „Das ist Lee." Als Nächstes zeigt er auf den Mann, der sehr groß war und die dunkelste Haut hatte, die ich je gesehen hatte. „Das hier ist Troy. Wir

kennen uns schon ewig."

Troy streckte mir seine Hand entgegen. „Freut mich, dich kennenzulernen, Lee." Er schüttelte meine Hand mit festem Griff.

Ich wurde das Gefühl nicht los, ihn schon einmal gesehen zu haben. „Haben wir uns schonmal getroffen?" Er war sehr gutaussehend, mit einem kräftigen, glatt rasierten Kiefer und breiten Schultern.

Daniel lachte. „Du hast ihn bestimmt schon einmal gesehen. In Magazinen. Troy ist Model."

Ich starrte den Mann mit offenem Mund an. „Das ist es. Du warst in Magazinen und in Anzeigen für Herrenmode."

Troy hob beide Hände. „Bitte, keine Autogramme." Ich lachte. Dann gestikulierte er zu der Frau an seiner Seite, die genauso klein war wie er groß, sehr grazil, mit kurzem, blondem Haar. „Das ist meine Freundin Caroline."

Sie nahm meine Hand. „Ich hatte gehofft, du würdest heute Abend hier sein." Sowohl Troy als auch Daniel warfen ihr einen scharfen Blick zu, aber sie winkte nur ab. „Ihr zwei solltet erstmal gehen und euch etwas zu trinken besorgen." Sie sah zum Tresen hinüber. „Das könnte ein Weilchen dauern."

Daniel sah mich an. „Ich bin sofort zurück."

Es rührte mich, dass er so aufmerksam war und auf mich achtete, aber ich war ein großer Junge. Ich konnte auf mich selbst aufpassen. Und als ich mir die Leute hier ansah, fühlte ich mich gleich zuhause. Ich bin nicht sicher, was ich erwartet hatte, aber das Publikum hier sah aus wie jedes andere Publikum, das ich an einem Samstagabend beim Tanzen gesehen hatte. „Keine Sorge", sagte ich grinsend. „Ich hätte gern einen Cocktail, bitte. Du kannst einen aussuchen. Ich bin nicht wählerisch."

Daniels Augen leuchteten. „Magst du Passionsfrucht?" Als ich nickte, seufzte er glücklich. „Dann weiß ich schon, was ich dir bestelle." Er zupfte an Troys Arm. „Komm mit." Dann sah er zu Caroline hinüber. „Falls wir in einer halben Stunde noch nicht zurück sind, schick Hilfe." Sie kicherte. Daniel verengte die Augen. „Und benimm dich."

„Ich?" Caroline riss unschuldig die Augen auf.

Daniel verdrehte die Augen, dann marschierte er mit Troy davon. Sobald sie weg waren, klopfte Caroline auf den Sitz neben sich. „Setz dich. Ich habe so viele Fragen."

Verdattert rutschte ich auf die Bank. Dann dämmerte es mir. „Du hattest gehofft, *ich* würde heute Abend hier sein?" Sie hatte mich angesehen, nicht Daniel, als sie das gesagt hatte.

Caroline nickte. „Ich hatte gehofft, dass er dich mitbringt. Ich muss zugeben, dass ich es kaum erwarten konnte, dich kennenzulernen."

Ich blinzelte. „Mich?"

Sie lachte. „Schätzchen, Daniel hat die ganze letzte Woche nichts anderes getan, als ununterbrochen von dir zu reden."

Okay. Ich blinzelte erneut. „Von mir?"

Caroline lehnte sich gegen das gepolsterte Rückenteil der Bank. „Letzten Freitagabend rief er mich an und klang so aufgeregt, wie ich ihn schon lange nicht mehr erlebt hatte. Er erzählte mir, er hätte einen unheimlich schnuckeligen Kerl im Zug kennengelernt, sie hätten geredet, und er hätte ihn um ein Date gebeten. Und er war so aufgeregt, weil er den Typ schon ein paarmal zuvor gesehen hatte und ihn unbedingt hatte ansprechen wollen, aber der richtige Moment hatte sich bis dahin nie ergeben."

Okay, das warf mich ziemlich aus der Bahn. „Er wollte schon vor diesem Tag mit mir sprechen?"

Sie nickte. „Er konnte es kaum fassen, dass du ihn als Erster angesprochen hast. Der Arme, er war so nervös. Er sagte, er musste dich einfach um ein Date bitten, weil er nicht wusste, ob er je wieder die Chance dazu bekommen würde."

Ich konnte mir Daniel nicht nervös vorstellen. Er wirkte immer unheimlich selbstsicher.

„Aber als du dann ja sagtest, ist er total nervös geworden." Caroline sah mich eindringlich an. „Das war der Moment, als ich es wusste."

„Was wusste?"

Sie lächelte. „Dass du ihm wirklich etwas bedeutest. Daniel dreht nie so durch wegen eines Kerls. Daher wusste ich, dass du anders bist."

„Aber ... er wusste doch nicht das Geringste über mich." Das war es, was mir nicht in den Kopf wollte. Wie hatte ich so schnell einen solchen Eindruck machen können?

„Dann rief er mich am Samstagabend an, und ich wusste sofort, dass etwas nicht stimmte."

Ich holte tief Luft. „Ich habe ihm gesagt, dass ich nicht schwul bin. Und ... sagen wir einfach, wir hatten ein wenig voreilig gehandelt."

Sie nickte erneut. „Hat er mir erzählt."

„Ihr zwei müsst euch sehr nahestehen."

Caroline lächelte, und ihre Augen lächelten mit. „Ja. Wir sind zusammen zur Schule gegangen. Um genau zu sein, war Daniel derjenige, der mich Troy vorgestellt hat." Sie lachte. „Mir gefällt, wie du dich selbst beschrieben hast. ‚Überwiegend hetero mit einem Schuss schwul'."

Ich starrte sie an. „Er hat dir wirklich alles erzählt." Na ja, ich hoffte, nicht *alles*.

Caroline verschränkte ihre Hände auf dem Tisch. „Ich weiß, dass die letzte Woche schwer für ihn war. Er wartete darauf zu hören, wie du dich entscheiden würdest, und es hat ihn in den Wahnsinn getrieben."

„War auch für mich eine seltsame Woche", murmelte ich. Als sie mir einen fragenden Blick zuwarf, seufzte ich. „Versuch einmal, es dir aus meiner Perspektive vorzustellen. Ich habe mich noch nie zuvor zu einem Mann hingezogen gefühlt. Und plötzlich bittet mich einer um ein Date, und ich sage ja. Ich wusste nicht einmal, warum ich ja gesagt hatte."

„Und bist du zu irgendwelchen Schlussfolgerungen gekommen?"

Ich lächelte. „Ja. Es muss etwas mit Daniel zu tun haben. Offenbar bin ich dem einzigen Mann begegnet, der bei mir die richtigen Knöpfe drückt."

Zwei Männer kamen an unserem Tisch vorbei und winkten Caroline zu, die zurückwinkte. Einer der beiden sah mich an und lächelte. Unwillkürlich lächelte ich zurück. Der Mann blieb stehen und kam an unseren Tisch.

„Hallo", sagte er mit tiefer, rauer Stimme. Ich mochte den Klang. Er trug eine sexy Lederweste, die seine nackten, muskulösen Arme zeigte und seine Brustbehaarung enthüllte.

„Hi", sagte ich und versuchte, nicht seine Arme und seine Brust anzustarren.

(Okay, ich versuchte, nicht zu sabbern. Zufrieden?)

„Bist du mit Caro hier?", fragte er. „Und bist du auch später noch hier, wenn die Tanzfläche aufgemacht wird?" Seine Augen funkelten. „Falls ja, werde ich nämlich versuchen, dich zu finden."

Okay, hatte jemand die Heizung hier drin aufgedreht?"

Bevor ich antworten konnte, mischte sich Caroline ein. „Nein, er ist nicht mit mir hier, er gehört zu Daniel. Ja, er wird höchstwahrscheinlich tanzen, und nein, Max, du und Carl werdet ihn nicht zur Füllung in eurem Sandwich machen. Er ist zum ersten Mal hier, und er steht nicht auf solche Spiele."

Max verzog das Gesicht. „Schade." Sein Blick fand den meinen. „Dann sehen wir uns auf der Tanzfläche." Er schenkte mir ein sexy Grinsen, das eine Reihe makellos weißer Zähne enthüllte, dann ging er weiter und holte zu seinem Partner auf.

Als ich ihm hinterher sah, konnte ich unmöglich seinen strammen Hintern übersehen, der in einer noch strammeren Jeans steckte. *Verdammt. Das war ein wirklich knackiges Hinterteil.*

Caroline räusperte sich, und ich blinzelte. Ein Schmunzeln lag auf ihrem Gesicht. „Dann ist es also nicht nur Daniel, hm? Noch nie zu einem Kerl hingezogen gefühlt, hmmm?"

Ich kann zugeben, wenn ich mich irre.

Ich hüstelte. „Okay. Vielleicht ist ‚überwiegend hetero' nicht ganz zutreffend."

Ihre Augen leuchteten. „Was du nicht sagst." Dann lachte sie. „Im Gegensatz zur weit verbreiteten Ansicht ist nichts falsch daran, bi zu sein. Ich sollte das am besten wissen." Sie zog ihre kleine, schwarze Handtasche hoch, sodass ich den Gurt sehen konnte. Daran war ein Anstecker mit drei Streifen in pink, lila und blau befestigt.

„Was ist das?" Ich kannte das Symbol nicht.

„Das ist die bisexuelle Pride-Flagge." Sie hob ihre Brauen. „Wir haben doch schonmal was von Bisexualität gehört, nehme ich an?"

Es war, als würde ich wieder mit Daniel über die Pride reden. Ich verdrehte die Augen. „Ja, wir haben." Nicht, dass ich jemanden gekannt hätte, der bi war. Aber dann überlegte ich, dass das vielleicht nicht ganz stimmte. So weit ich wusste, konnte ich praktisch umgeben sein von bisexuellen, lesbischen, schwulen und transsexuellen Leuten. Zum Beispiel auf der Arbeit. Aber wie Mick ganz richtig gesagt hatte, falls das so war, ging es mich nichts an und war allein deren Sache.

Dann dachte ich über ihre Bemerkung nach. „Wie meinst du das, entgegen der weit verbreiteten Ansicht? Und bin ich dann bi?"

Sie hob erneut die Augenbrauen. „Hast du Zweifel daran?"

„Na ja, ich war mir nicht sicher. Ich meine, es ist ja nicht wirklich halbe-halbe. Bisher hatte ich immer nur was mit Frauen."

Caroline lachte. „Es ist ein wenig fließender als das. Du kannst mehr auf Frauen stehen als auf Männer, oder umgekehrt."

„Dann ist es in Ordnung, ein Geschlecht dem anderen vorzuziehen?" Ich musste zugeben, dass sich mir immer neue Gebiete zum Erforschen auftaten.

„Natürlich. Aber sei darauf vorbereitet, dass es nicht immer ganz glattläuft, okay?" Sie verzog ein wenig das Gesicht.

Okay, jetzt wurde ich besorgt. „Was meinst du damit?"

Sie seufzte. „Sieh mal, in den letzten paar Jahren hat sich schon viel geändert. Die Leute sind offener gegenüber anderen, die lesbisch oder schwul sind, okay? Aber diese Offenheit schließt bisexuelle Menschen leider nicht unbedingt ein."

„Warum nicht?" Und wieso war ich mir dessen nicht bewusst? Aber dann fiel mir ein, dass ich noch nie auf einer Pride war oder sowas. Ich hatte bisher keinen Grund gehabt, etwas über LGBTQ-Leute zu lernen.

Als mir das klar wurde, errötete ich, und meine Kehle wurde ein wenig eng.

Caroline schnaubte. „Wo soll ich da nur anfangen? Du hast ja keine Ahnung, was ignorante Menschen uns alles unterstellen. Lass mal sehen ..." Sie begann, an den Fingern abzuzählen. „Bisexuelle sind promiskuitiv. Sie

sind nicht monogam. Wenn du bi bist, dann hast du ständig flotte Dreier und nimmst an Orgien teil."

Ich lachte auf. „Klingt, als wären die Leute neidisch, wenn du mich fragst."

Sie grinste. „So habe ich das, ehrlich gesagt, noch nie betrachtet. Aber ernsthaft, im Allgemeinen halten die Leute Bisexualität für eine ‚Phase'", sagte sie und machte mit den Fingern Anführungszeichen in der Luft. „So nach dem Motto, dass wir einfach noch nicht wissen, was wir wollen. Oder dass wir es als Ausrede benutzen, um alles ficken zu können, das nicht bei drei auf den Bäumen ist. Und dann gibt es noch diesen Spruch, den Troy oft zu hören bekommt, und den ich absolut hasse: ‚Heute bi, morgen schwul.'" Caroline schauderte. „Er ist früher mit Männern ausgegangen, und ich mit Frauen. Dass ich jetzt mit einem Mann zusammen bin, macht mich nicht hetero. Ich fühle mich immer noch auch von Frauen angezogen. Aber ich ficke nicht herum, und er auch nicht."

Das erregte bei mir eine neue Sorge. „Denkst du, Daniel hat Angst, dass ich eines Tages jemand anderen finde – eine Frau – und beschließe, dass ich doch hetero bin? Dass ich nur ‚eine Phase' durchmache?"

Sie sah mich geradeheraus an. „Was denkst du selbst, dass du bist?"

Ich verstummte und ließ im Kopf alles sacken, was sie gesagt hatte. Ich brauchte nicht lang. „Ich bin bi", sagte ich schließlich. Mick konnte über Labels sagen, was er wollte. Ich jedenfalls hatte mit diesem speziellen Label kein Problem. Bisher hatte ich eben nur was mit Frauen gehabt, na und?

Jetzt hatte ich Daniel.

Caroline beugte sich vor und gab mir einen Kuss auf die Wange. „Willkommen im Club, Schätzchen."

„Stören wir bei irgendetwas?" Daniel stand neben dem Tisch, in den Händen zwei Cocktailgläser, bis zum Rand gefüllt mit einer orangefarbenen Flüssigkeit. Nachdem er sie auf dem Tisch abgestellt hatte, warf ich einen Blick ins Glas. Es schwamm eine halbe Passionsfrucht darin, und sie brannte.

„Das ist ja cool? Was ist das?"

Daniel grinste. „Das nennt sich Pornstar-Martini. Probier."

Ich sah ihn entrüstet an. „Soll ich mir etwa die Augenbrauen versengen?"

„Ich glaube, das Prozedere sieht vor, dass du die Flamme vorher auspustest", sagte Troy mit einem Augenzwinkern. Dann setzte er sich neben Caroline und stellte ein Glas vor sie hin. „Hier, dein Mojito, Schatz."

Daniel rutschte neben mir auf die Bank. „Ich finde, ein Toast ist jetzt angesagt."

„Kann ich ihn machen?", fragte ich einem Impuls folgend.

Er lächelte. „Klar."

Ich erhob mein Glas. „Auf neue Freunde!" Alle drei lächelten mich an und wiederholten meinen Trinkspruch. Ich blies auf meinen Drink und löschte die Flamme, bevor ich einen Schluck nahm. „Oh, das ist gut." Ich trank ein wenig mehr, während ich in Gedanken immer noch bei all dem war, was Caroline gesagt hatte. Wie es schien, hatte ich mich für einen nicht ganz leichten Weg entschieden. Eines wusste ich mit Sicherheit: Ich würde meine neue Erkenntnis mit niemandem aus meiner Familie teilen, bevor ich dafür nicht einen guten Grund hatte. Und das würde nur in einem ganz bestimmten Fall passieren – wenn ich einen festen Freund hatte, den ich meinen Eltern vorstellen wollte. Bis jetzt war Daniel nur ein Date. Nur die Zeit würde zeigen, ob daraus mehr werden konnte.

Der Gedanke an ‚mehr' mit Daniel ließ mich erwartungsvoll erschauern.

#loveWins
love is love

Die Decke über unseren Köpfen war mit zahlreichen glitzernden Discokugeln behängt. Laserlichter flackerten über sie und die Tänzer darunter hinweg, und über dem Bartresen hingen Kronleuchter.

Was Tanzflächen anging – diese hier war großartig. Und jeder Quadratzentimeter Boden war von Körpern bedeckt, die sich zur Musik bewegten, paarweise oder allein, in Gruppen oder solo an den Tanzstangen, die es hier und dort gab. Die Musik variierte. Bis zu diesem Zeitpunkt hatte ich mir zu Lady Gagas *Stupid Love*, Jax Jones' *This is Real*, Jonas Blues *Mistakes* und Celestes *Stop This Flame* den Hintern abgetanzt. Wir hatten zu viert getanzt, und ich musste zugeben, dass Daniel ein wunderbarer Tänzer war. Ich hätte ihm die ganze Nacht zusehen können. Was mich selbst betraf, so war es mir schnurz, wer mich sah. Ich hatte einfach nur Spaß. Ich verlor mich in der Musik, tanzte mit Körper und Seele und genoss jede Minute. Ich war seit Ewigkeiten nicht mehr tanzen gegangen, und nun holte ich die verlorene Zeit nach.

Sobald wir zum Tanzen nach unten gingen, fühlte es sich allerdings weniger wie ein Date an, sondern mehr wie ein ganz normaler

Samstagabend-Ausflug in den Club. Das machte mir nichts aus – ich hatte viel Spaß. (Außerdem ist es ja auch ein wenig schwierig, mitten auf einer vollen Tanzfläche mit jemandem allein zu sein, oder?)

Gegen ein Uhr nachts brauchte ich eine Verschnaufpause und ging zusammen mit Caroline an die Bar, während Troy und Daniel auf der Tanzfläche blieben. Wir beobachteten die beiden eine Weile, und mir entgingen nicht die bewundernden Blicke, die sie von den anderen Tänzern beiderlei Geschlechts ernteten.

„Wieso hast du aufgehört zu tanzen?", fragte Caroline laut, um die Musik zu übertönen.

„Ich teile mir meine Kräfte ein", antwortete ich grinsend. Ich hatte vor zu bleiben, bis der Laden dicht machte. Dann würde ich noch irgendwo etwas frühstücken, bevor ich den ersten Zug nach Hause nehmen konnte, der nicht vor sieben Uhr am Morgen ging. Erst in diesem Moment fiel mir auf, dass ich keine Ahnung hatte, was Daniel für später geplant hatte.

Frühstück mit mir, hoffe ich. Dann wäre ich zumindest mit ihm allein. Im Augenblick war er *alles andere* als allein – die Zahl seiner Bewunderer wuchs.

Irgendwie gefiel mir das nicht, was mich überraschte. Ich neigte eigentlich nicht zu Eifersucht.

„Kann ich dich etwas fragen?", sagte Caroline in mein Ohr.

„Fragen kannst du", scherzte ich, den Blick immer noch auf Daniel fixiert.

„Bist du sicher, dass es keinerlei Anzeichen gegeben hat, dass du vielleicht auf Männer stehst, bevor du Daniel getroffen hast? Nicht, dass ich das anzweifele, aber ..."

Ich warf ihr einen Blick zu. Sie grinste. Dann überlegte ich einen Moment lang. „Wenn ich dir jetzt etwas erzähle, musst du mir versprechen, zu niemandem ein Wort darüber zu verlieren, vor allem nicht zu Daniel."

„Oh. Das klingt aufregend." Sie fasste sich an Herz. „Okay. Versprochen."

„Also ..." Ich konnte nicht fassen, dass ich ihr das erzählen würde.

„Als Teenager habe ich mir von meiner Mutter ab und zu den Versandhauskatalog geborgt und
mit auf mein Zimmer genommen, um ... mir Fotos anzuschauen."
Ihre Mundwinkel zuckten. „Was für Fotos?"
Ich seufzte. „Die Unterwäsche-Seiten. Ich sah mir die Spitzenunterwäsche an und versuchte, Nippel zu sehen oder ... irgendetwas anderes. Und ich sah mir auch Männer in Unterhosen an." Meine Wangen wurden heiß.

Caroline legte mir einen Arm um die Schultern und zog mich an sich. „Ich glaube, da warst du nicht der Einzige, Schätzchen." Dann ließ sie mich wieder los. „War das alles? Weil ... das ist wirklich nicht besonders schockierend. Das haben wir doch alle gemacht."

„Nein, das war nicht alles." Ich sprang ins kalte Wasser. „Immer, wenn ich Pornos geschaut habe – Hetero-Porno, meine ich – fand ich die Männer immer besser als die Frauen."

Caroline lachte. „Ich auch. Ich kann lesbischen Porno nicht ausstehen. Mir sind die Männer lieber."

„Wirklich?"

Sie nickte. „Die Frauen sind immer so ... laut. Ich mache nie so viel Lärm, und ich rede auch nicht so daher, wenn ich ... du weißt schon."

„Genau! Die Männer waren immer still und gingen einfach zur Sache. Und immer, wenn ein Paar von hinten gezeigt wurde, habe ich eher auf seinen als auf ihren Arsch gestarrt. Feste Hinterbacken, die sich bei jedem Stoß zusammenzogen, die rhythmische Bewegung, die Oberschenkel, die Muskeln ...

Scheiße. Ich machte mir selbst etwas vor, oder? Die ganze Zeit hatte ich das vor mir selbst geleugnet.

Caroline starrte mich an. „Und du dachtest, du wärst vollkommen hetero." Sie versuchte, nicht zu lachen, das war deutlich zu sehen. Und plötzlich fand ich es selbst ziemlich lustig.

Ich brach in Gelächter aus. „Okay, okay." Zumindest konnte ich endlich ehrlich zu mir selbst sein. Alles, was es dazu gebraucht hatte, war, Daniel zu begegnen. Ich sah hinüber zur Tanzfläche und erstarrte. Mein Magen drehte sich um, und ich biss die Zähne zusammen.

Caroline folgte meinem Blick. „Verdammt ... Max und Carl." Die beiden hatten sich beim Tanzen mit Daniel zusammengetan und kamen ihm nun näher und näher.

„Wenn sie ihm noch mehr auf die Pelle rücken, werden sie Kondome brauchen", murmelte ich.

„Ja, dann steh nicht einfach da. Zeig ihnen, wer der Boss ist."

In diesem Augenblick wechselte die Musik, und Joe Jonas' Stimme ertönte und sang *Cake by the Ocean*.

Mehr Anstoß brauchte ich nicht.

Ich stellte mein Glas ab, fuhr mir rasch mit den Händen übers Haar und zog mein Shirt glatt.

„Warte eine Sekunde!" Caroline packte meinen Halsausschnitt und zog ihn tiefer nach unten, sodass mehr von meiner Brust zu sehen war. Ihre Augen funkelten. „*Jetzt* bist du bereit. Geh und schnapp dir deinen Mann."

Ich küsste sie auf die Wange, dann bahnte ich mir langsam einen Weg durch die Menge dahin, wo Daniel mit Max und Carl tanzte. Als ich bei ihnen ankam, blieb ich mit klopfendem Herzen stehen.

„Ich glaube, dieser Tanz gehört mir."

Kapitel 11

#lovewins
love is love

Daniel grinste. „Ich hatte mich schon gefragt, wann du endlich kommen würdest. Ich war kurz davor, dich zu holen."

Ich schenkte Max ein süßliches Lächeln, als ich mich zwischen ihn und Daniel schob. „Danke, dass du meinen Platz warmgehalten hast." Daniels Lachen war nicht zu überhören.

Max blinzelte. „Oh ... richtig." Dann richtete ich meine ganze Aufmerksamkeit auf Daniel, folgte seinen Bewegungen, bis wir synchron tanzten, und rückte ihm näher und näher.

„Und da bist du", sagte Daniel lächelnd und mit strahlenden Augen.

„Ich bin schon den ganzen Abend hier", antwortete ich achselzuckend.

Er beugte sich zu mir, und ich atmete seinen vertrauten Duft ein. „Nein. Das war ein anderer Lee, der vorhin hier getanzt hat. *Ich* habe auf *diesen* Lee hier gewartet."

Ich schlang die Arme um seinen Hals und schmiegte mich an ihn, sodass ich seine Körperwärme spüren konnte. Er legte seine Hände an meine Taille, hielt mich fest und drückte mich an sich. Wir bewegten uns perfekt zusammen, geschmeidig und sinnlich.

„Du fühlst dich wahnsinnig gut an", murmelte er mir ins Ohr und rieb seine Nase an meinem Hals.

Was *ich* fühlte, war Hitze am ganzen Körper. Sie durchfuhr mich wie eine Woge und setzte meine Nervenenden unter Strom. Und ich wusste in diesem Augenblick genau, was ich wollte.

„Küss mich."

Daniel zögerte nicht. Er nahm mit einem Kuss von meinem Mund Besitz, bei dem ich weiche Knie bekam. Ich legte meine Hände um seinen Hinterkopf und zog ihn noch näher. Ich wollte mehr, ich wollte ihn tiefer. Daniels Hände glitten abwärts, bis er meinen Arsch packte und mich so fest an sich drückte, dass ich seine Erektion fühlen konnte.

Und dann wiegten wir uns zusammen zum Rhythmus der Musik – eine langsame, sinnliche Bewegung, die keinen Zweifel daran ließ, was er in diesem Augenblick am liebsten mit mir gemacht hätte. Und das ließ mich am ganzen Körper wohlig erschauern. Ich bemühte mich, gleichmäßig zu atmen und nicht daran zu denken, wie es wäre, wenn Daniel und ich uns nun in der Horizontalen befinden würden, nackte Haut an nackter Haut. Und immer noch küssten wir uns, unsere Lippen genauso eng vereint wie unsere Körper.

Es war der verflucht heißeste Tanz meines Lebens, und ich wollte nicht, dass er endete.

Aber der Feueralarm, der im nächsten Augenblick die Luft zerriss, nahm auf meine Wünsche keine Rücksicht.

Die Musik verstummte abrupt, und eine Stimme sagte über die Lautsprecher: „Wir müssen euch darum bitten, das Gebäude zu räumen. Nur eine Vorsichtsmaßnahme. Bitte verlasst alle das Gebäude."

Ich starrte Daniel mit offenem Mund an. „Das kann doch wohl nur ein Witz sein!" Irgendwo machte sich jemand einen Scherz auf meine Kosten.

Ich wettete gegen Gott.

Wir verließen die Bar zusammen mit dem Rest der Menge, die sich schließlich draußen auf dem Gehsteig versammelte. Caroline und Troy kamen zu uns.

„Wenigstens ist die Sprinkleranlage nicht losgegangen", tröstete Caroline. Dann biss sie sich auf die Unterlippe. „Allerdings ... von da, wo wir standen, sah es so aus, als hättet ihr zwei einen Eimer kaltes Wasser gebrauchen können."

Ich warf ihr einen finsteren Blick zu.

Die Luft war ziemlich kühl, und Daniel gab mir seine Jacke. „Na ja, so wie ich es sehe", sagte er, „haben wir drei Optionen. Entweder hängen wir hier herum und warten darauf, dass die Feuerwehr kommt und die Bar wieder freigibt. Oder wir gehen woanders hin. Oder wir beenden den Abend an dieser Stelle."

„Offiziell ist es eigentlich schon morgens", korrigierte Troy.

„Ich denke, die dritte Option scheidet aus", sagte ich. „Außer du hast Lust, die nächsten fünf Stunden oder so in der Paddington Station rumzuhängen." Aber ich war auch nicht in der Stimmung, irgendwo anders hinzugehen. Der Feueralarm hatte mich ernüchtert.

„Ich habe eine Idee", sagte Caroline plötzlich. „Wieso kommt ihr zwei nicht mit zu uns nach Hause? Dann könntet ihr ein paar Stunden schlafen. Das ist besser, als sich auf den harten Bänken am Bahnhof herumzudrücken."

„Wo wohnt ihr?" Der Gedanke, *nicht* im Bahnhof schlafen zu müssen, war definitiv verlockend.

„Es ist nur ein Fußweg von etwa zehn Minuten von hier."

Ich riss die Augen auf. „Ihr habt eine Wohnung im Zentrum von London? Wie habt ihr das denn geschafft? Habt ihr im Lotto gewonnen?" Ich lachte.

Troy räusperte sich. „Es ist nur eine kleine Wohnung. Und für Caroline ist es leichter, wenn sie unter der Woche in London ist, wegen ihrer Arbeit."

Daniel beugte sich zu mir und sagte leise: „Sie arbeitet als Anwältin für eine Menschenrechtsorganisation."

Caroline lächelte nur.

Okay, das war mir nun peinlich. Und offenbar war mir das anzusehen, denn Caroline küsste mich auf die Wange. „Schon gut, Schätzchen. Ich erzähle nicht gleich jedem, den ich gerade erst kennengelernt habe, was ich tue. Und ich meinte es ernst – ihr zwei seid herzlich willkommen, auf unserem Klappsofa zu schlafen." Dann sah sie

Troy an. „Ich weiß nicht, wie es bei dir ist, aber ich möchte nirgendwo anders hingehen. Ich glaube, ich hatte genug Spaß für eine Nacht."

Daniel sah mich fragend an. „Nun?"

Ich verdrehte die Augen. „Ein Klappsofa oder die scheißharten Metallbänke im Bahnhof? Wow, darüber muss ich erstmal nachdenken."

Er lachte. „Ich glaube, das ist ein ‚Ja, Caroline, wir würden dein Angebot gern annehmen'."

Sie strahlte. „Super. Dann lasst uns aufbrechen."

Ich folgte den beiden durch die Menschenmenge, mit Daniel an meiner Seite. Um ehrlich zu sein, war ich mehr als bereit für ein paar Stunden Schlaf. Erst nachdem wir schon einige Minuten unterwegs waren, wurde mir richtig bewusst, was Caroline uns angeboten hatte.

Ein Klappsofa. *Ein* Klappsofa.

Oh.

#loveWins
love is love

Troy hatte die Wahrheit gesagt – es war eine sehr kleine Wohnung – aber sie war gemütlich, und es gab alles, was man brauchte. Ein Schlafzimmer und eine Wohnküche. Die Schlafcouch ließ sich zum Glück auf doppelte Breite ausklappen, und während Troy das tat, brachte Caroline Kissen und Decken. Ich starrte das breite Sofa an und versuchte, mein hämmerndes Herz zu ignorieren.

Es ist nur für ein paar Stunden.

Und wir werden schlafen.

Ich hatte die Absicht einzuschlafen, sobald mein Kopf das Kissen berührte.

„Okay, das Bad ist da vorn", sagte Caroline und zeigte auf eine Tür. „Falls ihr irgendetwas zu essen oder zu trinken möchtet, bedient euch selbst." Sie lächelte uns an. „Wir werden wohl nicht vor zehn aufstehen, also schlaft so lange, wie ihr wollt. Ihr müsst ja nicht gleich den ersten Zug erwischen, oder? Bleibt einfach liegen." Und damit wünschte sie uns eine gute Nacht, ging ins Schlafzimmer und schloss die Tür.

Sie hatte nicht gesagt, bleibt einfach *zusammen* liegen, aber das hätte sie genauso gut tun können, denn das war es, was mein Gehirn verstand. Und dann waren es nur wir beide, ich und Daniel – und ein Schlafsofa.

Daniel gähnte. „Ich bin erledigt." Er grinste mich an. „Muss wohl an all dem Tanzen liegen." Er schlüpfte aus seinen Sportschuhen, zog sich mit einer geschmeidigen Bewegung das Tanktop über den Kopf und warf es über

die Rückenlehne des Sofas. Dann fuhr er fort, seine Jeans aufzuknöpfen.

Oh Gott, ich hoffe, er trägt etwas darunter.

Ich wandte ihm den Rücken zu und zog mich hastig aus, wobei ich meine Sachen in einem ordentlichen Stapel auf dem Couchtisch deponierte. *Das ist ja lächerlich.* Vor knapp einer Stunde erst hatten wir getanzt, als würden wir senkrechten Sex haben, und jetzt, da wir uns ein Bett teilen würden, verwandelte ich mich praktisch in meine Großmutter, die immer ihre Augen bedeckt hatte, wenn etwas Unanständiges im Fernsehen kam. Sie hatte dann immer Sachen gesagt wie ‚Ach, du meine Güte' und ‚Lieber Himmel' und ‚Sieh nicht hin'."

Nur, ich wollte hinsehen. Ich wollte sehen, wie Daniel aussah, wenn er nackt war. Seine Brust hatte ich bereits gesehen. Es ging also nur noch um den Rest von ihm.

(Und mit Rest von ihm meinte ich die interessanten Teile ...)

Hinter mir ertönte das unmissverständlich Rascheln von Laken und Decken. „Ich bin unter der Decke. Du kannst dich umdrehen."

Verdammt. Ich konnte die Belustigung in seiner Stimme hören.

Ich hatte alles ausgezogen, bis auf meinen Slip. Hastig drehte ich mich um, hob die Decke an und krabbelte darunter. Dann gähnte ich übertrieben. „Ich bin auch ganz schön erledigt."

„Ich mache das Licht aus, okay?"

Ich musste sein Gesicht nicht sehen, um zu wissen, dass er lächelte.

Scheiße. „Nein, ich mach das schon", sagte ich und sprang auf, um zum Lichtschalter zu sprinten. Dann war ich zurück im Bett und unter der Decke. Mein Herz raste.

„Lee?", flüsterte Daniel.

„Ja?"

„Ich hatte einen tollen Abend."

Der Knoten in meinem Magen löste sich, und ich entspannte mich. „Ja, ich auch."

„Schade, das mit dem Feueralarm. Gerade, als es ... interessant wurde."

Interessant? Das musste eine Art Euphemismus für ‚scheiße geil‘ sein.

Ich wollte hören, was er sonst noch zu sagen hatte, und wartete. Dann merkte ich, dass sein Atem sich geändert hatte. Er war langsamer und gleichmäßiger.

Er ist eingeschlafen. Wie konnte er einschlafen, während ich hier lag und auf ihn wartete?

Und worauf zum Henker wartete ich überhaupt?

Mit einem Seufzen drehte ich mich auf die Seite, mit dem Rücken zu ihm.

Schlaf, Lee.

#loveWins

love is love

17. Juni 2018
Ich hatte keine Ahnung, wie spät es war, als ich erwachte. Von draußen war das gleichmäßige Dröhnen des Verkehrs zu hören, aber in der Wohnung war alles still. Dann wurde mir klar, dass etwas anders war. Ein warmer Körper schmiegte sich an meinen Rücken. Ein warmer Arm umschlang meine Taille. Warmer Atem wehte in mein Haar.

Verdammt, er fühlt sich gut an.

Ich lag da und wagte nicht, mich zu bewegen, denn ich wollte den Moment genießen. Es war schon eine Weile her, dass ich über Nacht ein Bett mit jemandem geteilt hatte. Um ehrlich zu sein, hatten Cheryl und ich nicht viele Gelegenheiten dazu gehabt. Man konnte an einer Hand abzählen, wie oft uns das in dem Jahr, das wir zusammen waren, gelungen war. Sie wohnte noch bei ihren Eltern und war nie besonders scharf darauf gewesen, bei mir zu übernachten.

Wenn ich so darüber nachdenke, war ich selbst auch nicht so wild darauf gewesen. Ich meine, wer will schon ein Mädchen mit nach Hause bringen, wenn er vier Mitbewohner hat? Wir alle konnten regelmäßig hören, wie Justin sich einen runterholte, insofern hätten sämtliche nächtlichen ... Aktivitäten einen Knebel erfordert oder sowas.

(Hey. *Hey* – lasst euch jetzt nicht von der Knebel-Erwähnung ablenken. Ich stehe nicht auf solche Sachen, okay? Wie auch immer. Zurück zu jenem Morgen ...)

„Morgen." Daniel klang, als würde er im Prinzip noch schlafen.

Ich drehte ihm nur den Kopf zu, denn ich war nicht gewillt, meine Lage zu ändern. „Morgen", murmelte ich. „Du bis gestern superschnell eingeknackt. Im einen Moment warst du wach, und im nächsten ..." Er gab ein hinreißendes, leises Kichern von sich. „Sorry. Ich hoffe, du hattest nichts geplant."

Ich mochte vielleicht keine Pläne gehabt haben, aber mein Ständer hatte *auf jeden Fall* etwas im Sinn, nach der Art und Weise zu urteilen, wie er sich durch den Stoff meines Slips zu bohren versuchte.

Ich erschauerte bei dem Gedanken. *Auf keinen Fall.*

Mein Schwanz zuckte.

Aber seine Hand ist genau da ...

Mein Schwanz zuckte.

Er kann schließlich einfach nein sagen, oder?

Mein Schwanz war nur Zentimeter von seinen Fingern entfernt.

Ich sah ihm geradeaus ins Gesicht, als ich seine Hand nahm und sie zu meinem harten Schwanz führte. Daniel stockte der Atem. „Bist du dir sicher?".

Ich nickte, unfähig, auch nur ein Wort herauszubringen. Daniel streichelte meinen Ständer einmal kurz sanft, und ich erschauerte.

„So hart", murmelte er, während er mich weiter so behutsam streichelte.

Ich stöhnte. „Daniel, um Himmels willen ..." Und dann stockte *mir* der Atem, denn er griff in meinen Slip und nahm meinen Schaft in die Hand. Ich stieß einen bebenden Seufzer aus. „Ja."

Er wichste mich so unendlich langsam, dass ich anfing, mich zu winden. „Warte", sagte ich. Daniel nahm sofort seine Hand weg. Ich griff unter die Decke, zog so schnell, wie ich konnte, meinen Slip aus und warf ihn auf den Boden. Dann legte ich mich auf den Rücken. Meine Erektion formte ein kleines Zelt unter der Decke. „Also, wo waren wir stehen geblieben?"

Daniel lachte. Er rollte sich auf die Seite, stützte sich auf einen Ellenbogen und legte erneut seine Hand um meinen Schwanz. „Ich glaube, das war hier."

Ich erschauerte, als er meinen Schaft erneut massierte, und konnte meine Hüften nicht stillhalten. Er sah mich mit großen Augen an, als hätte er mich noch nie zuvor gesehen. Sein fester Griff an meinem Schwanz war wunderbar. Aber ich konnte nicht einfach so daliegen, während er die ganze Arbeit machte. Also hob ich die Hand und streichelte seine Brust. Es war aufregend, wie er am ganzen Körper erschauerte, als ich mit dem Daumen

über seinen Nippel fuhr, über die Piercings darin.

Das gefällt ihm.

Nun, damit konnte ich etwas anfangen.

Ich spielte weiter mit seinen Nippeln, rieb sie, kniff sie, und Daniel stöhnte unterdrückt. Dann spürte ich etwas Warmes und Festes an meiner Hüfte. Daniel sah mir in die Augen, sagte aber nichts. Er öffnete leicht die Lippen, während er mit meiner Vorhaut spielte, sie zurückzog und wieder nach vorn schob, sodass mein Schwanz Kuckuck spielte.

Er wird mich nicht fragen, oder?

Mach schon. Fass ihn an.

Ich holte tief Luft. „Daniel? Dein Ständer versucht, aus deiner Shorts zu entkommen. Zieh sie aus."

Seine Hand erstarrte. „Bist du–"

„Und hör auf, mich zu fragen, ob ich sicher bin. Wenn ich das nicht wäre, hätte ich erst gar nichts gesagt. Jetzt zieh deine Shorts aus."

Er ließ meinen Schwanz los. Dann griff er unter die Decke und wand sich eine Sekunde lang, bevor seine Unterwäsche durch die Luft flog, um sich zu meiner auf dem Boden zu gesellen. Er legte sich wieder auf die Seite, und als ich meine Hand unter die Decke schob, fand ich glatte, warme Haut.

Zum ersten Mal in meinem Leben fasste ich den Schwanz eines anderen Mannes an.

Daniels langes, lustvolles Seufzen war Musik in meinen Ohren.

„Wie möchtest du … ich meine, wie hast du es gern?"

Er lächelte. „Tu einfach so, als wäre es deiner, und mach, was du willst." Er schob die Decke herunter, und ich konnte seinen Schwanz in all seiner morgendlichen Herrlichkeit sehen. Okay, ich hatte schon vorher Penisse gesehen, aber das war nichts im Vergleich zum Anblick von Daniels aus nächster Nähe. Er war länger als meiner, schlank, mit einer hübsch geformten Eichel. Und er produzierte jede Menge Vorsperma.

So wie mein eigener auch, bei genauerer Betrachtung.

„Lee?" Daniels Stimme hatte einen flehenden Unterton.

Ich rollte mich auf die Seite, und wir kreuzten unsere Arme so, dass wir uns gegenseitig wichsen konnten, und schließlich fanden wir einen Rhythmus.

„Gefällt es dir so?"

Daniel nickte mit offenem Mund. „Oh ja, ganz genau so."

Ich konnte der Verlockung seiner weichen Lippen nicht länger widerstehen. Als ich mich zu ihm beugte, tat er dasselbe, und unsere Münder begegneten sich in einem zärtlichen Kuss. Ich erschauerte am ganzen Körper, als er meinen Hals küsste, und die Bewegungen meiner Hand wurden ein wenig unkontrolliert. Ich versuchte mich so gut wie möglich darauf zu konzentrieren, ihm Lust zu verschaffen, aber sein Mund an meinem Hals war eine große Ablenkung. Mein Becken zuckte immer wieder nach vorn und schob meinen Schwanz durch seine Faust. Seine Bewegungen spiegelten die meinen, verteilten klare Flüssigkeit über unsere Schäfte. Man konnte Geräusche hören, schlüpfrig-feuchte Laute, und ich fragte mich, ob es so klingen würde, wenn mein Schwanz in seinem Loch …

Oh Gott, der bloße Gedanke brachte mich beinahe zum Orgasmus. *Denk jetzt nicht daran. Denk jetzt nicht daran.*

„Ich bin so weit", warnte ich ihn. Meine Hüften bewegten sich schneller und verloren ihren Rhythmus, als mein Höhepunkt sich näherte. Er nickte, und es schien ihm ebenso zu gehen.

Mein Schwanz hielt das Ganze offenbar für ein Wettrennen und ging als Erster über die Ziellinie. Mein Sperma pulsierte über Daniels Finger. Ich erbebte bei jedem Spritzer, und Daniel stöhnte. Kurz darauf lief

warme Flüssigkeit über meine Hand. Daniel schloss die Augen, und sein Körper zuckte.

Daniel kommen zu sehen, war ... wundervoll. *Ich habe das gemacht.* Und Wichsen bekam eine ganz neue Dimension. *Wer hätte das gedacht? Zwei Hände sind besser als eine.*

Ich lag da und versuchte, wieder zu Atem zu kommen, während ich immer noch seinen erschlaffenden Schwanz in der Hand hielt und seine Finger um meinen lagen.

Dann sah Daniel mich an. „Keine Reue?"

„Wenn, dann nur, weil es zu schnell vorbei war."

Er lachte leise. „Ich glaube, wir sollten uns besser sauber machen, bevor die beiden hier reinkommen." Er warf einen Blick auf die Uhr an der Wand. „Wow. Es ist schon neun."

„Ernsthaft?" Ich musste wirklich gut geschlafen haben.

„Lee ..." Daniels Mundwinkel zuckten. „Du müsstest meinen Schwanz loslassen."

„Ich lasse deinen los, wenn du meinen loslässt."

Darüber musste er erneut lachen. Widerwillig nahm Daniel seine Hand weg, dann stand er auf und ging in den Küchenbereich. Ich bekam den ersten Blick auf seinen Arsch.

Japp. Viel besser ohne die Jeans. Ich mochte, wie die Backen bei jedem Schritt vibrierten. Und dann fragte ich mich, was zum Henker er da eigentlich machte.

Die Antwort wurde offensichtlich, als er mit mehreren Blättern Küchenpapier zurück zum Sofa kam.

„Ich wollte schon mein T-Shirt zum Abwischen benutzen, aber dann fiel mir ein, dass ich es ja wieder anziehen muss."

Ich lachte. „Ja, das hätte dir sicher ein paar merkwürdige Blicke im Zug eingebracht." Er gab mir ein paar Blätter, und ich wischte mich damit sauber, so gut es ging. Im Badezimmer wäre es sicher besser gegangen.

Daniel setzte sich auf die Sofakante und sah mir zu. „Du hast einen schönen Körper."

Ich lächelte. „Danke. Aber hast du in letzter Zeit mal in den Spiegel geschaut?"

Er schnaubte, so als wollte er sagen: *Ich habe keine Ahnung, was du meinst.*

Ich mochte, dass er nicht eingebildet war. Klar, heutzutage muss man ins eigene Horn stoßen, wenn man etwas reißen will, aber das war nicht meine Art, und ich hasste Angeber. Daniel hätte sagen können: *Ja, ich weiß, ich sehe super aus.* Aber das hatte er nicht getan.

Wie gesagt, kein bisschen eingebildet.

Er warf einen Blick zu Troys und Carolines Schlafzimmertür. „Haben wir noch Zeit, ein bisschen zu kuscheln, bevor sie aufstehen?" Er sah mich ein wenig schüchtern an. „Ich kann mich nicht sofort anziehen nach dem, was wir getan haben. Ich möchte dich im Arm halten. Ist das okay?"

Nackt kuscheln – auch ein erstes Mal für mich, und ich wollte diese Erfahrung machen. Mit ihm.

Ich nickte. Daniel krabbelte zurück unter die Decke, und ich lag neben ihm, an seinen warmen, festen Körper geschmiegt. Er legte seine Arme um mich, und wir kuschelten uns eng aneinander. Er roch gut. Eine Mischung aus seinem ganz eigenen Duft und Sperma.

Oh, ich könnte mich wirklich daran gewöhnen. Und das Seltsame war, dass ich nicht im Geringsten ausflippte, weil ich nackt mit ihm zusammen im Bett lag. Wahrscheinlich erledigte sich so etwas, sobald man sich gegenseitig einen runtergeholt hatte. Aber ich konnte nicht vergessen, dass ich *zusammen mit einem Mann nackt im Bett* lag.

Ja, ich hatte das vielleicht nicht kommen gesehen – dieses ganze mit einem Mann zusammen sein – aber da es jetzt so war, gefiel es mir mehr und mehr. Allerdings dachte ich auch nicht über diesen Punkt hinaus, wenn ihr versteht.

Einen Schritt nach dem anderen, richtig?

„Das war schön", murmelte ich.

(Gott, manchmal hasste ich es, so verdammt ... *britisch* zu sein. Ich meine, *schön*? Hätte ich nicht ein anderes Wort benutzen können? Eins, das ausdrückte, wie absolut fantastisch diese Erfahrung war?)

Daniel verfügte offenbar über einen besseren post-orgasmischen Wortschatz. Er streichelte sanft mein Haar. „Du siehst hinreißend aus, wenn du kommst, weißt du? Du lässt vollkommen los, und ich konnte in deinem Gesicht sehen, wie gut es sich für dich angefühlt hat. Das finde ich toll." Er küsste mein Haar, und die liebevolle, intime Geste erfüllte meinen Körper mit Wärme. Dann hob er mein Kinn an und küsste mich auf den Mund. Ein keuscher, sanfter Kuss, der in diesem Augenblick absolut perfekt war.

Dann streichelte er meine Wange. „Was hast du für den Rest des Tages geplant? Du musst doch nicht sofort nach Hause, oder? Weil ... ich dachte, wir könnten vielleicht ein nettes Plätzchen draußen finden und zusammen zu Mittag essen."

Mittagessen ...

Oh, Scheiße!

Kapitel 12

#love Wins

love is love

Ich sah zur Anzeigetafel hinauf. „Wenigstens ist der Zug dieses Mal pünktlich." Auch wenn es der Bummelzug war, der nicht in Newbury halten würde. Was bedeutete, dass Daniel leider nicht mit mir zusammen fahren konnte.

„Bleibt dir noch genug Zeit, dich fertigzumachen, wenn du zu Hause ankommst. Sodass du den Zug zu deinen Eltern erwischst?"

„Vielleicht komme ich ein wenig zu spät." In diesem Fall würden meine Eltern sich damit abfinden müssen. Ich konnte nicht fassen, dass ich das Familienessen vergessen hatte. Allerdings waren meine Gedanken auch ganz woanders gewesen, könnte man sagen.

Dann fiel mir ein, dass ich wahrscheinlich sogar viel zu spät eintreffen würde, weil ich versprochen hatte, Wein mitzubringen. Das bedeutete einen Besuch im Bahnhofs-Shop.

Über die Lautsprecher wurde die Einfahrt meines Zuges angekündigt, und Daniel seufzte. „Rufst du mich heute Abend an?"

Ich lächelte. „Wieso – wirst du vergehen, wenn ich es nicht tue?"

Daniels Augen funkelten. „Ich überstehe vielleicht die Nacht nicht."

„In diesem Fall rufe ich dich wohl besser an." Ich wollte, dass er mich küsste, aber irgendetwas hielt mich davon ab, ihn darum zu bitten. Keine Ahnung, was. Wäre er ein Mädchen gewesen, hätte ich nicht gezögert, aber eine Frau zu küssen, würde natürlich auch nicht irgendwelche schwulenfeindlichen Arschlöcher, die sich möglicherweise in der Nähe befanden, auf die Idee bringen, mir die

Schnauze zu polieren. Man konnte heutzutage nie wissen, was die Leute im Kopf hatten. *Tja, schöne neue Welt ...*

Zum Glück war Daniel in dieser Hinsicht unerschrockener als ich. Er legte eine Hand an meine Wange, beugte sich vor und drückte seine Lippen auf meine. „Danke nochmal für den schönen Abend. Ich würde gern fragen, ob wir uns unter der Woche noch einmal treffen wollen, aber das geht leider nicht. Ich habe jeden Abend Proben."

Ich riss die Augen auf. „Das sind aber viele Proben für nur zwei Nummern."

Daniel lachte. „Wir haben vielleicht nur zwei Auftritte auf der Bühne, aber für die Parade stehen weitere zehn bis zwölf Songs auf dem Plan. Das ist eine Choreo pro Song, und jede davon wiederholt sich im Laufe des Tages drei- bis viermal."

Mir war nicht klar gewesen, wie viel Arbeit darin steckte. „Wow. Du wirst am Ende des Tages ganz schön erledigt sein."

„Und trotzdem werde ich abends in Soho sein, umgeben von so vielen Menschen aus der LGBTQ-Gemeinschaft, dass kein Blatt Papier zwischen uns passt. Und Old Compton Street wird aussehen, als hätte eine Bombe eingeschlagen, wenn der Tag vorbei ist." Er warf einen Blick auf die Zuganzeige. „Du musst gehen, oder du verpasst deinen Zug."

„Nicht ohne einen letzten Kuss." Sah so aus, als würde seine Unerschrockenheit auf mich abfärben.

Daniel lachte leise und küsste mich noch einmal, aber dieses Mal verweilten seine Lippen auf meinen. „Ich kann es kaum erwarten, heute Abend deine Stimme zu hören", flüsterte er, bevor er den Kopf zurückzog. „Viel Spaß bei deinen Eltern."

Ich verengte die Augen. „Das war ein Scherz, oder?" Dann flitzte ich los, um meinen Zug zu erwischen, und blickte nicht zurück. Sobald ich im Waggon und auf meinem Platz war, atmete ich einen Moment durch. Der Samstag hatte sich als ziemlich monumentaler Tag herausgestellt. Ich war von ‚*Ich bin hetero*' über ‚*Ich bin nicht schwul*' zu

‚*Ich bin bi*' übergegangen. Ich hatte mit einem Mann geschlafen. Okay, die meiste Zeit hatten wir *buchstäblich* geschlafen, aber trotzdem ... und der Handjob heute Morgen ... wow.

Im Verlauf einer einzigen Woche hatte sich meine ganze Sicht auf die Welt verändert. Es war irgendwie schockierend, wie relativ leicht es mir gefallen war, die Veränderungen in mir selbst zu akzeptieren. Zum Teil lag es vielleicht daran, dass diese Gedanken und Gefühle schon immer da gewesen waren – ich hatte sie nur stumm geschaltet. Oder sie einfach ignoriert. Ich wusste nur, dass ich nervös war. Dass ich immer noch aufgeregt war und keine Ahnung mehr hatte, wo oben und unten war.

#*love wins*
love is love

„Tut mir leid, dass ich zu spät bin", sagte ich, als Mum mich ins Haus ließ. „Mein gestriger Abend verlief ein wenig unerwartet, und ich musste im Haus eines Freundes übernachten. Die Fahrt hierher war etwas wenig hektisch."

Mum kicherte. „Na ja, jetzt bist du ja hier." Ihre Augen funkelten, als ich ihr die Tasche mit den beiden Weinflaschen reichte. „Oh, das werden wir auf keinen Fall alles trinken können."

„Dann stell eine für dich selbst zur Seite", schlug ich vor. „Du kannst ein Glas trinken, wenn Dad sein übliches Bier hat."

Sie lächelte. „Das ist eine wunderbare Idee." Dann gingen sie zurück in die Küche. Aus dem Wohnzimmer fing ich das Ende eines Gesprächs über Fußball zwischen meinem Vater und meinem Schwager Ben auf. *Alles wie üblich also.* Ich mied solche Unterhaltungen. Ich hatte nicht das geringste Interesse an Fußball, sehr zur Enttäuschung meines

Vaters. Ganz anders, wenn Schwimmen im Fernsehen lief. Das erregte meine volle Aufmerksamkeit. Dann konnte ich stundenlang vor dem Bildschirm sitzen und die schlanken Körper beobachten, die das Wasser durchschnitten.

(Okay, ich weiß, was ihr denkt. ‚Und du dachtest, du wärest hetero?' Wie ich bereits sagte, es war alles auf stumm geschaltet. Daniel hatte lediglich die Lautstärke aufgedreht.)

Ich ging ins Wohnzimmer, um die beiden zu begrüßen. Dad schenkte mir ein warmes Lächeln. „Wie läuft's auf der Arbeit? Musst du dich immer noch mit ignoranten Arschlöchern herumärgern?"

„Aha, dann hast du die Leute, mit denen ich arbeite, also getroffen?"

Ben lachte darüber. Meine Schwester Rachel saß auf der Couch, und ihr müder Gesichtsausdruck überraschte mich. Ich setzte mich neben sie.

„Alles in Ordnung?"

Sie lächelte. „Alles gut. Es ist schön, dich zu sehen."

An dieser Stelle sollte ich wohl erwähnen, dass meine Schwester und ich uns super verstanden. Ich hatte immer ein schlechtes Gewissen, weil wir wenig Kontakt zueinander hatten. Aber sie hatte ihr Leben, und ich hatte meins. Trotzdem, wir sollten wirklich öfter telefonieren.

Mum kam ins Zimmer. „Das Essen wird in einer halben Stunde fertig sein. Und da jetzt auch Lee hier ist", fügte sie mit einem Blick in meine Richtung hinzu, „bekommen wir jetzt die Neuigkeiten zu hören?"

Ben ging zur Couch und setzte sich auf der anderen Seite neben Rachel. Dann nahm er ihre Hand, und da wusste ich, dass etwas Großes auf uns zu kam.

Bitte sagt nicht, dass ihr umzieht. Bitte sagt nicht, dass ihr umzieht. Bitte sagt nicht, dass ihr umzieht.

Rachel lächelte Mum und Dad an. „Ihr werdet Großeltern." Dann wandte sie sich zu mir. „Was bedeutet, dass du Onkel wirst."

Mum stieß einen begeisterten Schrei aus, und Dad strahlte. Aber Rachel sah einfach nur erschöpft aus.

Irgendwas stimmt nicht.

Ich neigte den Kopf zur Seite. „Warum siehst du dann nicht aus, als würdest du aufblühen? Du weißt schon, wie es bei den meisten schwangeren Frauen ist?"

Ben sah mich anerkennend an. „Ich habe immer schon gesagt, dass du clever bist." Rachel ergriff Bens Hand fester. „Es ist unser vierter Versuch. Die ersten drei endeten in Fehlgeburten."

Mums Miene fiel in sich zusammen. „Warum hast du nie etwas gesagt?"

„Weil ihr euch nur Sorgen gemacht hättet. Das stimmt doch, oder?"

Mum sagte nichts. Rachel hatte den Nagel auf den Kopf getroffen.

„Aber ich bin jetzt in der zwölften Woche und hatte gerade einen Ultraschall", fuhr Rachel fort. „So weit sind wir bisher noch nie gekommen. Also drückt die Daumen ..."

„Musst du besonders vorsichtig sein?", fragte ich. Sie nickte. „Aber ... es ist nicht *gefährlich* für dich, schwanger zu sein?"

Ben antwortete an ihrer Stelle. „Nein. Es ist einfach nur so, dass Rachel Schwierigkeiten hatte ... den Braten im Ofen zu behalten, sozusagen. Aber wir haben guten Grund zu hoffen, dass das nun hinter uns liegt."

Ich freute mich für die beiden. Ganz offensichtlich war das etwas, was sie sich wirklich wünschten. Ich selbst hatte nie daran gedacht, einmal Kinder zu haben, aber der Gedanke, Onkel zu sein, gefiel mir.

Ja. Am Ende des Tages konnte man die Kinder einfach wieder abgeben.

#love wins
love is love

Dad goss eine großzügige Portion Soße über sein Hähnchen und die Stampfkartoffeln, bis auch die Erbsen und Möhren praktisch darin schwammen. „Ha. *Das* ist eine anständige Soße – so wie meine Mutter sie immer gemacht hat. Direkt in der Bratpfanne mit all den Fleischsäften. Nicht so ein Tütenkram. Sowas kommt mir nicht ins Haus.“

Und er sagte das nicht gerade zum ersten Mal. Was es heute jedoch interessant machte, war die Röte im Gesicht meiner Mutter. Aber dann vergaß ich die Soße und die Röte, als Mum den Mund aufmachte und fragte: „Also, Lee ... wie sieht es bei dir aus, irgendwelche Dates?“

Um ehrlich zu sein, wusste ich nicht, wie ich darauf antworten sollte. Ich meine, ich war nicht bereit, ihnen von Daniel zu erzählen. „Nein“, sagte ich schließlich in der Hoffnung, damit das Thema zu beenden.

Mein Vater sprang zum Glück darauf an. „Bald wird man sich in London vor lauter Regenbögen mal wieder nicht mehr bewegen können.“

Ich blinzelte. Das war ... ein sehr verblüffender Themenwechsel. „Wie bitte?“

„Diese Pride-Sache. Das ist doch diesen Monat, richtig?“

„Das hat schon angefangen“, warf Ben ein. „Am siebten Juni. Aber die Parade findet erst am siebten Juli statt.“

Ich wusste nicht genau, wieso es so überraschend war, dass Ben das wusste, aber das war es.

„Wozu brauchen die überhaupt so eine Parade?", grummelte mein Vater. „Das ist doch nur eine Ausrede, auf der Straße herumzustolzieren, Regenbogenfahnen zu schwingen und mit Spruchbändern zu wedeln."

Ben sagte nichts. Aber ich konnte das nicht so stehen lassen. „Das ist nur einmal im Jahr, Dad. Und du gehst ja nicht einmal in die Nähe, also braucht es dich doch auch nicht stören."

„Aber wieso gibt es keine Pride für normale Leute, für Heterosexuelle?", fragte mein Vater.

Ben räusperte sich mit verkniffenem Gesicht. „Welche Art Pride sollen die den demonstrieren. Worauf sind sie stolz? Darauf, hetero zu sein? Ich sage dir was ... wenn

Heterosexuelle gefeuert werden können, weil sie hetero sind ... wenn sie kein Blut spenden dürfen, weil sie hetero sind ... wenn sie keine Kinder adoptieren können, weil sie hetero sind ... dann ja, dann können sie gern marschieren."

Ich denke, man muss es mir hoch anrechnen, dass ich nicht vom Stuhl fiel. Angesichts der Miene meines Vaters ging es ihm offenbar ebenso. Für den Rest der Mahlzeit sagte niemand mehr etwas zu dem Thema.

Ben hatte in meiner Achtung enorm zugenommen.

Rachel und ich halfen Mum dabei, den Tisch abzuräumen, während Dad und Ben sich ins Wohnzimmer zurückzogen, um über Fußball zu reden. Das Gespräch von vorhin war offenbar schon vergessen.

Ich aber hatte es nicht vergessen. Ich sah Ben mit ganz anderen Augen.

Ich ging in die Küche, um Kaffee aufzusetzen, während Rachel die Spülmaschine einräumte. Das Glas mit dem Instantkaffee war fast leer, aber ich wusste, dass ein neues im Schrank stand. Zu meiner Überraschung stand ganz hinten im Schrank ein Päckchen

Soßenpulver. Ich holte es heraus und drehte mich mit einem übertriebenen Ausdruck des Entsetzens zu meiner Mutter um.

„Stell das sofort dahin zurück, wo du es gefunden hast. Und du hast das nie gesehen, okay?"

Ich griff mir an die Brust und keuchte dramatisch. „Er weiß nichts davon, oder?"

Sie funkelte mich entrüstet an. „Natürlich weiß er nichts davon. Aber was er nicht weiß, macht ihn nicht heiß."

Ich runzelte die Stirn. „Aber wieso die Trickserei?"

Meine Mutter zeigte auf den Herd. „Weißt du noch, als wir vor fünf Jahren die Küche renoviert haben? Dein Vater wollte den Gasherd ja unbedingt gegen einen Induktionsherd austauschen."

Ich konnte ihr nicht folgen. „Ja. Und?"

Sie seufzte. „Bei Induktionsplatten müssen die Soßentöpfe magnetisch sein. Aber es gibt keine magnetischen Bräter. Und da man für eine ordentliche Soße die Pfanne mit dem Bratensaft benutzt und Mehl dazugibt und so weiter, konnte ich das nicht mehr machen. Seitdem benutze ich Soßenpulver."

Ich grinste. „Du Rebellin!"

Mum lachte, dann warf sie einen vorsichtigen Blick zur Tür und senkte ihre Stimme. „Und weißt du, was das Beste ist? Seitdem sagt er immer, die Soße wäre genau so, wie seine Mutter sie immer gemacht hat."

Ja, darüber mussten wir beide lachen.

Als der Kaffee fertig war, brachte Mum Ben und Dad je eine Tasse. Rachel deutete auf mich. „Komm mit in den Garten. Mum hat darin gearbeitet, und es sieht wirklich schön aus."

Als ich ihr folgte, kam mir der Verdacht, dass wir nicht wirklich rausgingen, um Mums Blumenbeete zu bewundern. Ich meine, ernsthaft? Und tatsächlich, sobald wir weit genug vom Haus weg waren, blieb Rachel stehen und drehte sich zu mir um.

„Okay. Zeit zum Beichten."

Ich blinzelte. „Wer muss etwas beichten?"

„Du. Als Mum dich gefragt hat, ob du irgendwen datest, hast du gezögert. Das gab mir zu denken. Weil es verschiedene Dinge bedeuten kann. Entweder ja, du *warst* mit jemanden zusammen, aber ihr habt euch schon wieder getrennt. Oder ja, du *bist* mit jemandem zusammen, aber es ist nichts Ernstes. Oder ja, du *bist* mit jemandem zusammen, willst es ihnen aber aus irgendeinem Grund nicht sagen."

Tja, schon als Kind konnte ich nichts vor meiner Schwester verbergen. Aber ich musste zugeben, sie war eine ziemlich coole große Schwester – wenn man einmal von ihrer Bemerkung absah, ich würde beim Tanzen aussehen wie eine watschelnde Ente.

Ich seufzte. „Wenn ich es dir sage, darfst du es ihnen nicht weitererzählen."

Rachel erstarrte. „Natürlich nicht", sagte sie mit großen Augen.

Wir setzten uns auf die Bank am Ende des Gartens, und ich erzählte ihr alles, von der ersten Begegnung mit Daniel im Zug bis zu unserem Date gestern Abend. Und nein, ich erzählte ihr natürlich nicht *alles* alles.

Es gibt Dinge, die man nicht teilt, nicht einmal mit seiner Schwester.

Rachel biss sich auf die Unterlippe. „Der verdammte Kerl."

Ich blinzelte erneut. „Hm?"

Rachel warf einen Blick zum Haus. „Ben hat schon vor Ewigkeiten gesagt, dass es deswegen zwischen dir und Cheryl nicht funktioniert hat, weil du schwul bist."

Ich schmunzelte. „Nun, das ist nicht ganz richtig. Ich bin bi."

„Die Sache war die ... er wollte dich unbedingt mit seinem Bruder Gary zusammenbringen – der schwul ist."

Ich grinste. „Ist er schnuckelig?"

Sie lachte. „Erzähl mir von Daniel."

Ich war mir nicht sicher, ob ich nach nur einer Woche besonders viel über ihn wusste. Ich erzählte ihr von seinen Tanzproben, und was er beruflich machte. Aber ich erzählte ihr auch, dass er anständig, witzig und klug war ... dass er wahnsinnig sexy war, erwähnte ich nicht. Wegen dieser Schwester-Sache, ihr wisst schon.

„Ist es etwas Ernstes?"

Ich starrte sie an. „Wir kennen uns erst seit einer Woche." Na ja, ein wenig mehr als eine Woche.

Rachel starrte zurück. „Was macht das für einen Unterschied? Ich wusste an dem Tag, als wir uns kennenlernten, dass Ben der Richtige war. Er brauchte ein wenig länger für diese Erkenntnis, aber ... Männer eben."

Ich dachte über meine vorherigen Beziehungen nach, falls man sie so nennen konnte. Cheryl war die einzige Frau, die ich in diese Kategorie einordnen konnte. „Ich hatte eigentlich noch nie irgendwelche ernsten Beziehungen. Ich sehe das eher locker."

„Und fühlt es sich mit Daniel auch eher locker an?"

Ich wusste nicht recht, wie ich das beantworten sollte. „Es fühlt sich ... anders an."

„Wann wirst du ihn wiedersehen?"

„Ich weiß nicht. Er hat diese Woche jeden Tag Proben für die Pride."

„Wirst du gehen und dir die Parade ansehen?"

Daran hatte ich überhaupt noch nicht gedacht. „Ich weiß nicht."

Rachel runzelte die Stirn. „Wieso nicht?" Dann grinste sie. „Immerhin bist du jetzt das B in LGBTQA."

Vielleicht wusste Rachel die Antworten auf meine Fragen von letzter Woche? „Wofür stehen das A und das Q?"

„Q steht für Questioning", sagte Ben, der in diesem Moment aus dem Haus trat und auf uns zu kam. „Und A steht für asexuell. Es gibt auch ein I für intersexuell, aber damit hört es noch nicht auf. Genderqueer, polysexuell, non-binary, trans ..." Er sah mich neugierig an. „Warum fragst du?"

Rachel sagte nichts, und ich war dankbar dafür. Aber ich vertraute Ben, besonders nach seinem unerwarteten Ausbruch während des Essens. Und da ich nun wusste, dass sein Bruder schwul war. „Weil dein Schwager endlich dahintergekommen ist, dass er bi ist."

Bens Augen leuchteten auf, aber Rachel boxte ihn auf den Arm. „Und bevor du auf irgendwelche dummen Gedanken kommst und ihm Garys Nummer gibst ... Lee ist vergeben."

Ich wollte ihr gerade widersprechen, hielt mich aber zurück. Mir gefiel der Gedanke, an Daniel vergeben zu sein. „Ich hatte keine Ahnung, dass Gary schwul ist", sagte ich stattdessen zu Ben.

Er zuckte die Achseln. „Das ist nicht gerade etwas, das ich hier herausposaunen würde." Dann warf er einen Blick zum Haus. „Ich liebe eure Eltern, aber manchmal sind sie ..."

Rachel stand auf und legte ihm ihre Hand auf den Arm. „Sie sind nicht schwulenfeindlich."

„Nein, sind sie nicht", stimmte Ben zu. „Nur ein bisschen ignorant bei manchen Dingen. Und manche ihrer Ansichten sind ziemlich altmodisch." Er sah mich an. „Du bist also vergeben, hm? Wann bringst du ihn mal mit und stellst ihn deiner Familie vor?"

Ich lachte. „Um Himmels willen, mach mal halblang. Ich kenne ihn seit einer Woche."

Bens Augen funkelten. „In diesem Fall ..." Er holte sein Handy heraus und scrollte, bevor er es mir hinhielt und mir ein Foto von Gary zeigte. „Nur um dich daran zu erinnern, wie er aussieht. Du hast ihn ja nur einmal kurz auf der Hochzeit gesehen."

Ich sah näher hin. „Verdammt. Er *ist* schnuckelig." Wir alle lachten darüber.

„Hey." Rachel machte große Augen. „Wenn ein schwuler Onkel ein Schwonkel ist, macht dich das dann zu einem Bonkel?" Sie kicherte. „Ich habe gerade neue Wörter erfunden."

„Und wirst sie auf der Stelle wieder vergessen!", wies ich sie streng an.

Ich würde auf keinen Fall Bonkel Lee sein.

Wir blieben draußen, bis Mum in der Gartentür auftauchte und fragte, ob wir vorhätten, den Apfelkuchen zu verpassen, von dem sie vergessen hatte, uns zu sagen, dass sie ihn gebacken hatte. Wir marschierten zurück ins Haus. Rachel hielt meine Hand.

„Ich hoffe, dass es mit dir und Daniel so läuft, wie du es dir wünschst", sagte sie leise, bevor wir das Haus betraten.

„Ich auch", antwortete ich.

Was mich überraschte, war, wie *sehr* ich mir wünschte, dass es mit Daniel und mir etwas wurde. Es mochte zwar noch sehr früh sein, aber mir gefiel die Richtung, die das Ganze nahm. Und nach heute Morgen hatte ich keinerlei Zweifel, welche Richtung das war. Der inzwischen vertraute Schauer lief mir bei dem Gedanken an Daniel über den Rücken.

Ich hatte eine Kostprobe bekommen, und nun war ich auf den Geschmack gekommen.

Ich wollte mehr.

Kapitel 13

#love wins
love is love

Als ich am späten Sonntagnachmittag nach Hause kam, saßen meine Mitbewohner hinten im Garten und sonnten sich. Garten ist ein bisschen viel gesagt, um ehrlich zu sein. Es ist kaum mehr als ein kleines Fleckchen Wiese mit einem Tisch und Stühlen und einer kleinen Sitzecke an der Tür, aber es ist besser als nichts. Der kleine Tisch war mit leeren Bierdosen bedeckt, und alle vier trugen Shorts und T-Shirts.

Niall winkte mir zu, als ich hinaus in die Sonne trat. „Hey, wie war das Mittagessen bei deinen Eltern?"

„Es war okay." Ich lächelte, als ich die Szene vor mir betrachtete. „Alles, was jetzt noch für eine richtige Grillparty fehlt, ist ein Grill."

Justins Augen leuchteten auf. „Grillparty! Das ist eine super Idee. Wir sollten das machen."

Mick hustete. „Ich sehe da leichte Probleme bei dieser Idee." Er deutete auf den Garten. „Wir haben keinen Grill."

Justin zuckte die Achseln. „Na und? Dann besorgen wir uns einen. Es gibt doch diese Wegwerf-Grills an der Tankstelle. So einen haben wir schon mal benutzt. Man macht einfach ein Streichholz an und Zack. Und ich meinte ja nicht, dass wir es jetzt machen sollen – aber vielleicht in ein paar Wochen. Somit haben wir Zeit, ein Grill und alles nötige zu besorgen. Oh, und natürlich Leute einzuladen."

Moz grinste. „Bier. Das ist alles, was wir brauchen. Jede Menge Bier."

„Ein bisschen was zu essen wäre aber auch nicht schlecht", schlug Niall vor. „Ihr wisst schon, Hotdogs, Burger, Hähnchenschenkel, Salat?"

„Klang alles gut, bist du Salat gesagt hast", entgegnete Justin schaudernd. „Er holte sein Handy aus der Hosentasche und warf einen Blick aufs Display. „Wie wär's mit dem letzten Samstag im Juni? Das gäbe uns zwei Wochen Zeit."

Mick öffnete den Mund, als wollte er etwas sagen. Aber dann klappte er ihn wieder zu. Moz und Niall grinsten beide. Justin sah mich an. „Ladet ein, wen ihr wollt, okay? Aber nicht mehr als insgesamt dreißig Leute, okay? Die Party soll nicht zu viel Chaos machen oder zu wild werden. Sonst rufen die Nachbarn womöglich den Vermieter an und beschweren sich. Das sollten wir vermeiden."

„Wenn es zu laut wird, dann werden sie nicht den Vermieter anrufen, sondern die Polizei", sagte Mick mit einem Augenzwinkern. Dann warf einen Blick zu Justin. „Am besten überlasst ihr mir die Musik. Wir wissen ja alle, wie laut du deine spielst." Die anderen kicherten, während Justin uns entrüstet anschaute.

„Für das Essen und das Bier können wir alle zusammenschmeißen" schlug Moz vor. „Das ist gerecht, oder?" Wir stimmten alle zu.

Niall schaute den kleinen, ummauerten Garten an „Dreißig Leute? Ich würde eher sagen, höchsten zwanzig."

„Und die Gäste könne auch alle was zu trinken mitbringen, oder?", schlug Moz vor.

Wie es aussah, würden wir eine Grillparty veranstalten.

Den Jungs beim Trinken zuzusehen, machte mich durstig, also ging ich zurück ins Haus, um mir etwas zu holen. Ich schnappte mir eine Dose aus dem Kühlschrank und öffnete sie.

Mick kam durch die Hintertür und schloss sie leise hinter sich. „Er musste ausgerechnet dieses Wochenende aussuchen."

„Wieso? Hast du etwas vor?" Dann dämmerte es mir. „Siehst du Pete an diesem Wochenende?"

Mick nickte. „Er kommt für eine Woche nach London und hat uns ein Hotel gebucht. Er will die Pride Parade sehen."

Ich sah eine preiswertere Option. „Er kann doch auch hier schlafen", schlug ich vor. „So weit die anderen wissen, ist er nur ein Freund, der oben bei dir übernachtet. Du musst ihnen ja nicht sagen, wer er ist."

Mick unterdrückte ein Lächeln. „Dein Plan hat nur einen kleinen Haken. Wenn er hier übernachtet würde, müsste ich ihm sagen, dass wir die Woche über ... abstinent sein müssen. Und ich kann mir nicht vorstellen, dass er darüber besonders glücklich wäre. Nicht, wenn wir uns ohnehin nur alle drei Monate sehen." Seine Augen funkelten. „Normalerweise neigen wir dazu, ziemlich viel Zeit zusammen im Bett zu verbringen."

„Wieso müsstet ihr hier– Oh. Vergiss meinen Vorschlag einfach wieder."

Mick lachte. „Japp. Wir müssen das realistisch betrachten. Wenn einer von uns hier auch nur einen Furz lässt, bekommen die anderen das mit. Also Sex hier im Haus? Vergiss es."

„Ich weiß, es geht niemanden etwas an außer euch", sagte ich zögernd. „Aber ihr seid seit drei Jahren zusammen. Wäre es so schlimm, wenn du es den anderen erzählen würdest?"

Mick sah mich gerade heraus an. „Wirst du ihnen von Daniel erzählen?"

„Das ist nicht dasselbe", beharrte ich. „Wir hatten gerade mal drei Dates – okay, eigentlich nur ein echtes Date, weil wir die anderen Male in seiner Wohnung waren. Aber das ist gar nichts im Vergleich zu den drei Jahren, die ihr schon zusammen seid."

„Ich weiß nicht, ob ich dazu bereit bin", antwortete Mick leise. „Mit ihm hier abzuhängen und zusammen zur Parade zu gehen, ist eine Sache. Ihn diesem Haufen hier vorzustellen ..."

Ich verstand das. „Vergiss, dass ich überhaupt etwas gesagt habe. Es ist dein Leben."

Mick neigte den Kopf zur Seite. „Also, verrätst du mir, wie dein Samstagabend verlaufen ist? Und wichtiger noch, wo du die Nacht verbracht hast? Denn da war jemand nicht in seinem Bett letzte Nacht."

„Ich habe nicht in Daniels Bett geschlafen, falls du darauf hinaus willst." Der Gedanke war in meinem Kopf: *Aber bald* ... Denn der Sonntagmorgen hatte mich etwas gelehrt.

Wie gesagt, ich war bereit für mehr.

Mick sah mich nachdenklich an. „Wie ist es gelaufen, ehrlich?"

Von draußen war Gelächter zu hören. „Wenn wir noch lange hier stehen und reden, werden sie nur misstrauisch werden und hereinkommen, um nach uns zu sehen. Komm nach dem Abendessen in mein Zimmer, dann können wir uns unterhalten."

„Das klingt ernst."

Ich lachte verlegen. „Ich denke schon, dass es ernst ist, wenn man entdeckt, dass man sich eine lange Zeit vor der Wahrheit versteckt hat."

„Was treibt ihr zwei da drin?", rief Justin von draußen. „Wir verdursten hier!"

Ich verdrehte die Augen. „Das hat nicht lange gedauert.'"

Ich öffnete den Kühlschrank und nahm mehrere Dosen heraus. Mick und ich würden später noch Zeit zum Reden haben.

Worauf ich mich wirklich freute, war das Gespräch mit Daniel später an diesem Abend, wenn ich bereits im Bett liegen würde.

Ich wollte seine Stimme hören.

#loveWins
love is love

„Also, wie war dein Mittagessen?", fragte Daniel.

Ich stopfte das Kissen unter meinen Kopf und machte es mir bequem. „Ich werde Onkel."

„Oh, das ist ja toll. Glückwunsch. Das wird mir nie passieren. Ich bin Einzelkind."

Zum ersten Mal wurde mir bewusst, wie wenig Daniel bisher von seiner Familie gesprochen hatte. Ich erzählte ihm eine Weile von Rachel und Ben, von Bens Bruder, meinen Eltern, in der Hoffnung dass ihn das animieren würde, auch über seine Familie zu sprechen.

Nichts.

Schließlich versuchte ich es ganz direkt. „Wir sind deine Eltern so?"

„Oh, du weißt schon. Sie sind halt Eltern." Erneutes Schweigen.

„Daniel?"

Ich hörte ihn Seufzen. „Ich halte ziemlich viel hinterm Berg, oder? Dafür gibt es einen Grund."

Mir wurde das Herz schwer. „Ich glaube, ich kann mir vorstellen, warum." Es war nicht gerade ein Einzelschicksal, oder?

„Ich habe meine Eltern nicht mehr gesehen seit dem Tag, als ich mit 17 von zu Hause weg bin."

Dieses Mal war ich es, der fassungslos schwieg.

„Kurz gesagt, sie wollten keinen schwulen Sohn, und ich wollte nicht in einer Familie bleiben, wo ich nicht gewollt war. Also ging ich fort. Ende der Geschichte. Ich wandte mich an diesen Wohltätigkeitsverein, der LGBTQ-Jugend in Not hilft. Sie fanden für mich einen Platz zum Leben, eine Pflegefamilie ... Ella und Eric sind jetzt meine Eltern, auch wenn es jetzt schon sieben Jahre oder so her ist, dass ich bei Ihnen ausgezogen bin. Wir stehen immer noch in Kontakt. Sie halfen mir, einen Job zu finden. Sie unterstützten mich, als ich es nötig hatte. Also werden wir nie wieder von meinen leiblichen Eltern reden, okay?"

Ich litt mit ihm in diesem Moment, denn der Schmerz in seiner Stimme war nicht zu überhören. „Okay." Um das Thema zu wechseln, erzählte ich ihm von dem neuen Wort, dass Rachel für mich erfunden hatte.

Daniel lachte auf. „Ich liebe das! So wie sich das anhört, glaube ich, dass ich deine Schwester und deinen Schwager auch mögen würde." Es entstand eine Pause. „Ich wollte dich fragen... Samstagabend... Du und Caroline... als ich mit Troy an der Bar war, sah es so aus, als hättet ihr zwei ein tiefsinniges Gespräch am Tisch geführt."

Ich lächelte in mich hinein. „Sagen wir einfach, es war eine Nacht der Erkenntnisse."

„Du hast so ernst ausgesehen."

Ich musste es ihm erzählen. Er war schließlich Teil des Ganzen, vielleicht sogar der wichtigste Teil. „Ich hatte gerade herausgefunden, dass ich mir selbst jahrelang etwas vorgemacht habe." Aber darüber wollte ich jetzt nicht reden. „Wir werden in zwei Wochen übrigens einen

Grillabend hier veranstalten."

Daniel seufzte. „Ich kann mich gar nicht erinnern, wann ich zum letzten Mal einen Grillabend hatte. Allerdings esse ich immer viel zu viel, und dann versuche ich alles in den nächsten Wochen wieder abzuarbeiten. Insofern ist es vielleicht eine gute Sache."

Sicher, ich wollte ihn einladen, aber das war nicht besonders klug, oder? Außerdem war ich immer noch dabei, mich in einer ganz neuen Welt zurechtzufinden. Daniel meinen Mitbewohnern vorzustellen und Ihnen alles zu enthüllen, erschien mir einen Schritt zu weit zu gehen im Augenblick.

Ich gähnte, und Daniel lachte. „Ich glaube, es ist Zeit für dich zu schlafen. Wir müssen beide morgen früh raus."

„Können wir morgen Abend wieder telefonieren?", fragte ich.

Seine Stimme klang warm. „Natürlich können wir. Das würde mir sehr gefallen. Es kann allerdings ein bisschen später werden. Kann ich dich wieder zur Schlafenszeit anrufen?"

Ich wiederholte seine Worte. „Das würde mir sehr gefallen." Dass Daniels Stimme das Letzte sein würde, was ich vor dem Einschlafen hörte, war ein schöner Gedanke.

#love wins
love is love

18. Juni, Montagabend
Ich war kaum unter die Bettdecke gekrochen, als Daniel anrief. „Super Timing", sagte ich. „Ich wäre fast auf der Couch eingeschlafen, da dachte ich, es wäre Zeit, ins Bett zu gehen."

„Ja, das Gefühl kenne ich."

Ich konnte die Müdigkeit in seiner Stimme hören. „Wie war die Probe?"

„Anstrengend. Da ist ein besonderer Song mit einer körperlich schweren Choreo. Mac – das ist unser Gruppenleiter – redet davon, die ganze nächste Woche zu proben. Es sind nur noch wenige Wochen bis zur Parade."

„Rachel fragte mich, ob ich hingehen und dir zusehen würde."

„Es wäre toll, wenn du könntest." Die Aufrichtigkeit in seiner Stimme war nicht zu überhören. „Es ist wirklich jede Menge Spaß.

„Selbst für dich? So wie sich das anhört, ist es eher jede Menge harte Arbeit."

„Ja, das stimmt. Aber... wir arbeiten als Team zusammen. Wir sind keine Profis, keiner von uns – naja, abgesehen von Mac. Er macht das beruflich. Wir sind nur da, um Spaß zu haben und zu feiern, wie weit wir gekommen sind und dass wir überhaupt eine Parade haben können."

Ich erinnerte mich daran, wie er auf der Tanzfläche ausgesehen hatte. „Für mich siehst du beim Tanzen ziemlich professionell aus. Ich mag es, wie du dich bewegst."

„Du bist aber auch nicht schlecht. Besonders gefiel mir unser letzter Tanz."

Mein Gesicht und meine Brust wurden ganz warm, als ich daran dachte, wie er mich an sich gedrückt hatte, während wir uns hin und her gewiegt hatten. „Dieser blöde Feueralarm."

Daniel lachte leise. „Viel weiter hätten wir ohnehin nicht gehen können, ohne öffentliches Ärgernis zu erregen."

„Ich wollte nicht, dass es aufhört", gestand ich.

„Als du gestern Morgen meine Hand genommen hast..." Daniel sprach leise. „Da war es, als hättest du meine Gedanken gelesen. Ich lag da und versuchte, genug Mut zu fassen, um dich zu berühren."

„Und warum hast du nicht?"

„Ich konnte nicht. Es musste von dir kommen. Du bist derjenige am Steuer." Er seufzte. „Bei dir hinterfrage ich mich selbst ständig."

„Wie meinst du das?"

„Zum Beispiel Samstagabend. Ich versuchte zu entscheiden, was ich anziehen sollte, und das schloss auch meine Unterwäsche ein. Ich hatte die Wahl zwischen Boxershorts oder einem Spitzenslip. Nun, ich hätte gern Spitze getragen, aber dann kamen mir Zweifel ... wieso wollte ich das? Hoffte ich, dir an irgendeinem Punkt zeigen zu können, wie ich darin aussehe? Denn auf Carolines Sofa zu schlafen, war ja nicht geplant gewesen. Dazu war es spontan gekommen. Ich hatte an diesem Abend nichts anderes vor, als mit dir tanzen zu gehen und Spaß zu haben."

„Und Spitzenunterwäsche zu tragen hätte sich zu sehr angefühlt, als würdest du erwarten, dass zwischen uns etwas läuft?"

Daniels erleichtertes Seufzen sagte alles. „Genau."

„Okay ... nächstes Mal dann? Trag die Spitze. Ich würde das gern sehen." Mein Herzschlag beschleunigte sich.

„Wirklich?

Ich holte tief Luft. „Zeit für ein Geständnis. Als du mir das erste Mal von deinen Spitzenslips erzählt hast, fand ich es extrem hart, mich weiter auf unser Gespräch zu konzentrieren." Sobald ich das gesagt hatte, wurde mir klar, wie zutreffend meine Wortwahl war. Ich erinnerte mich, dass mein Schwanz in der Tat extrem hart gewesen war. „Ich stellte mir die ganze Zeit ... deinen Schwanz hinter einer Lage Spitze vor."

„Oh Gott."

„Und ich habe nichts dagegen, am Steuer zu sein. Weil das beinhaltet, dass ich entscheiden kann, wohin es mit uns geht."

„Und werde ich das Ziel mögen?"

„So wie unser letzter Tanz sich entwickelt hat, würde ich sagen, auf jeden Fall."

Daniel gab einen leisen, glücklichen Laut von sich. „Ich mag das übrigens– abends vor dem Einschlafen noch mit dir zu reden."

Ich fand auch, dass das eine schöne Angewohnheit war.

„Schlaf gut, Daniel."

„Träum was Schönes, Lee."

#love wins
love is love

20. Juni, Mittwochabend

„Warst du schonmal richtig verliebt?" Ich trat das Federbett ans Fußende – der Abend war zu warm, um darunter zu liegen. Eine kühle, beruhigende Brise wehte vom offenen Fenster herein. Daniels Anruf war ein wenig später als erwartet gekommen, und es war bereits Mitternacht. Ich hatte auf dem Bett gedöst und gewartet.

Einen Moment lang war Daniel still. „Wieso fragst du das?"
„Ich habe heute nur irgendwann darüber nachgedacht." Ich
erinnerte mich, wie Rachel gesagt hatte, sie hätte sofort
gewusst, dass Ben der Richtige für sie war. Ich konnte mir nicht
vorstellen, mir bei einer Person so sicher zu sein. Und dann war da
noch meine Großmutter. Sie hatte mir immer erzählt, dass sie schon
mit fünfzehn gewusst hatte, dass sie meinen Großvater einmal heiraten
würde. Und dann hatte sie angeblich die nächsten zehn Jahre daran
gearbeitet, bis er zu demselben Entschluss gekommen war.
Ja, meine Großmutter war ziemlich speziell.
War ich in Cheryl verliebt gewesen? Sie hatte mir etwas bedeutet,
das wusste ich. Aber als sie angefangen hatte, übers Heiraten und
Kinder kriegen zu reden ... ich konnte nicht in sie verliebt gewesen sein,
oder? Sonst hätte ich die Beziehung nicht beendet.
„Ich denke nicht, dass ich schonmal verliebt war", sagte Daniel
schließlich. „Ich würde es wissen. Ich meine damit nicht die große,
welterschütternde Liebe oder sowas. Ich meine etwas Leiseres, so wie
ein sicheres Wissen, das dich erfüllt. Das Gefühl tief in dir, dass er es
ist."
Ich lächelte. „Du bist eine romantische Seele, oder?" Nicht, dass ich
mich darüber beklagte. Ich fand das sehr süß.
„Ich will es nicht abstreiten. Vielleicht stehe ich deswegen nicht
auf One-Night-Stands. Ich kenne viele schwule Männer, die darauf
abfahren, und wenn das für sie funktioniert, ist das völlig in Ordnung.
Aber ich bin nicht so. Ich will eine Verbindung zu jemandem haben." Er
schwieg einen Moment. „Was ist mit dir? Hast du schonmal dein Herz
an jemanden verloren?"
Okay, nun fühlte ich ein wenig Reue.
„Lee?"
Ich seufzte. „Ich bin zu dem Schluss gekommen, dass ich keins
habe. Ein Herz, meine ich. Es gab jedenfalls niemanden, bei dem ich

das Gefühl hatte, nicht ohne diese Person leben zu können. Ich hatte eine ernsthafte Beziehung, die ein Jahr lang gedauert hat, aber wenn ich zurückdenke, frage ich mich ... war es wirklich so ernsthaft? Oder habe ich einfach nur so mitgemacht? Ich weiß nur, dass es nicht das war, was ich wollte."

„Und was ist es, das du willst?"

Und da war sie, die Frage, die mich den ganzen Tag über beschäftigt hätte.

„Ich will etwas fühlen", sagte ich. „Ich will Schmetterlinge im Bauch haben, wenn ich weiß, dass ich die Person wiedersehe. Ich möchte, dass mein Puls rast, wenn die Person den Raum betritt. Ich will Herzklopfen bekommen, wenn wir uns küssen, und dass meine Haut kribbelt, wenn wir uns versehentlich berühren, wie ein kleiner Stromschlag. Ich will ins Stottern geraten, wenn wir zusammen sind, weil es so viel gibt, das ich sagen möchte, und die Worte einfach nicht schnell genug herauskommen."

Schweigen.

„Daniel?"

Er seufzte leise. „Ich glaube, du hast gerade perfekt beschrieben, wie es ist, sich zu verlieben. Und ich will das auch, alles davon."

Mir wurde ganz leicht ums Herz. Er lachte mich nicht aus. Er fand meine Gefühle und Wünsche nicht albern. Besser noch, er verstand mich.

„Weißt du, was mich an dir wirklich beeindruckt?"

Meine erste Reaktion war Verblüffung. Ich glaube nicht, dass ich bis dahin schon einmal irgendwen beeindruckt hatte. Und ich sage das nicht, um ein ‚Oh, du Armer' zu ernten. Ich mein's ernst. Ich bin kein besonders beeindruckender Typ. An mir ist nichts Besonderes.

Und doch ... Daniel glaubte, ich könnte jemand Besonderes sein. Das hatte er schon gesagt.

„Ich habe keine Ahnung", antwortete ich nach einer kurzen Pause.

„Die Art, wie du ... das alles akzeptierst. Dass ich dich um ein Date gebeten habe. Was dann auch stattfand. Dass wir herummachen. All das."

„Na ja, was hast du denn erwartet, das ich tue?" Ich war ehrlich verdattert.

„Ja, aber ich meine, wie du es gemacht hast. Du bist nicht mit irgendwelchen, tiefsinnigen Erklärungen gekommen, dass du nicht mit mir ausgehen kannst, weil du hetero bist. Du hast einfach ja gesagt, ohne daraus eine große Sache zu machen. Es war, als ... als hättest du einfach akzeptiert, dass das eben auch ein Teil von dir ist."

Ich brauchte einen Moment, bis mir klar wurde, dass er recht hatte. Der Kern des Ganzen war nicht die Sexualität, sondern die Verbindung. Und ich hatte vom ersten Tag unserer Begegnung an eine Verbindung zu ihm gespürt.

Ich wollte noch weiter mit ihm reden, aber ich wusste, ich würde es am nächsten Morgen bereuen. Ich funktioniere nicht besonders gut, wenn ich nicht genug Schlaf bekomme, und es war bereits nach Mitternacht. Auch Daniel gähnte, und ich wusste, er war müde.

Und okay, über Gefühle zu reden, fiel mir nicht leicht.

„Wir können morgen weiterreden", sagte Daniel, und ich seufzte erleichtert. „Aber nimm dir für Freitagabend nichts vor, ja? Ich denke an einen DVD-Marathon und Abendessen vom Lieferservice."

Das hörte sich super an. „Ich trage dich in meinen vollen Geschäftskalender ein", scherzte ich. Wärme erfüllte mich, und die hatte nichts mit den Temperaturen draußen zu tun.

„Träum schön, Lee."

„Du auch, Daniel."

#loveWins
love is love

21. Juni, Dienstagabend
„Ich dachte, wir könnten uns am Paddington treffen. Falls du den Zug um 18:04 kriegst, heißt das."

Das würde ich hinbekommen, und wenn ich dafür *Ihr mit dem Gesicht eines versohlten Arsches* in denselbigen kriechen musste, um pünktlich aus dem Büro zu kommen. „Fahre ich erst nach Hause, oder komme ich gleich mit zu dir?"

„Nun, wir hätten dann mehr Zeit für unseren DVD-Abend", schlug Daniel vor. „Und falls es morgen wieder so heiß wird wie heute, kannst du bei mir duschen. Ich habe fließendes Wasser, weißt du?"

„Oh, die Wunder der modernen Technik", neckte ich. Okay, der Gedanke, in Daniels Badezimmer zu sein ... ihr *wisst*, was ich dachte, stimmt's?

Und Daniel wusste es offenbar ebenfalls. „Und ... bring eine Zahnbürste mit."

Ich erstarrte. „Oh?"

„Nun, nach dem, was du beim letzten Mal gesagt hast, willst du gern vorbereitet sein, wenn du bei mir übernachtest. Kleidung zum Wechseln, Zahnbürste ... ich richte das Gästebett her, und du kannst über Nacht bleiben. Das macht mehr Sinn, als unseren Abend früh zu beenden, nur damit du den den letzten Zug bekommst."

Ja, das klang für mich auch plausibel. Wieso aber schlug Mein Herz dann wie eine Bassdrum beim Militärmarsch?

Weil das Übernachten noch etwas mit einschloss – die Möglichkeit von Sex.

Und sein wir ehrlich, nach dem letzten Wochenende war es mehr als nur eine Möglichkeit. Es war eher eine hohe Wahrscheinlichkeit. Ich wusste, es würde passieren. Und ich wusste, dass ich es wollte. Okay, Zeit für ein Geständnis. Was Sex angeht, bin ich eher ein Freund solider Hausmannskost. Ich mag die Missionarsstellung, okay? Und die Frauen, mit denen ich bisher etwas hatte, mochten ebenfalls alle die Missionarsstellung, na und?

(Wenn ich jetzt so darüber nachdenke ... hatten die Frauen das wirklich so gemocht? Oder war es eher der Grund gewesen, warum ich so oft nicht über ein zweites Date hinausgekommen war? Dass ich im Bett nicht abenteuerlustig genug war? Mist.)

„Du bist ganz still geworden."

Ich musste etwas sagen. Ich musste ihn wissen lassen, was mir durch den Kopf ging.

„Daniel, ich ... ich habe keinerlei Erfahrung mit schwulem Sex, okay?"

„Das weiß ich."

„Nein, was ich meine, ist ..." Jetzt war nicht der richtige Zeitpunkt, um prüde zu sein.

Er räusperte sich. „Versuchst du mir zu sagen, dass du noch nie Analverkehr probiert hast?"

Gott sei Dank, er verstand es. „Nein. Noch nie. Offensichtlich war ich immer mit den falschen Frauen zusammen", antwortete ich trocken.

Nach einem kurzen Moment des Schweigens brach er in Gelächter aus. „Oh mein Gott, das ist lustig."

Ich konnte ebenfalls die witzige Seite sehen und lachte mit.

„Lee, das ist okay, wirklich", sagte Daniel schließlich leise. „Ich meinte, was ich sagte. *Du* sitzt am Steuer. Und wir werden nichts tun, das du nicht willst."

Ich schluckte. „Und ... was, wenn ich will?", flüsterte ich.

Ich hörte, wie er scharf den Atem einsog. „Oh."

Ja. Oh fasste es ziemlich gut zusammen.

„Lass uns einen Schritt nach dem anderen machen, okay?"

Damit konnte ich leben. „Okay." Aber ich wusste, es war irgendwie nicht okay. Etwas nagte an mir, und zwar seit gestern Abend. „Daniel ... du hast gesagt, dass du dachtest, ich könnte jemand Besonderes sein." „Und je besser ich dich kennenlerne, desto mehr glaube ich, dass das stimmt."

Scheiße. Er konnte mich in nur einer Sekunde aus der Bahn werfen.

„Es ist nur ..." Ich schluckte heftig, dann legte ich meine Seele bloß. „Ich ... ich will dich nicht ... enttäuschen." *Bitte zwing mich nicht, es auszusprechen.*

Einen Augenblick lang sagte er nichts, und mein Herz schlug immer schneller. „Du könntest mich niemals enttäuschen, okay?" Seine Stimme war ganz sanft. „Ich kann nicht erwarten, dich morgen zu sehen."

Und nach dieser Erklärung konnte ich es ebenfalls nicht mehr erwarten. „Ja, geht mir genauso. Gute Nacht, Daniel."

„Gute Nacht, Lee." Nach eine Pause fügte er hinzu: „Ich sehe dich dann in meinen Träumen."

Ich konnte nicht widerstehen. „Was für Träume werden das sein?"

Er lachte. „Jedenfalls keine jugendfreien." Dann legte er auf.

Ich schaltete mein Handy stumm und deponierte es auf dem Nachttisch, dann legte ich mich auf den Rücken. Die frische Luft vom offenen Fenster fühlte sich angenehm auf meiner Haut an. Im Kopf war ich plötzlich viel zu wach, um sofort einzuschlafen, und ich spielte mit dem Gedanken, mein Handy wieder anzuschalten und ein wenig ... Recherche zu betreiben.

Dann verwarf ich es wieder. Ich wusste, was wohin kam, verdammt. Und falls ich jetzt nicht eine Mütze Schlaf bekam, würde ich furchtbar aussehen, wenn wir uns am Bahnhof trafen.

Sei ehrlich, Lee. Du brauchst deinen Schönheitsschlaf.

Mein letzter Gedanke vorm Einschlafen war, dass Daniel keinen brauchte. Er war bereits wunderschön, innen wie außen.

Kapitel 14

#loveWins
love is love

22. Juni 2018

Mein Tag ging vollkommen den Bach hinunter, und es war alle Daniels Schuld.

Wie? Mit seinem beiläufig geäußerten ‚bring eine Zahnbürste mit' hatte er mir den Kopf verwirrt. Ich hatte angefangen, über Sex nachzudenken. Und das führte dazu, dass ich fast den ganzen Freitag lang über Sex nachdachte, verdammt.

Es begann zunächst harmlos. Ich bin wie immer zur Arbeit gefahren, nur, dass ich nicht aufhören konnte, an den kommenden Abend zu denken. Eigentlich hatte ich die ganze Nacht schon darüber nachgedacht. Immer wieder schaute ich meine Tasche unter dem Schreibtisch an, die meine Zahnbürste, ein paar Unterhosen und ein T-Shirt enthielt. Die Aufregung und Erwartung, mit der ich wach geworden war, hielt den ganzen Vormittag lang an.

Dann hatte ich meine erste Pause, und dabei ging es erst richtig rund in meinem Kopf.

Ich beobachtete einen Kollegen dabei, wie er eine Banane aß. (Okay, ich weiß, ein furchtbares Klischee, aber im Ernst – versucht ihr mal, jemanden beim Banane essen zuzusehen und dabei keine schmutzigen Gedanken zu haben!) Dann kam jemand aus seiner Pause zurück und brachte ein Calippo-Eis mit, dieses längliche Wassereis, das man aus einer Papproöre schiebt, um daran zu lutschen.

Japp. Sieht so phallisch aus, wie es sich anhört.

Damit wäre ich ja noch klargekommen, aber es wurde im Laufe des Tages immer schlimmer. In der Mittagspause ging ich in die Kantine, um etwas zu essen, aber ein Blick auf die Bratwürste, lang und dick, und meine Gedanken bewegten sich sofort wieder in dieselbe Richtung. Ich machte, dass ich da weg kam. Stattdessen ging ich raus, um mir ein Sandwich zu besorgen – eine weniger riskante Option. Aber was war das Erste, das ich sah, als ich zum Supermarkt kam?

Gemüse.

Und bevor ihr denkt, ich hätte jetzt völlig den Verstand verloren – wir reden hier von Zucchini. Große, fette Zucchini mit runden Enden. Auberginen, glänzend und violett, so dick wie mein Unterarm. Schlangengurken, lang und in verschiedenen Dicken, alle in transparente Folie eingeschweißt.

Was mich an etwas erinnerte, nämlich, dass ich Kondome brauchte.

Ich erledigte das als Erstes, dann suchte ich mir ein Hähnchen-Sandwich aus und begab mich zur Kasse. Als ich an der Bäckereiabteilung vorbeikam, konnte ich nicht anders, als die fettig glänzenden, ringförmigen Donuts zu bemerken.

Okay, ihr könnt euch denken, wohin meine Gedanken sich bewegt. Zwei Frauen standen vor der Bäckereitheke und zeigten auf sie. „Welchen hättest du gerne?", fragte eine von ihnen. „Ich mag die Donuts mit der Cremefüllung."

„Oh, ich auch. Aber ich liebe die Cremehörnchen. Ich lutsche so gern die Creme heraus, das befriedigt mich irgendwie."

Großer Gott, das musste ich in dem Moment *wirklich* nicht unbedingt hören.

Ich ging ins Büro zurück und warf mein Sandwich auf meinen Schreibtisch. Als ich mich an der Kaffeemaschine anstellte, fielen mir die Jungs in den grauen Overalls auf, die ein Stück Plastikrohr mit sich herum trugen. Sie arbeiteten offensichtlich an der Klimaanlage. (Kein

Wunder, dass es hier so warm war.) Ich achtete nicht besonders auf sie, bekam aber dennoch Teile ihres Gesprächs mit.

„Das passt einfach nicht. Ich kriege das Rohr nicht ins Loch."

„Dann machst du das Loch eben größer, um Himmels willen. Such dir eine Säge."

An dieser Stelle mochte ich ein wenig zusammengezuckt sein.

„Weißt du was? Vergiss die Säge. Schmier das Ende des Rohrs einfach mit ein wenig Fett ein, bevor du versuchst es hineinzuschieben."

„Hast du es ausgemessen? Denn beim letzten Mal haben sie uns die falsche Rohrgröße gegeben, und das hätte nie und nimmer in das kleine Loch gepasst."

Es war offiziell. Irgendwo lachte Gott sich gerade den Arsch ab.

Ich glaube, wenn ich den Rest des Tages einfach auf meinen Monitor hätte starren können, beide Finger in meinen Ohren, dann hätte ich das getan. Leider hätte ich dann nicht besonders viel Arbeit geschafft, und Ihr-wisst-schon-wen im Nacken zu haben, war das Letzte, was ich an diesem Punkt noch gebraucht hätte.

Ich würde den blöden Zug um 18:04 erwischen, und wenn es mich das Leben kostete!

Wunder über Wunder, der Rest meines Arbeitstages verging ohne weitere Zwischenfälle, aber der Schaden war passiert. Ich versuchte, nicht an die Schachtel Kondome in meiner Tasche zu denken. Ich hatte erwogen, keine zu kaufen, denn es war vielleicht vermessen, derart vorbereitet aufzukreuzen. Aber am Ende tat ich es doch.

Wozu schamhaft sein? Ich *wollte* das, richtig?

Mick hatte recht behalten. Ich tat es nicht, weil mein Sexleben unbefriedigend war – ich hatte Sex immer genossen. Ich probierte nicht etwas Neues, weil ich Frauen leid war. Ganz im Gegenteil.

Ich machte es, weil ich zu einem schwulen Mann eine Verbindung spürte, und ich wollte sehen, wohin dieser Funke führen würde.

Als ich am Bahnhof ankam, war ich wieder aufgeregt.

Daniel wird gleich hier sein.

Ich werde mit zu ihm gehen.

Ich werde die Nacht bei ihm verbringen.

Ich weiß, er sagte, er würde das Gästebett herrichten, aber das war nur Show. Dessen war ich mir sicher. Wir wussten beide, was wir in dieser Nacht wollten, und das war nicht, dass ich im Gästezimmer schlief.

Dann entdeckte ich ihn. Er trug dieselbe pastellfarbene Jacke und dieselbe verwaschene Jeans, die er an dem Tag anhatte, als wir uns zum ersten Mal begegnet waren. Daniel suchte die Menge mit den Augen ab.

Ich konnte nicht widerstehen. Ich duckte mich hinter den anderen Pendlern und achtete darauf, dass er mich nicht sehen konnte, bis ich ihn erreichte. Dann schlich ich mich hinter ihn und tippte ihn leicht auf die Schulter.

„Suchst du jemanden?"

Er wirbelte herum und griff sich an die Brust. „Du hast mich fast zu Tode erschreckt."

„Bedeutet das, dass ich die Chance verpasst habt, dir Mund-zu-Mund-Beatmung zu geben? Verdammt." Ich grinste. „Hallo. Ich würde dich ja umarmen, aber ich bin furchtbar verschwitzt. Ich habe den ganzen Tag in einem

Büro ohne Klimaanlage gesessen. Ich würde mir also nicht zu nahe kommen, wenn ich du wäre."

„Ich wäre mit einem Kuss zufrieden." Daniel lächelte. „Wenn das okay ist."

Es war mehr als okay. Ich beugte mich vor, und unsere Lippen begegneten einander in einem zärtlichen Kuss. Als wir uns trennten, schnupperte Daniel vorsichtig, und ich musste lachen. „Ich würde das *wirklich* lassen."

Er lachte ebenfalls, dann rückte er näher, um mir ins Ohr zu flüstern: „Und was, wenn mir *gefällt*, wie du riechst?" Als ich blinzelte, lachte er erneut. „Ich könnte dir ja beweisen, wie sehr es mir gefällt, aber ich glaube, wenn ich dich ... den Beweis jetzt spüren lassen, könnte man uns verhaften."

„Du bist gemein", flüsterte ich zurück. Er warf einen Blick auf die Tasche über meiner Schulter, und ich klopfte mit der flachen Hand darauf. „Waschzeug, Klamotten zum Wechseln." Auf keinen Fall würde ich die Kondome erwähnen.

„Dann lass uns zu mir fahren."

Als wir zum Bahnsteig gingen, versuchte ich, nicht auf seinen Arsch in der engen Jeans zu starren. Denn jetzt stellte ich mir besagten Arsch vor, wie ich ihn am Sonntagmorgen gesehen hatte ... nackt, rund und knackig.

Jeden Tag lernte ich etwas Neues über mich. Wer hätte gedacht, dass ich ein Arschmann war? Aber jetzt wollte ich mehr als nur gucken, ich wollte anfassen. Streicheln. Beißen.

Dann erinnerte ich mich an die erste Folge von *Queer as Folk*: Nathan mit dem Gesicht nach unten, während Stuart einen Pfad hinab zu Nathans Loch leckte.

Oh Gott. So etwas konnte ich nicht tun – *oder doch*?

Ich schob den Gedanken hastig weg. Nicht hier. Wieso sich der Gedanke, Daniel zu rimmen, inmitten von Paddington Station schlimmer anfühlte, wusste ich auch nicht, aber es war so.

Wir marschierten zügig den Bahnsteig entlang, direkt bis zum ersten Waggon. Wie immer war er nicht besonders voll, und wir fanden Plätze an einem der Tische. Ich stellte meine Tasche ab und setzte mich an den Fensterplatz. Anstatt den Sitz mir gegenüber zu nehmen, nahm Daniel neben mir Platz, mit seiner Tasche auf dem Schoß.

Ich war plötzlich nervös, und ich hatte keine Ahnung, warum. Vielleicht lag es daran, dass er so dicht neben mir saß, nah genug, dass mir sein Duft in die Nase stieg.

„Was ist das für ein Eau de Cologne, das du trägst?" Es war mild, süßlich und ein kleines bisschen würzig.

Und es machte etwas mit meinem Schwanz.

„Ein Freund von mir stellt verschiedene Duftwasser mit ätherische Ölen her. Ich besitze ein paar davon. Dieses hier verleiht mir ein wenig Schwung."

Es verlieh auf jeden Fall einem gewissen Körperteil von mir Schwung. „Was ist da drin? Es riecht nämlich wirklich gut."

„Schwarzer Pfeffer, Sandelholz, Koriander ..."

Ich blinzelte. „Ein Gewürzkraut?"

„Das ätherische Öl wird aus den Samen gemacht." Er lachte. „Sorry, aber mir kam gerade das Bild von mir mit Korianderblättern an meinen Ohren und in meinem Haar in den Kopf." Er beugte sich näher zu mir. „Hier, schnuppere mal richtig."

Ich inhalierte ihn und seufzte.

„So gut, hm?" Daniel sah sich kurz im Waggon um, dann drückte er seine Lippen auf meinen Hals und küsste mich dort.

Es lag mir auf der Zunge zu sagen: ‚Es macht mich unheimlich geil'. Aber ich traute mich nicht. Wir waren im Zug, verdammt. Also sagte ich stattdessen: „Ich glaube,

mir verleiht es auch Schwung." Aber dann stockte mir der Atem, als Daniel hinter seiner Tasche eine Hand zu mir herüberschob und sanft meinen Schwanz drückte.

Okay, das war wahrscheinlich das Heißeste, was mir je passiert war.

Ich starrte geradeaus, weil ich keine Aufmerksamkeit erregen wollte, aber mein Herz hämmerte. Es war niemand nahe genug, um sehen zu können, was wir machten, aber es konnte dennoch jeden Moment der Zugbegleiter in den Waggon kommen, um die Fahrkarten zu kontrollieren, oder nicht?

„Du ... du solltest das nicht tun", flüsterte ich.

Daniels Lippen kitzelten an meinem Ohr. „Willst du, dass ich aufhöre? Es fühlt sich nämlich so an, als würde es dir wirklich gefallen."

Okay, das war ein Dilemma ...

Aber als er sich aufrichtete und seine Hand wegzog, atmete ich auf. „Tut mir leid", sagte er. „Du hast recht; das war unentschuldbar. Ich weiß nicht, was über mich gekommen ist."

„Und mir tut es leid, falls sich das wie eine Beschwerde angehört haben sollte", gab ich zurück, während mein Herzschlag sich wieder beruhigte. „Ich habe so etwas nur noch nie gemacht."

„Es gibt für alles ein erstes Mal, daran ist nichts falsch", sagte Daniel. „Besonders, wenn wir etwas wagen, was wir uns ansonsten nicht trauen würden." Er lehnte sich entspannt im Sitz zurück. „Für mich war das so, als ich der Tanzgruppe beigetreten bin, am Anfang jedenfalls. Ich hätte nie gedacht, dass ich mal vor Hunderten von Leuten tanzen würde, vor allem nicht mit so wenig Stoff am Körper. Und mit so provokativen Bewegungen."

Ich lachte. „Okay, jetzt will ich wirklich deinen Auftritt auf der Pride sehen."

„Es ist morgen in zwei Wochen." Daniels Augen funkelten. „Bitte komm."

Als könnte ich ihm etwas abschlagen, wenn er mich so ansah. „Okay. Ich werde da sein."

Er strahlte. „Fantastisch."

Wir verfielen in angenehmes Schweigen, während ich mit purer Willenskraft meine Erektion dazu brachte nachzulassen. Ich konnte schließlich nicht mit einem Harten aus dem Zug steigen. Schlimm genug, dass Daniel wusste, dass ich einen Ständer hatte – ich wollte nicht, dass es auch jeder andere mitbekam. Aber ihn so nah bei mir zu haben, sein sexy Anblick mit dem rosa Lipgloss, sein Duft noch in meiner Nase ...

Es war alles ein bisschen viel, besonders nach dem Tag, der hinter mir, und der Nacht, die vor mir lag.

Hinter mir ... vor mir ... unter mir ... Ja, mein Kopf hörte einfach nicht auf. Und es war nicht das erste Mal. Ja, ich hatte mir ausgemalt, wie es wäre, meinen Schwanz in Daniels Mund zu stecken. Ja, ich hatte sogar daran gedacht, meinen Schwanz in seinen Arsch zu stecken, seine Hüften festzuhalten und richtig zuzustoßen. Aber die Vorstellung, ihn nicht unter mir zu haben, sondern über mir ...

Hatte ich je mit meinem Loch gespielt? Nein.

Hatte ich je auch nur erwogen, mit meinem Loch zu spielen? Nein.

Erwog ich es jetzt? Oh Gott ...

Daniel stupste mich an, und ich riss den Kopf herum, um ihn anzusehen. Er grinste. „Willst du nicht kommen?"

Das war ja nun wirklich eine dumme Frage! Dann sah ich aus dem Fenster und stellte fest, dass wir unser Ziel erreicht hatten. „Oh. Ja." Ich schnappte mir meine Tasche vom Tisch und stolperte ein wenig, als ich Daniel zur Tür folgte.

Sobald wir aus dem Zug waren, schlängelten wir uns rasch durch die Menge der Pendler, die allesamt zum Ausgang strömten. Nur drei Minuten später waren wir an Daniels Haustür, und mein Herz hatte wieder das vertraute Hämmern aufgenommen. Wir stiegen die Treppe hoch, wobei ich vergeblich versuchte, nicht auf Daniels Arsch zu starren – es war wirklich hoffnungslos an diesem Punkt.

In seiner Wohnung hängte Daniel seine Jacke an den Haken bei der Tür, und ich stellte meine Tasche an der Tür des Gästezimmers auf den Boden.

„Ich mache die Fenster auf." Er ließ mich dort stehen und eilte ins Wohnzimmer.

Ich konnte meinen Schweiß riechen und rümpfte die Nase. Ich brauchte auf jeden Fall eine Dusche. „Kann ich das Bad benutzen?"

„Sicher", rief er zurück. „Ich habe ein frisches Handtuch aufs Gästebett gelegt."

Das war mein Stichwort. Ich öffnete die Tür, ohne den hellen Raum mit dem Doppelbett und dem lilafarbenen Bettzeug richtig wahrzunehmen, und schnappte mir das Handtuch. Dann flitzte ich ins Badezimmer und schloss die Tür hinter mir.

Die Dusche war herrlich, mit kräftigem Wasserdruck, der mich erfrischte und meine Haut kribbeln ließ. Und ich glaube, ich brach einen Guinness-Rekord, so schnell war ich drin und wieder draußen. Daniels Duschgel war eine Mischung aus Jasmin und Kokosmilch, und es machte meine Haut seidenweich.

Ich wickelte mir das Handtuch um die Hüften, hob meine Sachen vom Badezimmerboden auf und öffnete die Tür.

„Fühlst du dich jetzt besser?", rief Daniel aus dem Wohnzimmer. „Ich wollte dich fragen, ob du irgendeine Idee hast, was du zu Abend essen möchtest."

Ich warf meine Sachen aufs Gästebett und ging ins Wohnzimmer, immer noch nur in meinem Handtuch. Daniel stand mit dem Rücken zu mir und studierte eine DVD-Hülle. Er hatte noch seine Jeans und sein Hemd an, aber seine Füße waren nackt.

Das gefiel mir. Sehr sogar.

„Ich habe den Director's Cut von *Herr der Ringe*."

„Mh-hm", murmelte ich und ging zu ihm.

Er drehte sich um und erstarrte. Dann schluckte er. „Oder ... wir könnten die Hobbit-Trilogie anschauen."

„Mh-hm." Ich war jetzt nah genug, dass ich seinen herrlichen Duft riechen konnte.

„Oder wir–"

Ich brachte ihn mit einem Kuss zum Verstummen. Meine Hände waren ein wenig unsicher, als ich sein weißes Hemd aufknöpfte.

Daniel unterbrach den Kuss und sah mich mit großen Augen an. „Okay, das geht auch", keuchte er, und dann küsste er mich auf genau die Art, nach der ich mich gesehnt hatte.

Von da an gab es kein Halten mehr.

Kapitel 15

#loveWins

love is love

„Schlafzimmer", murmelte ich in den Kuss. Daniel öffnete den Mund, und ich wusste gleich, was seine weichen Lippen sagen wollten. „Und bevor du mich fragst, ob ich sicher bin, dass ich das will ..." Ich nahm seine Hand und legte sie in meinen Schritt, wo mein Schwanz bereits ein Zelt aus dem Handtuch machte. „Fühlt sich das an, als würde ich es wollen?"

Er riss die Augen auf. „Ich werde mich gewiss nicht streiten."

Ich grinste. „Sehr vernünftig." Ich hielt seine Hand weiter fest und zog ihn zur mittleren Tür im Flur. Als wir sein Schlafzimmer betraten, fiel mir meine Tasche wieder ein. „Ich habe Kondome besorgt", platzte ich heraus.

„Ich auch." Daniels Augen funkelten. „Zwei Dumme, ein Gedanke und so." Dann zog er mich ganz ins Zimmer und machte die Tür hinter uns zu. Sofort drückte ich ihn an die Tür, und sein Kopf bumste gegen das Holz, als ich ihn leidenschaftlich küsste. Daniels Hände waren überall auf mir, auf meinem Kopf, in meinem Haar, an meinem Rücken. Ich konnte nicht genug von seinen Küssen bekommen. Ich machte die letzten Knöpfe an seinem Hemd auf, und er zog es aus seinem Hosenbund, wand sich heraus und warf es zur Seite. Sofort küssten wir uns wieder – eine wilde Vereinigung von Lippen und Zungen.

Dann unterbrach er den Kuss, ein wenig schwer atmend, und sah mir in die Augen. „Kurze Verschnaufpause. Und nur, damit es keine Missverständnisse gibt ... wer macht was?"

Mein Herz raste. „Kann ich dich ficken?" Ich war so nervös, dass mir schwindelig wurde. *Es passiert wirklich.*

Sein Gesicht leuchtete auf. „Ich dachte schon, du würdest nie fragen." Dann keuchte ich, als er mich herumwirbelte, sodass ich mit dem Rücken an der Tür stand. Daniel riss mir das Handtuch von den Hüften, ging auf die Knie und ergriff meinen Ständer an der Wurzel. Er sah zu mir auf, und der sonnendurchflutete Raum spiegelte sich in seinen Augen. „Ich muss dich schließlich bereit machen, richtig?"

Dann nahm er meinen Schwanz in den Mund, und ich schrie auf.

Ja, ich hatte schon Blowjobs gehabt, also war das nichts Neues ... und doch war es das. Es war Daniel, der meinen Schwanz lutschte, und es war sogar noch besser als in meiner Fantasie. Es fühlte sich fantastisch an, und ich würde wohl nie leid werden zu sehen, wie mein Ständer zwischen seinen Lippen verschwand. Ich hielt seinen Kopf und machte ein paar kurze Stöße, ganz vorsichtig, um nicht zu tief zu gehen.

Er zog den Kopf zurück, die Lippen nass von Speichel, und sah zu mir auf. „Du kannst tiefer rein, okay? Du wirst mir nicht wehtun."

Das war alles, was ich hören musste. Ich legte meine Eichel an seine Lippen und schob die Hüften vor. Er öffnete den Mund für mich und nahm mich tief, und ich stöhnte und erschauerte, als er an der Unterseite meines Schafts entlang leckte, bevor er anfing zu lutschen, während er mit einer Hand meinen Ständer hielt und mit der anderen zwischen seinen eigenen Beinen rieb.

„Hol ihn raus", forderte ich ihn auf.

Daniel öffnete den Knopf an seiner Jeans, und ich erhaschte einen kurzen Blick auf etwas Spitze. Dann zog er seinen Schwanz heraus und massierte ihn, während er gleichzeitig meinen Ständer so tief in den Mund nahm, wie es ging.

Ich glaube nicht, dass ich je zuvor so hart gewesen bin. Und ich wollte in diesem Augenblick nirgendwo anders so dringend sein wie in Daniel.

„Warte", sagte ich. Dann zerrte ich ihn auf die Füße und küsste ihn, als hinge mein Leben davon ab. Er klammerte sich an mich, und ich streichelte an seinem Rücken abwärts, bis ich meine Hände in seine Jeans schieben konnte, die plötzlich voller glatter, fester Hinterbacken waren. Ich glitt mit einem Finger in seine Arschritze, und er erschauerte.

Und er war nicht der Einzige. Es war alles so neu, und ich war nicht sicher, ob ich die Aufregung aushalten konnte.

„Bist du bereit für mich?", fragte ich zwischen Küssen. Ich hatte keine Ahnung, woher ich plötzlich diese Forschheit nahm, aber ich stellte sie nicht in Frage.

Und Daniels leises Stöhnen war Antwort genug.

Ich ließ Daniel los, packte den Bund seiner Jeans und zog sie ihm über die Hüften, wobei ich darauf achtete, dass sein Slip blieb, wo er war. Sein Ständer lag an seinem Bauch, gehalten von einem Spitzeneinsatz, der die Hälfte des Schafts bedeckte. Ich fuhr mit dem Finger über das empfindsame Bändchen direkt unter der Eichel – ich mochte das immer besonders, wenn jemand mit meinem Schwanz spielte. Daniel erschauerte, und ich wollte nicht länger warten.

„Kondome?"

Er deutete auf die Nachttischschublade. „Da ist auch Gleitmittel drin."

Sekundenschnell hatte ich beides herausgeholt, aber in derselben Zeit war Daniel auch seine Jeans losgeworden. Er begab sich auf alle viere und präsentierte mir seinen herrlichen Arsch. Weiße Spitze spannte sich über den runden Backen.

Okay, ich hatte noch nie über Männer in Reizwäsche nachgedacht, aber mein Schwanz reagierte umgehend auf den Anblick. Der Spitzenstoff bedeckte Daniels Hinterbacken und endete in einem tiefen Taillenband aus demselben Material.

„Das sieht so hübsch aus." Ich hätte mir das den ganzen Tag lang anschauen können.

„Weißt du noch, dass ich sagte, ich würde Spitze tragen, weil ich mich darin sexy fühle?" Daniel sah mich über die Schulter hinweg an. „Dieses Mal habe ich sie nur für dich angezogen."

Ich beugte mich über ihn und küsste den Teil einer Arschbacke, der nicht von Spitze bedeckt war. Ich liebte, wie der Slip seine Kurven betonte. Allerdings verbarg er nicht die Arschritze. Ich rieb sie mit der Handkante, liebte Daniels leises Stöhnen.

„Willst du meinen Schwanz hier drin haben?" Ich drückte einen Finger zwischen seine Backen.

„Ja", antwortete Daniel mit einem Seufzen.

Ich packte den Spitzensaum seines Slips und zog die Unterwäsche langsam herunter, gerade bis unter die Rundung seines Hinterns. Dann hielt ich inne und sah mir sein Loch an, beobachtete, wie sich die Rosette immer wieder rhythmisch zusammenzog und entspannte.

„Lee." Mein Name klang wie ein Flehen.

Ich würde ihn nicht länger warten lassen.

Ich riss die Kondomverpackung auf und rollte das Kondom über meinen Schaft, dann griff ich nach dem Gleitmittel.

„Gib mir auch etwas." Daniel hielt mir seine Hand hin,

und ich drückte etwas Gel auf seine Finger. Zu sehen, wie er hinter sich griff und zwei Finger in seinen Eingang schob, eröffnete eine völlig neue Dimension von Geilheit. Ich war wie hypnotisiert von dem Anblick – bis Daniel ein lautes Hüsteln von sich gab. Erneut drehte er den Kopf und sah mich über die Schulter hinweg an. Er grinste.

„Ist das der Wink mit dem Zaunpfahl?" Ich klopfte sanft mit meinem latexbedeckten Schwanz gegen sein Loch, und Daniels Körper erbebte. „Ist es das, was du willst?"

„Steck ihn mir rein", sagte er und rutschte nach hinten, bis seine Knie an der Kante der Matratze waren und seine Unterschenkel über das Bett hinausragten.

Ich stellte mich zwischen seine Beine, packte meinen Schwanz und fuhr mit der Eichel durch seine feucht glänzende Ritze. Ich wollte ihn nicht hinhalten, aber das Gefühl war einfach fantastisch. Dann jedoch positionierte ich mich an seinem Loch und schob sanft das Becken vor. Ich keuchte, als sein Loch nachgab und meine Eichel einsaugte. „Oh Gott, ja, genau so." Daniel ließ den Kopf hängen.

Schwer atmend zog ich die Hüften zurück und machte es noch einmal, und verdammt, das zweite und dritte Mal, als mein Schwanz durch den Muskelring poppte, war genauso geil wie das erste. Nach dem sechsten Mal stieß Daniel ein leises Grollen aus, von dem ich nicht geglaubt hätte, dass er zu einem solchen Laut fähig war.

„Hörst du endlich auf, mich wahnsinnig zu machen, und fängst an, mich zu *ficken*?"

Nun, es sollte niemand von mir sagen können, ich wäre nicht in der Lage, Anweisungen zu befolgen.

Ich wiederholte meine Bewegungen, langsam zuerst, und mein Ständer drang mit jedem Mal etwas tiefer ein, und mit jedem Mal stöhnte Daniel lauter. Aber er hielt still und überließ mir die Kontrolle, bis ich schließlich bis zum

Anschlag in ihm war.

Verflucht, er war so eng.

Er war so herrlich eng.

Himmlisch.

Langsam zog ich meinen Schwanz heraus, und genauso langsam glitt ich wieder in ihn hinein. Ich nahm mir Zeit, sodass sein Körper sich anpassen konnte. Nach einigen Minuten aber nahm ich ein wenig Tempo auf, schob meinen Schwanz tiefer hinein, stieß fester zu.

„Lee, ich kann nicht mehr stillhalten."

„Dann tu es nicht", gab ich zurück, packte seine Hüften, hielt ihn fest und fing an, ihn ernsthaft zu ficken. Daniel bewegte sich vor und zurück, kam meinen Stößen entgegen, und schon bald fanden wir einen Rhythmus. Ich zog ihn auf meinen Ständer, drang bis zum Anschlag ein, und Daniel drückte seinen Arsch fest nach hinten und glitt auf meinen Schwanz, wieder und wieder.

„Oh Gott, ja." Daniels atemloses Stöhnen spornte mich an, ihn noch härter zu ficken, und unsere Körper begegneten sich mit dem rhythmischen Klatschen von Haut auf Haut. Meine Hüften zuckten nach vorn, während ich in ihn hineinhämmerte. Mein Blick hing an der Stelle, wo mein Ständer immer wieder in seinem Loch verschwand. Mein Schweiß tropfte auf seinen Rücken – kleine, sternförmige Explosionen von Nässe auf Daniels Haut.

Als mein Körper anfing zu kribbeln und Stromstöße an meinem Rückgrat hinab bis in meine Eier zuckten, hätte ich vor Frust heulen können. Ich hatte natürlich gewusst, dass ich nicht lange durchhalten würde; ich war einfach zu aufgegeilt, um das Ende länger hinauszuzögern. „Tut mir leid", keuchte ich, als ich kam. Ich bedeckte seinen Körper mit meinem und klammerte mich an ihn, mein Kopf auf seiner Schulter, die Arme um seine Taille geschlungen, während ich tief in ihm das Kondom füllte.

Daniel erstarrte unter mir, und ich fragte mich, ob das vorzeitige Ende ihn enttäuschte.

Okay, also, *ganz* so schnell war es nun auch wieder nicht vorbei, aber trotzdem ... ich hätte die Erfahrung gern länger genossen.

Behutsam zog ich meinen halbharten Schwanz heraus, entfernte sorgfältig das Kondom, verknotete es und deponierte es neben dem Bett auf dem Boden.

Daniel rollte sich auf den Rücken. Er hatte seinen Ständer in der Hand und wichste sich in schnellem Tempo. Sein Hals und seine Brust glänzten vor Schweiß. Dann schrie er auf und spritzte ab, über seine Brust und sogar ein wenig auf sein Kinn. Ich wartete, bis er fertig war, bevor ich mich neben ihn aufs Bett legte. Sein ganzer Körper bebte, und ich streichelte seine feuchte Brust. Wir waren beide ziemlich ins Schwitzen geraten – was bei den Temperaturen draußen kein Wunder war.

Er zog meinen Kopf zu sich und küsste mich lang und leidenschaftlich. Mir war es gleich, wie nass und glitschig wir waren

– ich klammerte mich an ihn, während wir uns küssten, um diese Verbindung zu ihm zu spüren.

Als er mich schließlich losließ, sah Daniel mir in die Augen. „Du hast ‚tut mir leid' gesagt." Ich nickte. „Aber weshalb, um Himmels willen?"

Ich riss die Augen auf. „Weil es so schnell vorbei war. Weil wir nur eine Stellung geschafft haben." *Weil ich nicht gut im Bett bin*, fügte ich im Kopf hinzu.

Daniel blinzelte. „Du meinst das ernst." Und bevor ich noch etwas sagen konnte, warf er mich auf den Rücken und legte sich auf mich. „Jetzt hör mir gut zu. Es ist mir egal, ob es fünf Minuten oder fünf Stunden gedauert hat – du hast dich fantastisch in mir angefühlt." Seine Lippen zuckten. „Und eigentlich bin ich froh, dass es keine fünf Stunden gedauert hat, weil ich sonst nämlich nächste

Woche nicht in der Lage wäre, zwei Schritte geradeaus zu gehen. Und was die Stellung angeht ..." Er warf mir einen fragenden Blick zu. „Was hast du denn erwartet?"

„Na ja, ich bin ziemlich sicher, dass es mehr Stellungen gibt als nur doggy-style. Ich ... ich wollte es für dich gut machen." Die Worte kamen lauter heraus als beabsichtigt.

Daniel nahm mein Gesicht in die Hände. „Hast du es genossen?"

„Ja – so weit wir gekommen sind."

Er seufzte. „Jetzt vergiss mal, wie lange es gedauert hat. Wie hat es sich für dich angefühlt?"

Mein Seufzen war wie ein Echo von Daniels. „Fantastisch. Du warst so eng ... ich hätte den ganzen Tag so weitermachen können."

Daniel lachte leise. „Und wenn ich mit dir fertig bin, Süßer, dann wirst du die halbe Nacht lang immer weitermachen können." Er gab mir einen Kuss. „Du weißt ja, wie es so schön heißt: Übung macht den Meister."

„Dann nehme ich an, wir werden noch weiter üben?" Mein Herz wurde leichter.

„Wenn es nach mir ginge, würden wir Tag und Nacht üben. Und was das Für-mich-gut-machen angeht …" Daniel küsste mich noch einmal, dieses Mal länger und so leidenschaftlich, dass sich meine Zehen krümmten und mein ganzer Körper vor Lust erbebte. Ich genoss sein Gewicht auf mir, das mich in die Matratze drückte. Als der Kuss endete, sah Daniel mir fest in die Augen. „Ich habe jede Sekunde geliebt und kann nicht abwarten, es noch einmal mit dir zu machen."

Mein Magen knurrte laut, und ich stöhnte innerlich.

Daniel lachte und setzte sich neben mir auf. „Ich glaube, das war unser Stichwort. Zeit, etwas zu essen. Ich wollte dich gerade danach fragen, bevor du über mich hergefallen bist, wie du dich vielleicht erinnerst."

„Müssen wir dazu aufstehen?" Es war viel zu heiß, um Kleidung anzuziehen.

Daniel lächelte. „Ich glaube, wir haben genug im Haus, um satt zu werden. Wie würde dir ein Picknick im Bett gefallen?" Er zeigte auf den Fernseher, der auf der Kommode stand. „Wir können unseren DVD-Marathon auch hier abhalten und dabei zu Abend essen."

Ich grinste. „Gibt es dabei Werbeunterbrechungen?"

„Bei DVDs gibt's keine–" Dann leuchteten seine Augen auf. „Oh. Ich verstehe. Ja, ich denke, das lässt sich einrichten."

„Da ist nur eins, was ich dich gern fragen würde, bevor wir essen."

„Nur zu."

Ich deutete auf meinen klebrigen Körper. „Ist es okay, wenn ich noch einmal deine Dusche benutze?"

„Natürlich. Aber nur unter einer Bedingung." Als ich ihn fragend ansah, grinste Daniel. „Die Verwaltung behält sich das Recht vor, anwesend zu sein, wenn ein Gast duscht. Das beinhaltet unter Umständen auch, zur gleichen Zeit in der Dusche zu sein wie der Gast. Aus Gesundheits- und Sicherheitsgründen, du verstehst …" Er machte dabei ein todernstes Gesicht.

„Oh, natürlich", antwortete ich ebenso ernst.

Daniel kletterte aus dem Bett und streckte mir seine Hand hin. „Dann werde ich dich gern ins Bad eskortieren."

Ich lächelte, als er an meinem Arm zog, bis ich auf den Füßen stand.

Ein weiteres erstes Mal.

Kapitel 16

#love wins
love is love

„Ich liebe diese Filme", sagte Daniel, als der Abspann von Die Gefährten lief. „Ich kann schon nicht mehr zählen, wie oft ich sie gesehen habe."

Ich konnte nicht widerstehen. „Also, wer ist der Grund, warum du die Filme immer wieder schaust? Orlando Bloom oder Viggo Mortensen?" Ich war total entspannt, was ziemlich erstaunlich war angesichts der Umstände. Wir hatten uns nach der Dusche nicht wieder angezogen – und bevor ihr fragt – wir haben nicht mehr getan, als uns gegenseitig zu waschen. Eine ganze Weile lang. Gründlich.

Bis das Wasser kalt wurde.

Jedenfalls, wir lümmelten nackig auf dem Bett, und in diesem Zustand hatten wir auch den Film geschaut. Ich gehörte eigentlich nicht zu diesen Leuten, denen es gefiel, splitterfasernackt herumzulaufen. Aber ich musste zugeben, es war irgendwie befreiend. Ich hatte das Gefühl, ich würde ihn ewig so anstarren, seine nackten Schwanz, aber es war nicht so. Während der Film seinen Verlauf nahm, wurde ich immer entspannter.

Dieser Abend entwickelte sich zu einer wahren Sammlung von ersten Malen.

Daniel setzt eine übertrieben entrüstete Miene auf. „Willst du etwa andeuten, ich schaue diese Filme nur, um wegen
der heißen Kerle zu sabbern?"

„Ja", antwortete ich sofort. „Also, welcher ist es?" Ich
tippte schwer auf Viggo. Als Daniel errötete, wurde ich

neugierig. „Na los, gestehe."

Er senkte den Blick. „Elijah Wood."

Ich unterdrückte ein Kichern. „Verstehe. Du stehst auf Hobbits, wie es scheint?"

Daniels Kopf fuhr hoch, und er starrte mich an. „Es sind die Augen! Und das Haar. Er ist wirklich schnuckelig. Und ich stehe eben mehr auf schnuckelig als auf den Typ wilder, starker Kerl." Daniels Augen funkelten. „Weshalb sich gerade jetzt auch ein schnuckeliger Mann in meinem Bett befindet." Er nahm den Teller, auf dem sich Pita-Brot, Hummus, Gemüse, Weintrauben und Sour Cream befunden hatten, und stellte ihn auf dem Nachttisch ab. Dann sah er mich an.

In den wunderschönen Augen stand deutliche Entschlossenheit.

„Was hast du vor?"

Daniel machte unschuldige Augen, auf die ich jedoch nicht im Geringsten hereinfiel. „Ich räume nur auf."

„Mh-hm." Ich deutete auf den Fernseher. „Sehen wir uns den nächsten Film an oder was?" Mein Herzschlag glaubte eindeutig nicht daran – er wurde schneller.

„Oder was", antwortete Daniel grinsend. „Zeit für eine Werbeunterbrechung."

Ich hatte das Gefühl, dass er genau wusste, was er in besagter Werbepause tun wollte.

Okay, ich hatte selbst auch eine Idee. Es blieb nur die Frage, wer von uns zuerst in Aktion treten würde.

„Kann ich dir eine persönliche Frage stellen?"

Ich biss mir auf die Unterlippe. „Angesichts dessen, dass ich gerade erst in dir war, glaube ich, du kannst mich fragen, was immer du willst." Persönlicher konnte es

schließlich kaum werden.

Daniel kniete vor mir auf dem Bett. „Hat eine von deinen Freundinnen jemals beim Sex mit deinem Arsch gespielt?"

Ich blinzelte. „Wow. Du meintest wirklich persönlich." Nicht, dass es mir etwas ausmachte. „Und die Antwort lautet nein."

„Und du selbst? Mit Sexspielzeugen vielleicht, oder auch nur mit deinen Fingern?"

Ich wollte ehrlich sein. „Nein." Nach kurzem Zögern fügte ich hinzu: „Aber ich habe in letzter Zeit ein paarmal daran gedacht. Besonders nach–" *Neineinein* ...

Daniel hob die Brauen. „Schon Geheimnisse?" Er streichelte mein Bein.

Wieso musste er mich ausgerechnet jetzt anfassen? Das Gefühl seiner Hand auf meinem Schenkel erzeugte Chaos in meinem Kopf. Ich konnte nicht mehr richtig denken.

„Sag's mir." Eine schlichte Aufforderung, die ich nicht ignorieren konnte.

Ich holte tief Luft. „Weißt du noch, als ich sagte, ich hätte ein wenig ‚recherchiert'?" Ich machte mit den Fingern Anführungszeichen in der Luft.

Er nickte. „*Queer as Folk*." Dann wurde er still, und seine Augen leuchteten auf. „Du hast etwas gesehen, dass du gerne ausprobieren wolltest, oder?"

Ich schluckte, unfähig, ein Wort herauszubringen.

Daniel musterte mich mit offensichtlicher Belustigung. „Tja, wenn du es mir nicht sagst, kann ich deine Fantasien nicht zum Leben erwecken, oder?"

Oh Scheiße.

Ich schluckte erneut. „Folge eins. Nathan und Stewart. Er ... er leckte ..."

Daniels Lippen öffneten sich, und er seufzte leise. „Oh, ich denke, so etwas können wir tun." Er rutschte näher, legte beide Hände auf meine Schenkel und drückte sie sanft auseinander.

„Daniel ..." Scheiße, mein Herz begann zu rasen.

„Entspann dich", sagte er mit beruhigender Stimme. „Ich möchte dir nur so nahe wie möglich sein, wenn ich dich jetzt küsse." Dann zog er behutsam an meinen Hüften, bis ich auf dem Rücken lag, die Beine weit gespreizt, bevor er sich zwischen ihnen niederließ. Ich liebte sein Gewicht auf mir, seinen Kuss, und schlang die Arme um ihn.

Daniel zu küssen, war immer wunderbar.

Daniel nackt zu küssen, war noch viel wunderbarer.

Wir bewegten uns gemeinsam, zärtlich und ohne Hast, und mit jedem Kuss wuchs das Gefühl der Verbundenheit mit ihm. Ich streichelte seinen Hinterkopf, seine Schultern, seinen Rücken. Dann glitt ich mit den Händen weiter abwärts. Ich wollte die Rundungen seines Hinterns fühlen. Daniel hörte auf, mich zu küssen, und rutschte ein wenig höher. Ich drückte seine Arschbacken und zog sie auseinander. Er stöhnte leise, und ich liebte das.

Erneut verlagerte er sein Gewicht, und unsere Lippen trafen sich in einem leidenschaftlichen Kuss, bevor er eine Spur von Küssen an meinem Hals hinab zu meiner Brust legte und schließlich über meinem Nippel Halt machte. Er hob das Kinn und sah mich an, dann senkte er den Kopf und und leckte an meinem Nippel.

Es war, als hätte er einen Schalter umgelegt, und mein ganzer Körper ging in Flammen auf.

Ich erschauerte und hielt seinen Kopf mit beiden Händen fest. Ich wollte mehr. Dann zeigte ich auf meinen anderen Nippel. „Der hier fühlt sich ein wenig vernachlässigt", stieß ich heiser hervor.

Daniel lachte leise an meiner Brust, was ein wenig kitzelte. „Ach, wirklich? Nun, das geht ja gar nicht." Er leckte einen Weg von einem Nippel zum anderen, und ich stöhnte, als er seinen warmen Mund um meine

Brustwarze schloss, daran saugte und mit der Zungenspitze darüber fuhr. Dann war Daniel wieder in Bewegung, mit weiteren Küssen an meinem Oberkörper hinab. An meinem Bauchnabel hielt er an, um seine Zunge hineinzustecken, dann ging es weiter abwärts, und schließlich erreichte er meinen Schwanz.

Ich packte meinen Ständer an der Wurzel und rieb die Eichel langsam über Daniels Wange und Kinn.

Daniels Augen leuchteten, und er hielt meinen Blick, als er mit der Zunge meinen Schaft entlang fuhr, von der Wurzel bis zur Spitze. Dann wiederholte er die Aktion, nur dieses Mal in umgekehrter Richtung, bis er meine Eier erreichte.

Dort hielt er inne, und ich hätte vor Frust aufschreien können. Er streckte eine Hand aus. „Gib mir ein Kissen."

Ich nahm eins und gab es ihm. Daniel stopfte es unter meinen Hintern. Dann legte er sich zwischen meinen Beinen auf den Bauch, sein Gesicht nur Zentimeter von meinem Schwanz entfernt.

„Pack deine Beine und halte sie gegen deine Brust."

Ich blinzelte. „Nicht jeder ist so gelenkig wie du, Mister Ich-tanze-in-einer-schwulen-Showtruppe."

Er lachte. „Es ist ganz leicht. Nimm einfach deine Knie und halt sie fest."

Ich schnaubte. „Was ist das jetzt? Eine Choreographie? Oder willst du eine Art Schlangenmensch aus mir machen?" Ich tippte auf Letzteres. Dann aber vergaß ich meine Schlagfertigkeit, als Daniel mit einem Finger über mein Loch rieb. Ich erschauerte am ganzen Körper.

Daniel pausierte. „War das ein gutes oder ein schlechtes Erschauern?"

„Das war ein Bitte-nochmal-Erschauern, wenn du es wissen musst."

Also machte er es noch einmal, und verdammt, ich wollte, dass er nie wieder aufhörte. Dann rückte er noch näher,
und ich konnte seinen warmen Atem an meinem Loch fühlen.
Ich erbebte unwillkürlich. „Bitte ..."

Daniel zog sanft meine Backen auseinander, und das warme Gefühl dort wurde intensiver. Er sah zu mir auf. „Nur, dass du es weißt, ich mache das nicht oft."

Ich schluckte. „Wieso nicht?" Wollte er mir sagen, dass er es auch bei mir nicht machen würde? Mein Puls raste.

Er zögerte, so als müsste er darüber nachdenken, ob er es mir sagen wollte oder nicht. Dann nahm er einen langen Atemzug. „Weil Rimming für mich etwas ist, das ich nur tue, wenn es zwischen mir und einem Partner eine tiefe Verbindung gibt."

Und bevor ich fragen konnte, ob er zwischen uns eine solche Verbindung spürte, leckte Daniel langsam über meinen Eingang.

Falls ich gedacht hatte, mein Körper wäre in Flammen aufgegangen, als er an meinem Nippel geleckt hatte, dann war das, was ich jetzt fühlte, eine wahre Explosion. Ich stöhnte laut auf, und er machte es noch einmal, nur langsamer dieses Mal. Und er hielt einen Moment an, um seine Zungenspitze gegen meine Rosette zu drücken. Dann leckte er weiter, von meinem Loch bis zu meinen Eiern und wieder zurück, wobei er sich viel Zeit ließ.

„Oh Gott, Daniel."

„Ist das Lee-Sprache für ‚hör nicht auf'?"

Ich ließ meine Beine los, griff zwischen meinen gespreizten Oberschenkeln hindurch, nahm seinen Kopf und hielt ihn fest.

Daniels einzige Reaktion war es, wieder und wieder über mein Loch zu lecken, und mit jedem Mal dachte ich, mein Kopf würde gleich explodieren. Während er küsste und leckte, streichelte er meinen Arsch, und plötzlich wusste ich, was er meinte.

Es war unglaublich intim.

„Bitte hör nicht auf." Meine Worte waren nur ein Flüstern.

Dann zog sanft an meinen Arschbacken und dehnte mein Loch, dann drückte er wieder seine Zungenspitze dagegen. Wieder und wieder. Und jedes Mal drang seine Zunge ein wenig weiter ein. Ich stöhnte leise.

Das schien das Signal zu sein, auf das Daniel gewartet hatte. Er drückte sein Gesicht in meine Ritze, schob seine Zunge in meinen Eingang und machte sich wie wild über mich her. Seine eigenen Lustlaute zeugten davon, wie sehr er selbst es genoss. Ich konnte nicht länger still liegen. Ich packte meine Knie und hob meinen Hintern noch mehr an. Dann fing ich an, mein Becken zu wiegen. Immer wieder schrie ich vor Lust auf, während Daniel mich dort leckte, saugte, in mich eindrang. Er brachte auch seine Finger ins Spiel, wechselte zwischen Finger und Zunge hin und her, bis mein Schwanz stramm in die Höhe stand, steinhart und pochend, und ich wusste, ich würde mühelos kommen, ohne ihn anzufassen.

Dann erhob Daniel sich auf seine Knie. „Ich kriege meine Zunge so nicht tief genug hinein." Seine Lippen waren nass von Speichel. Bevor ich auch nur Luft holen konnte, packte Daniel meinen Arsch, hob ihn noch höher vom Bett und stürzte sich sofort wieder auf mich.

Mein Körper warf halb zusammengeklappt, und ich vollführte beinahe einen Schulterstand auf dem Bett, mit den Knien an meinen Ohren. Daniel fickte mich mit seiner Zunge. Sämtliche meiner Nervenenden da unten waren zum Leben erwacht, kribbelten und jagten elektrische Schocks durch meinen Körper. Daniels Finger gruben sich in meine Arschbacken, spreizten sie und dehnten meinen Eingang noch weiter. Das Gefühl seiner Zunge in mir brachte mich meinem Höhepunkt näher und näher, und ich hielt mich nicht zurück. Mein ganzer Körper bebte. Ich hielt meine Knie fest, und Daniel nahm Tempo auf.

„Ich komme", warnte ich ihn. Es war wie rasender Güterzug, der sich nicht aufhalten ließ.

Daniel ließ mich los. Ich stellte die Beine aufs Bett, packte meinen Schwanz und hielt ihn an meinen Bauch, als ich heftig abspritzte. Mein Körper zuckte unter der Kraft meines Orgasmus. Mir flog beinahe die Schädeldecke weg, als Daniel seine Lippen um meinen Schwanz schloss. Wellen der Lust schlugen über mir zusammen, während er mich bis auf den letzten Tropfen abschleckte und anschließend auch das Sperma von meiner Brust und meinem Bauch leckte.

Ich zog ihn an mich und küsste ihn und klammerte mich an seinen Körper, bis auch die letzten Mini-Schocks meines Höhepunktes vorüber waren. Ich konnte mein Sperma auf seinen Lippen schmecken. Seine Hände streichelten mein Gesicht und meinen Hals, und in meinem Kopf drehte sich alles. Ich konnte nicht sprechen. Ich hätte auch gar nicht gewusst, was ich sagen sollte, selbst wenn ich gekonnt hätte.

Ich war buchstäblich sprachlos, komplett überwältigt.

Daniel rollte sich neben mir auf die Seite. Sein Blick hing an meinem Gesicht. „War es so gut wie in deiner Fantasie?"

Eine ganze Reihe von Antworten gingen mir durch den Kopf.

Musst du das wirklich fragen?

War das nicht offensichtlich?

Aber ich verwarf sie alle. Es war nicht der Moment für irgendwelche humorigen Bemerkungen. Ich legte eine Hand an seine Wange und sah ihm in die Augen. „Du hast gerade meine ganze Welt auf den Kopf gestellt. Es war überwältigend."

Ich meinte jedes Wort.

Daniel hielt einen Moment den Atem an. Dann sagte er leise: „Danke."

Ich lachte. „Ich glaube, das sollte *ich* eigentlich sagen."

Er beugte sich zu mir und gab mir einen Kuss. „Du schläfst heute Nacht hier, ja? In meinem Bett?"

Mein Schnellfeuer-Gehirn wollte gerade loslegen, aber ich presste die Lippen zusammen, bevor ich sagen konnte: *Eigentlich wollte ich im Gästezimmer schlafen.*

Stattdessen antwortete ich: „Ich wüsste nicht, wo ich lieber wäre." Wir hatten zwar schon einmal in einem Bett zusammen übernachtet, aber ich wusste, dieses Mal würde es anders sein.

Dieses Mal wollte ich in seinen Armen einschlafen.

Und so wie Daniels Gesicht aufleuchtete, wollte er dasselbe. „Wie wäre es dann mit einer schnellen Dusche vor dem Schlafen?"

„Kein *Herr der Ringe* mehr?", fragte ich mit einem scherzhaften Schmollen.

Er lachte. „Wir können den nächsten Film morgen Abend schauen ... falls du so lange bleibst?"

„Ich bleibe", versicherte ich ihm.

Ich wusste nicht, wo ich lieber gewesen wäre.

Kapitel 17

#loveWins
love is love

23. Juni 2018

In Daniels Bett aufzuwachen, war Lichtjahre entfernt von der Erfahrung des vorangegangenen Wochenendes.

Sein Arm lag über meiner Taille, genauso wie es auf Carolines Club Sofa gewesen war. Sein Atem kitzelte in meinem Haar. Was das Ganze jedoch anders machte, war der warme, nackte Ständer, der gegen meinen Arsch drückte. Und das Glücksgefühl, das mich einhüllte, während ich so dalag.

Er fühlt sich immer noch gut an.

Weiche Lippen fuhren über meinen Hals, und ich erschauerte. „Guten Morgen."

„Das ist er, wenn ich mit dir aufwache." Er kuschelte sich eng an mich, und sein Schwanz war wie ein Brandeisen, heiß und hart. „Es ist immer noch früh."

Ich drehte mich in seinen Armen, und unsere Lippen trafen sich. Wir umschlangen einander. Daniel legte sein Bein über meins, zog mich an sich, und sein Schwanz berührte meine Morgenlatte. Er lächelte verschlafen. „Und ich dachte immer, *ich* hätte morgens eine harte Latte."

Ich schmunzelte. „Und was sollen wir deswegen unternehmen?" Es überraschte mich nicht, dass er nicht antwortete. Daniel würde mich nie zu irgendetwas drängen. Und bis jetzt war der Sex ziemlich einseitig gewesen, was mir alles andere als fair vorkam.

Es war Zeit für ein weiteres erstes Mal.

Ich drehte ihn sanft auf den Rücken, dann sah ich an ihm hinab zu der Stelle, wo sein Schwanz ein kleines Zelt in der Decke machte. „Ich denke, ich sollte mich darum kümmern, findest du nicht?"

Okay, *das* beschleunigte seinen Atem.

„Du musst das nicht tun", sagte er ernst.

Ich legte ihm einen Finger auf die Lippen und verhinderte, dass er aussprechen konnte, was immer er hatte sagen wollen. „Und was, wenn ich es tun *will*?" Denn tief in mir wollte ich das wirklich. Ich wollte wissen, wie er schmeckte, wie er sich in meinem Mund anfühlen würde ...

„Wir könnten uns gegenseitig aushelfen", schlug er vor, als ich meinen Finger wegnahm.

Ich schüttelte den Kopf. Jetzt war *ich* an der Reihe. Außerdem befürchtete ich, sollte Daniel mir einen blasen, während ich ihm den Schwanz lutschte, würde alles viel zu schnell vorbei sein.

Er warf die Bettdecke zurück, und sein Ständer zeigte steil an die Zimmerdecke. Ich lachte. „Da ist aber jemand sehr bereit."

„Kann ich dich anfassen, während du es tust?"

Als ob ich ihm das abschlagen würde. „Natürlich kannst du." Ich kniete mich neben ihn, beugte mich über sein Becken und nahm seinen Schwanz in die Hand. Ich würde ihn nicht fragen, wie ich es tun sollte – schließlich wusste ich ja, was mir selbst gefiel, richtig? – aber ich wollte, dass es ihm gefiel.

Keine Zähne, keine Zähne, keine Zähne.

(Ja, ich hatte diese Erfahrung schon gemacht, recht vielen Dank auch.)

Daniel missverstand mein Zögern. „Du musst wirklich nicht–" Dann stöhnte er, als ich mit der Zungenspitze um seine Eichel fuhr. Er legte seine Hand auf meine Hüfte und streichelte mich dort, und ich senkte meinen Kopf und nahm so viel von seinem Schaft in meinen Mund, wie ich konnte, ohne würgen zu müssen. Ich glitt mit den Lippen hinauf bis zur Spitze, dann nahm ich ihn erneut tief.

Sein Penis war warm, seine Vorhaut seidig. Er schmeckte nicht wirklich nach irgendetwas, und meinen Mund voll von ihm zu haben, törnte mich mächtig an.

„Oh Gott, das fühlt sich unglaublich an."

Ich sah Daniel nicht ins Gesicht – meine ganze Aufmerksamkeit galt dem langen, schlanken Schwanz in meiner Hand. Ich konnte ihn nicht in voller Länge in den Mund nehmen, aber ich gab mein Bestes, ließ meine Lippen an seinem Schaft auf und ab gleiten, beschleunigte meine Bewegungen ein wenig. Hin und wieder leckte ich seinen Schwanz von der Wurzel bis zur Eichel, denn das fühlte sich immer verdammt gut an, wenn ich der Empfänger eines Blowjobs war. Ich ließ ihn aus dem Mund gleiten und bearbeitete seinen nun feuchten Schaft mit der Hand, bevor ich mich wieder meiner erotischen Aufgabe widmete.

Als Daniel meine Arschbacken drückte, stöhnte ich um seinen Schwanz herum. Mein Kopf bewegte sich auf und ab, und ich liebte die kleinen Bewegungen seiner Hüften. Ganz offenbar bemühte er sich, nicht zu tief zuzustoßen. Aber was mich wirklich aus der Bahn warf, war sein schlüpfriger Finger, der plötzlich über mein Loch rieb.

Ich will ehrlich sein. Der unglaubliche Rimjob der vergangenen Nacht hatte mir die Augen geöffnet, und ich wusste, falls er mich fragen würde, ob er mich ficken durfte, würde ich ja sagen. Ich wollte wissen, wie sich das anfühlte. Seine Zunge an meinem Eingang war herrlich gewesen – ich konnte mir nicht vorstellen, dass sein Schwanz sich auch nur einen Deut weniger gut anfühlen würde.

Mein Ständer war steinhart, aber ich ignorierte das für den Augenblick. Es ging jetzt nicht um mich. Ich hatte das Gefühl, alles wäre irgendwie feuchter und chaotischer als bei den Blowjobs, die ich je bekommen hatte. Aber nach den Lauten zu urteilen, die Daniel von sich gab, schien er keinen Grund zur Klage zu sehen. Vielmehr grub er seine Finger in meine Arschbacken, und sein Atem ging immer schneller. Ich wusste, er war fast so weit. Also wichste ich seinen Schaft mit der Hand, während ich weiter an seiner Eichel lutschte.

Sein lustvoller Schrei kam eine Sekunde, bevor er selbst kam, und sein Sperma spritzte auf meine Lippen und meine Wangen, verfehlte nur knapp meine Augen. Daniel ignorierte das klebrige Zeug auf meinem Gesicht und zog mich zu sich hinauf, um mich zu küssen. Er fütterte mich mit seinem Stöhnen und klammerte sich an mich, während sein Körper zuckte und bebte. In diesem Moment fühlte ich mich, als könnte ich die ganze Welt erobern.

Daniel sah mich aus weit aufgerissenen Augen an. „Falls das dein erstes Mal war ...“

Ich lachte, und dieses unglaubliche Gefühl von Unbesiegbarkeit flutete durch meine Adern. „Ich denke, das ist noch Raum für Verbesserungen“, neckte ich. Ich berührte mein Gesicht mit den Fingern. „Zum einen scheine ich eine Menge von dir im Gesicht zu haben. Vielleicht sollte ich beim nächsten Mal versuchen, mehr von dir in den Mund zu bekommen.“

Ich hatte mich noch nie so lebendig gefühlt, so vital wie in diesem Moment. Und ich wusste, es lag an Daniel. Es war nicht nur der Sex, nicht der Endorphinrausch ...

Es war Daniel.

#lovewins
love is love

Als ich durch das Taxifenster das Schild entdeckte, keuchte ich. „Ich weiß, du sagtest, es wäre eine Überraschung, aber damit hätte ich nie im Leben gerechnet.“

Daniel kicherte neben mir. „Als ich herausfand, dass du ein Fan bist, wusste ich gleich, dass wir hierher kommen müssen, besonders, da es nur fünf Meilen von mir entfernt ist."

Eine Mystery-Tour, so hatte er es heute Morgen genannt. Ein Geheimnis.

Er hatte nicht einmal beim Einsteigen ins Taxi laut unser Ziel genannt, sondern dem Fahrer ein Stück Papier gegeben. Ich hatte über all die Geheimnistuerei gelacht.

Und nun stand ich vor Highclere Castle. Der Himmel darüber war unfassbar blau, und keine Wolke war zu sehen. Das Schloss war genauso beeindruckend wie im Fernsehen.

„Und?", fragte Daniel. „Ist es eine gute Überraschung?"

„Nein", antwortete ich lachend. „Eine exzellente Überraschung."

Ich lächelte ihn strahlend an. „Danke." Eines der legendärsten Schlösser Englands zu besuchen, war die perfekte Art, einen wunderschönen Sommertag zu verbringen. Daniel hatte ein Picknick für uns eingepackt, das wir, wie er sagte, in den Gärten zu uns nehmen würden. Aber zuerst musste ich in dem berühmten Vorhof stehen.

„Irgendwie erwarte ich, dass jeden Moment Carson und Mrs. Hughes herauskommen", murmelte ich. „und dass all diese schönen, alten Autos vorfahren, mit Lord Grantham, Lady Grantham ..."

Daniel lachte. „Muss ich dir erklären, dass Downton Abbey nicht echt ist?"

Ich warf ihm einen entrüsteten Blick zu. „Nur, wenn du mich wirklich unglücklich machen willst." Innerlich war ich außer mir vor Freude. Er hatte dieses Ziel für *mich* ausgesucht. Wir hatten einige Male über Downton Abbey gesprochen, seit wir zusammen waren. Ich hatte mich total gefreut, als ich erfuhr, dass er ebenfalls ein Fan war – besonders, weil ich mir dadurch weniger wie ein Geck vorkam. Meine Mitbewohner fanden nämlich, dass ich ein schräger Typ war. Wie viele Kerle in meinem Alter würden schon zugeben, auf Historiendramen zu stehen?

„Können wir hineingehen?"

Daniel lachte. „Denkst du etwa, ich hätte dich hierher gebracht, wenn wir uns nur die Gärten ansehen könnten? Es gibt eine Führung. Wir können uns den großen Prunksaal ansehen, einige der Schlafzimmer und die Kellerräume. Und unten in den alten Quartieren der Bediensteten gibt es eine ägyptische Ausstellung."

Ich blinzelte. „Wirklich?"

„Das Schloss gehört heute Lord und Lady Carnarvon, aber der fünfte Earl entdeckte die Grabkammer von Tutanchamun – mit ein wenig Hilfe von Howard Carter natürlich."

Ich konnte nicht anders als zu grinsen. Daniel war genauso ein Geek wie ich selbst.

Die geführte Tour durchs Schloss war fantastisch. In der großen Halle zu stehen, zur Galerie hinaufzusehen, mir vorzustellen, wie Lady Mary an ihrem Hochzeitstag die prunkvolle Treppe herunterschwebte ...

Ich war im Himmel.

„Ich bin genauso schlimm wie du", murmelte Daniel, während wir unserem Tourguide in den Prunksaal folgten, wo so viele Bankette stattgefunden hatten. Ich konnte beinahe hören, wie Maggie Smith eine ihrer giftigen Bemerkungen losließ.

„Wie meinst du das?"

Daniel kicherte verlegen. „Ich erwarte die ganze Zeit, Thomas in seiner Dienerlivree an der Wand stehen zu sehen."

„Ich weiß, er war der böse Bube, aber irgendwie hat er mir auch leid getan." Als bekannt wurde, dass es im nächsten Jahr eine Filmversion geben würde, war ich ganz aus dem Häuschen gewesen. „Was denkst du – ob sie wohl für die Filmversion ein Happy End für ihn geplant haben?"

Daniel schnaubte. „Ein Happy End? Für eine schwule Figur in der damaligen Zeit? Das bezweifle ich."

„Man wird ja wohl noch träumen dürfen", sagte ich achselzuckend. Dann richtete ich meine ganze Aufmerksamkeit wieder auf unsere Führerin, die einige der Portraits an den Wänden erklärte.

Als die Führung endete, war ich mehr als bereit, zu Mittag zu essen. Daniel lachte leise. „Lass noch etwas Platz. Vor uns liegt noch die Teestunde."

Okay, das war die Kirsche auf dem Kuchen, und zwar buchstäblich. Ich würde eine Teestunde in Downton Abbey genießen.

Wir wanderten hinaus in die Gärten. Sobald ich die Säulen am anderen Ende des Grundstücks sah, zeigte ich darauf und sagte: „Da. Lass uns da essen."

Daniel lachte. „Ja, Lady Edith."

„Oh, sehr witzig!"

Wir gingen langsam durchs Gras, und als Daniel meine Hand nahm, fühlte ich mich wie auf Wolken. Ich sah hinab auf unsere vereinten Hände, und mir wurde ganz warm ums Herz.

Ich hatte mich selbst nie als besonders romantisch gesehen. Ich wurde selten emotional. Aber Daniel ging mir irgendwie unter die Haut. Ich dachte an den gestrigen Abend. Wir hatten eine DVD geschaut, auf seinem Bett sitzend, an einen Berg aus Kissen gelehnt – und aneinander. Ich konnte mich nicht erinnern, mich je zuvor so behaglich mit jemandem gefühlt zu haben, und ich musste zugeben, dass es mir unheimlich gefallen hatte.

Wir ließen uns neben dem Tempel nieder und sahen über die Gärten und das Grundstück, aus dessen Mitte sich majestätisch das Schloss erhob.

„Das war eine tolle Idee. Bist du vorher schon einmal hier gewesen?"

Daniel schüttelte den Kopf. „Ich denke, ich habe gewartet, bis ich dieses Erlebnis mit jemandem teilen konnte. Sieht so aus, als wärest du dieser Jemand."

Ich kicherte. „Weißt du immer genau, was du sagen musst?"

Daniel lachte. „Was soll ich sagen? Es ist eine Gabe."

Wir aßen schweigend unsere Sandwiches, während die Sonne auf uns herabschien und die Vögel sangen. Es war der ideale Ort für ein Picknick, wunderbar idyllisch.

„Bist du sicher, dass ich nicht zu viel von deinem Samstag in Anspruch nehme?"

Darüber musste ich lachen. „Oh ja, jetzt, wo du es sagst ... Du hältst mich davon ab, meine Wäsche zu sortieren." Ich warf ihm einen Seitenblick zu. „Hattest du nicht gesagt, du hättest dieses Wochenende Proben?"

„Jemand hat Mac überzeugt, dass wir alles in fünf Stunden am Sonntagnachmittag schaffen können. Also habe ich heute einen freien Tag."

„Und den verbringst du mit mir. Wie berührend."

Daniel schmunzelte. „Heute Morgen warst du auf jeden Fall sehr berührt. Am ganzen Körper, wie ich mich erinnere. Und ich habe vor, dasselbe auch morgen früh zu tun."

Ich hob die Augenbrauen. „Soll das heißen, dass ich auch die kommende Nacht bei dir verbringe?"

„Wenn du magst."

Ich rutschte näher, bis mein Oberschenkel an seinem lag. „Natürlich mag ich." Dann schaute ich ihm in die Augen. „Denkst du, die Touristen wären sehr erschüttert, uns küssen zu sehen?"

„Wieso finden wir es nicht einfach heraus?"

Meine Hand lag an seinem Hals, als ich den Abstand zwischen uns schloss und ihn auf den Mund küsste, langsam und sanft. Ich versuchte gar nicht, mich zu bremsen – trotz meiner Frage war niemand in der Nähe, den wir hätten erschüttern können. Und in der Nachmittagssonne neben einer künstlichen Tempelruine zu sitzen und einen hinreißenden Mann zu küssen, war meine Vorstellung von einem perfekten Samstag.

Und was alles noch besser machte, war die Aussicht auf eine weitere Nacht in Daniels Bett. Denn ich hatte den starken Verdacht, dass ich sie nicht mit Schlafen verbringen würde.

Kapitel 18

#love wins
love is love

24. Juni 2018
Sonntagmorgen. Nichts ist besser als ein Sonntagmorgen. Alles schien Sonntagmorgens in einem langsameren Tempo zu passieren – mit Ausnahme jener Sonntage, an denen meine Eltern mich zum Essen erwarteten – und der Montagmorgen war noch nicht in Sichtweite.

Und wenn Samstagmorgens die beste Zeit ist, um sich einen runterzuholen, dann ist ein Sonntagmorgen, an dem man neben einem sexy Mann aufwacht, perfekt für ...

Ja, dazu muss ich nichts weiter sagen, oder?

Daniel lag neben mir auf dem Rücken, immer noch tief schlafend, die Bettdecke bis zur Taille heruntergerutscht, sodass viel nackte, glatte Haut zu sehen war. Ich betrachtete seine Brust und fragte mich, ob er sie rasierte oder er von Natur aus so haarlos war. Seine Nippel standen stolz aufrecht wie immer, und ich wusste, das lag an den Piercings. Dann bemerkte ich aus den Augenwinkeln eine Bewegung und musste lächeln.

Oh, wie süß. Daniels Schwanz steht auf, um mir einen guten Morgen zu wünschen.

Und da musste ich natürlich genauer hinschauen, ist ja klar.

Ich drehte mich so behutsam wie möglich auf die Seite, um ihn nicht zu wecken, dann hob ich langsam die Decke hoch. Seine Erektion zuckte gegen den Baumwollstoff, und nicht zum ersten Mal kam mir ein bestimmter Gedanke.

Die Art Gedanke, bei der mein Arsch sich zusammenzog und mein Puls schneller wurde.

„Vom Angucken allein lutscht er sich nicht selbst", murmelte Daniel. Ich riss den Kopf herum und sah ihn an. Aber seine Augen waren noch immer geschlossen.

„Und was, wenn ich gar nicht vorhatte, ihn zu lutschen?", neckte ich.

Daniels Augen öffneten sich, und er stieß ein übertriebenes Keuchen aus. „Schh. Du verletzt sonst seine Gefühle. Er ist sehr sensibel."

Ich kicherte. „Ich weiß. Besonders, wenn du gerade gekommen bist. Und auch wenn dir den Schwanz zu lutschen eine angenehme Morgenbeschäftigung ist – ich hatte eine andere Aktivität im Sinn. Eine, die ebenfalls die Beteiligung deines Schwanzes erfordert."

Okay. Ich hatte es gesagt. Na ja, ich hatte es nicht wirklich ausgesprochen, aber ich hoffte, dass er den Hinweis verstand.

Daniel drehte langsam den Kopf zu mir. „Willst du damit sagen–"

„Ja", platzte ich heraus. „Was immer du denkst, dass ich gerade gesagt habe, die Antwort ist ja."

Daniel drehte sich auf die Seite und sah mich an. „Bist du sicher? Es gibt keine Regel, die uns vorschreibt, dass wir uns abwechseln müssen."

Ich sah ihm in die Augen. „Dann bist du immer der Bottom?"

Hey, gemerkt? Ich hatte schwule Sex-Terminologie benutzt. (Und ja, bevor ihr fragt – ich hatte noch ein bisschen mehr recherchiert.)

Okay, mehr als nur ein bisschen.

Daniel blinzelte. „Na ja ... nein, aber–"

„Oh, ich verstehe. Du willst mich nicht ficken."

Er starrte mich einen Moment lang schweigend an, dann sagte er: „Also erstens – was wir bisher gemacht haben, zählt nicht als Ficken. Jedenfalls nicht in *meinem* Kopf. Wenn Typen davon reden, jemanden zu ficken, sehe ich im Geiste immer rammelnde Kaninchen."

Okay, das war irgendwie niedlich.

„Ich bin mehr der Typ, der Liebe macht", fügte er hinzu.

Es überlief mich ganz warm. Mir gefiel das.

„Und zweitens, ich *will* dich. Du hast keine Ahnung, wie sehr. Aber ich hätte dich nicht gefragt."

Ich schluckte. „Nun ... ich frage dich." Ich streckte die Hand aus, legte meine Finger um seinen harten Schaft und rieb ihn einmal. „Ich will ... das hier in mir haben. Ich will wissen, wie sich das anfühlt." Dann beugte ich mich vor und küsste ihn, während ich weiter seinen Schwanz massierte.

Daniel stöhnte in den Kuss und schlang seinen Arm um mich, um mich an sich zu ziehen. Dann nahm er mein Gesicht in beide Hände und hielt es zärtlich, während wir uns küssten.

Ich konnte Daniel den ganzen Tag lang küssen. Nein, wirklich. Falls es je so etwas wie eine Kussolympiade geben sollte, würden wir garantiert Gold holen.

Daniel beendete den Kuss und grinste. „Wenn mein Schwanz dahin soll, wo noch nie zuvor ein Schwanz gewesen ist, dann braucht er ein wenig Ermutigung, findest du nicht?"

Ich verdrehte die Augen. „Subtil, Daniel, sehr subtil. War das Daniel-Sprache für ‚lutsch mir den Schwanz'?"

Seine Augen funkelten. „Wow, du sprichst Daniel!"

Als würde sein Schwanz noch Ermutigung brauchen. Das Ding sah aus, als könnte man damit Beton durchbohren.

Aber ich rutschte auf dem Bett ein wenig tiefer, beugte mich über ihn und leckte ein paarmal über die Eichel. Nach dem vierten oder fünften Mal fuhren Daniels Hände in mein Haar, also nahm ich an, es war an der Zeit, ihn nicht länger zu reizen, sondern ihm richtig einen zu blasen.

Ich leckte und lutschte, bearbeitete ihn mit Zunge, Lippen und Fingern, bis er ununterbrochen stöhnte und seine Hüften konstant in Bewegung waren. Sein Schwanz ist nicht besonders dick, aber dafür lang, und einige Male stieß er an meine Rachenwand, was mich zum Husten und Spucken brachte. Ich hatte Visionen davon, wie er so tief in meinen Arsch eindringen würde, dass er meine Mandeln erreichte. Und der Gedanke ließ mich vor Erregung zittern.

Aber ich wollte es. Ich wollte spüren, wie er mich dehnte, mich füllte ...

Als hätte er meine Gedanken gelesen, zog Daniel seinen Ständer aus meinem Mund. „Leg dich auf die Seite, mit dem Rücken zu mir", sagte er leise, dann schnappte er sich das Gleitmittel vom Nachttisch. Als ich in Position war, schmiegte er sich von hinten an mich und schob einen Arm unter mich, sodass meine Schulter in seiner Armbeuge ruhte und sein Unterarm quer über meiner Brust. Wir küssten uns. Seine freie Hand massierte meinen Schwanz, während ich halb auf Daniel lag. Schließlich drehte er mich wieder ganz auf die Seite und streichelte und knetete meine Arschbacke.

Mein Herzschlag beschleunigte sich, und meine Kehle wurde ein wenig eng.

Daniel küsste meine Schulter und fuhr mit einem Finger durch meine Arschritze, langsam und sanft. Er spielte mit meinem Loch, rieb mit dem Mittelfinger kleine Kreise darum, so wie er es früher schon gemacht hatte. Mein Fuß

ruhte auf seinem Knie, als er seinen Finger tiefer hineinschob, und ich drehte den Kopf, um ihn anzusehen.

„Es gefällt dir, wenn ich es dir mit dem Finger mache", sagte er leise.

Ich nickte. Seit er mich das erste Mal gerimmt hatte, liebte ich es, wenn er mit meinem Loch spielte. Aber dieses Mal war es etwas Anderes. Dieses Mal ging es darum, mich für seinen Schwanz bereit zu machen. Und als er einen zweiten Finger hinzufügte, erschauerte ich. Es brannte ein wenig, aber das hatte ich erwartet. Und ich wusste, dass es nachlassen würde.

Daniel nickte zum Nachttisch auf meiner Seite und sagte: „Gib mir ein Kondom, bitte."

Ich nahm eins und öffnete die Verpackung, bevor ich ihm das schlüpfrige Latex reichte. Ich sah zu, wie er es über seinen Schaft rollte und anschließend mehr Gleitmittel darauf verteilte. Erneut fuhr sein Finger über meinen Eingang, dann hob Daniel sein Bein, das Knie gebeugt, und stellte seinen Fuß auf der Matratze ab. Seine Eichel stupste mein Loch an, aber er drang nicht in mich ein.

Scheiße, mein Herz raste wie verrückt ...

Er beugte sich über mich und küsste mich, sehr zärtlich und ohne jede Eile. Seine Lippen lagen warm auf meinen, als er ganz leicht die Hüften vorschob. So leicht, dass die Bewegung kaum wahrnehmbar war. Und er küsste mich weiter. Seine Hand hob mein Bein an, und dann bahnte er sich zentimeterweise einen Weg in meinen Körper. Er nahm mein Bein und drückte es gegen meine Brust, wo er es festhielt, während er mich füllte und nicht anhielt, bis er schließlich in mir war.

Und da waren wir, Daniels Hand an meinem Knie, seine andere Hand an meinem Hals, als hätte er sich an mir verankert. Und er hielt vollkommen still.

„Das ist es", flüsterte er. „Das ist alles von mir." Dann küsste er mich, und ich schwöre, mein Herz sang. Als er begann, sich zu bewegen, tat er es so behutsam und langsam, als könnte eine plötzliche Bewegung mich in tausend Stücke zerbrechen.

„Küss mich", bettelte ich und griff zwischen meine Beine, um meinen Schwanz zu massieren.

Unsere Lippen fanden sich, und er glitt aus mir heraus, nur um sofort wieder langsam in mich einzudringen. Seine Hüften bewegten sich fließend, er füllte mich und leerte mich, bis ich nicht anders konnte, als in unseren Kuss zu stöhnen. Als sein Schwanz aus meinem Körper rutschte, führte ich ihn wieder hinein. Ich wollte mehr. Und er hob sein Becken aufwärts und stieß ein wenig fester als zuvor.

„Ja", sagte ich mit einem langen Stöhnen. Aber Daniel wurde wieder langsamer, behutsamer, bis ich ihn beinahe anschrie, dass er es schneller machen sollte, fester, irgendetwas. Ich wollte ihn bis zum Anschlag in mir spüren.

„Es wird schnell gehen", flüsterte er und drückte mir einen zärtlichen Kuss auf die Lippen. „Ich war von Anfang an zu erregt, und das Gefühl, in dir zu sein ..."

Ich stöhnte laut, als er wieder ganz in mir war. „Es wird ja ... nicht das ... letzte Mal bleiben ... oder?"

Daniel lachte, und ich konnte die Vibration im ganzen Körper spüren. „Oh nein, Liebster. Wir werden das ganz sicher wieder tun ..." Er stieß hart zu, und ich war so voll, wie es nur ging. „Und wieder ..." Ein weiterer, kräftiger Hüftstoß; ich stöhnte erneut. „Und wieder ..."

Er erschauerte und packte mein Knie. Seine andere Hand lag auf meiner Brust, während er mich so leidenschaftlich küsste, dass es mich völlig überwältigte. Ich war plötzlich in einer Welt, wo nichts anderes mehr existierte als Daniels Finger, seine Lippen und sein Schwanz.

Ich wichste mich selbst, schnell und hart, während mein Orgasmus sich aufbaute. Als ich kam, zog sich mein Körper um Daniels Ständer zusammen, und ich erfuhr ein völlig neues Gefühl, als ich abspritzte und mein Körper an Daniels erzitterte.

Er küsste meine Schulter, schien im selben Rhythmus zu beben wie ich, und als ich spürte, wie er in mir pulsierte, wusste ich, dass auch er so weit war. Er hielt mich ganz fest. Sein Atem ging schnell und laut, und seine Finger gruben sich in mein Bein, als er in das Kondom abspritzte. Dann glitt er aus mir heraus, und ich stöhnte über das plötzliche Gefühl der Leere.

Daniel zog mich an sich, schlang die Arme um mich, küsste mich, und bei jedem Kuss wollte ich den Moment festhalten und in mein Gedächtnis brennen. Mein Herz hämmerte, meine Haut war klamm und verschwitzt ... und ich spürte einen leichten Schmerz, wo ich noch nie zuvor einen gespürt hatte.

Wo ich aber auf jeden Fall wieder einen spüren wollte.

Daniel drehte meinen Kopf, sodass er mir in die Augen schauen konnte. „Und?"

Ich seufzte. „Noch einmal. Bitte?"

Er lachte. „Was – jetzt sofort?"

Ich tat so, als würde ich die Frage ernsthaft erwägen. „Vielleicht nicht sofort", sagte ich schließlich. Als er lachte, fügte ich hinzu: „Gib mir eine halbe Stunde."

Er küsste mich – einer von diesen langsamen und sanften Küssen, bei denen ich immer mehr wollte. „Es gibt da etwas, von dem ich möchte, dass du darüber nachdenkst."

„Oh?"

„Nun ... alle drei Monate, komme was wolle, lasse ich mich testen. Auf Geschlechtskrankheiten, HIV und so weiter. Und auch, wenn ich seit Monaten mit niemandem Sex hatte, mache ich es trotzdem, einfach, weil ... es eine
gute Angewohnheit ist."

„Von was für einer Art Test reden wir hier?"

„Nur eine kleine Nadel, das ist alles."

Ich sah hinab auf seinen Penis. „Ach, nenn ihn nicht so – du machst ihm noch Minderwertigkeitskomplexe." Ich schmunzelte. Als Daniel seufzte, fuhr ich mit dem Finger entlang seines erschlaffenden Schafts. Das Latex hüllte ihn noch immer ein. „Ich würde deinen Schwanz *niemals* als minderwertig bezeichnen, das kannst du mir glauben. Nicht, nachdem ich nun weiß, wie es sich hinterher anfühlt."

„Wirst du darüber nachdenken?"

Ich wusste natürlich, worauf er hinauswollte. „Also ... ich lasse mich testen ... und wir lassen die Kondome weg. Ist das die Idee?" Ich hatte noch nie Sex ohne Kondom gehabt. Ich war lieber vorsichtig.

Er nickte. „Und nur für die Akten – ich habe in der Vergangenheit immer Kondome benutzt. Ohne Ausnahme."

Aber mit mir wollte er keine Kondome benutzen. Plötzlich wurde mir die volle Bedeutung dessen, was Daniel vorschlug, klar.

Er will eine feste Beziehung.

Das war nicht so, als hätte mir einen Heiratsantrag gemacht, oder? *Aber so gut wie. Er will keine offene Beziehung. Er will mit niemand anderem Sex haben. Nur mit mir.*

„Und dann ... könnten wir uns zusammen testen lassen."

Ich sah ihm in die Augen. „Als Paar." Er nickte.

Okay, die Dinge waren soeben ernst geworden.

„Ich werde es mir überlegen", sagte ich mit fester Stimme.

Ich konnte an seiner Miene ablesen, dass er auf eine entschiedenere, begeistertere Antwort gehofft hatte, aber sein Vorschlag hatte mich überrascht, und ich brauchte

Zeit zum Nachdenken. Falls ich es machte, wollte ich es aus den richtigen Gründen tun.

Und was waren die richtigen Gründe?

Ich hatte keine Ahnung. Aber er hatte mich gebeten, darüber nachzudenken. Also würde ich das tun. Er musste ja nicht wissen, dass ich nicht viel für Nadeln übrig hatte, oder?

Dann aber dachte ich – falls es überhaupt jemanden gab, für den ich meine Angst vor Spritzen überwinden konnte, dann war er es.

Ich küsste ihn auf den Mund und ließ meine Lippen dort verweilen. Als wir uns voneinander lösten, sah ich an unseren Körpern hinab. „Ich glaube, wir brauchen eine Dusche. Oder?"

„Kommt drauf an", sagte er lächelnd. „Kommst du mit mir unter die Dusche?"

„Natürlich. Gesundheit und Sicherheit, weißt du noch?" Darüber musste er lachen. „Und was dann?"

„Ich dachte, dann frühstücken wir, und dann ..." Seine Augen funkelten. „Was hältst du davon, die *Herr der Ringe*-Trilogie weiterzuschauen?"

„Nur, wenn wir sie hier im Bett schauen."

Daniel lachte. „Wieso habe ich nur das Gefühl, dass dies ein weiterer nackter Tag wird?"

Ich gab ihm einen Kuss auf die Nasenspitze. „Weil das die allerbesten Tage sind." Ich wartete, bis er das Zimmer verlassen hatte und im Bad verschwunden war, dann sank ich in die Kissen.

Das war neu.

Es war auch ein wenig beängstigend.

Konnte ich mich selbst sehen, wie ich in die nächste Klinik marschierte, um mich testen zu lassen?

Ich hatte das Gefühl, die Antwort darauf bereits zu kennen.

Kapitel 19

#loveWins
love is love

Mittwoch, 27. Juni 2018

Ich war auf dem Weg vom Bahnhof nach Hause, mein Handy ans Ohr gepresst. „Du hast mir gefehlt." Es gefiel mir, mit Daniel gemeinsam heimzufahren, und ich würde froh sein, wenn die Pride hinter uns lag, zusammen mit seinen Proben.

„Wir sehen uns am Samstag. Ich bin nur froh, dass Mac auch dieses Wochenende nur am Sonntag proben will."

„Dann bleibt es also dabei, dass du kommst?" Ich hatte mir immer noch nicht überlegt, was ich den Jungs sagen sollte. Ich würde Daniel nicht einfach an der Tür auftauchen lassen und ihn hineinbringen. Obwohl ... der Ausdruck auf Justins Gesicht sicher unterhaltsam wäre.

„Natürlich!" Er schwieg einen Moment lang. „Bist du nervös bei dem Gedanken, es ihnen zu sagen?"

„Ein wenig. Na ja, genau genommen muss ich es ja nur noch Moz und Justin sagen." Ich wollte, dass sie Daniel mochten, denn wenn es nach mir ging, würde er viele Wochenenden im Haus verbringen.

Der Lärm im Hintergrund nahm zu. „Wo bist du gerade?"

„Bei McDonalds. Ich wollte vor der Probe noch einen Happen essen. Gerade ist eine Horde Teenager hereingekommen." Daniel seufzte. „Ich lege besser auf. Soll ich dich nachher anrufen, wie immer?"

„Ich werde darauf warten", versicherte ich ihm.

„Als ich heute aufgewacht bin, habe ich an dich gedacht", sagte er und senkte seine Stimme.

„Schöne Gedanken, hoffe ich?"

Er lachte leise. „Heiße Gedanken, um genau zu sein."

„Oh, das sind mir die liebsten. Behalte sie bis heute Abend im Kopf, wenn wir telefonieren."

„Ich kann mir schon vorstellen, wie das Telefonat ablaufen wird." Er lachte. „Du kannst immer besser schlafen, nachdem du gekommen bist."

„Dann bereite dich darauf vor, mir eine durchgeschlafene Nacht zu verschaffen", sagte ich, dann legte ich auf. Mein Herz fühlte sich leicht an, und obwohl ein langer Tag hinter mir lag, waren meine Schritte beschwingt. Ich freute mich schon jetzt auf seinen Anruf, und das hatte nichts mit der Aussicht auf einen Orgasmus zu tun.

Es hatte mehr damit zu tun, seine Stimme zu hören.

Als ich die Haustür erreichte, vibrierte mein Handy erneut. Dieses Mal war es Rachel.

Sofort beschleunigte sich mein Herzschlag. „Ist alles in Ordnung? Geht es dem Baby gut?"

Sie kicherte. „Beruhige dich. Es ist alles bestens. Ich rufe nur an, um mich zu erkundigen, wie die Dinge laufen."

„Mit ‚Dinge' meinst du Daniel, richtig?" Ich schloss die Tür auf und betrat das Haus. Es war so still wie immer.

„Natürlich, was denn sonst? Siehst du ihn noch?"

Wärme durchströmte mich. „Oh ja." Ich ging in die Küche, stellte meine Tasche ab und füllte den Wasserkocher, das Handy zwischen Ohr und Schulter geklemmt. „Wir haben sogar einen Grillabend hier im Haus, diesen Samstag, und er wird kommen."

„Wow. Du stellst ihn deinen Mitbewohnern vor?"

„Ist ja nicht so eine große Sache", protestierte ich. „Die Hälfte von ihnen weiß schon Bescheid." Trotzdem schlug

mein Herz bei dem Gedanken schneller. Es *war* eine große Sache.

„Ich finde es trotzdem toll."

Ich wusste, dass ich ihr noch etwas anderes erzählen musste. „Und ich werde übrigens zur Pride Parade gehen", sagte ich, während ich Kaffeepulver in einen Becher löffelte.

„Oh, das freut mich", sagte sie herzlich. „Gut für dich. Ich werde in den Abendnachrichten nach dir Ausschau halten, wenn sie von der Parade berichten. Also zieh irgendwas an, womit du aus der Menge heraussstichst."

Ich schnaubte. „Oh, ich denke nicht." Als sie still wurde, wusste ich, dass irgendetwas los war. „Rach?"

„Wie lange seid ihr zwei jetzt zusammen?"

Ich rechnete rasch im Kopf. „Drei Wochen." Drei wundervolle Wochen, die mein Leben zum Besseren verändert hatten.

„Und sieht es so aus, als würde daraus etwas Dauerhaftes?"

Wie zum Henker sollte ich darauf antworten? Niemand konnte wissen, wie lange eine Beziehung dauern würde, oder? Nichts ist in Stein gemeißelt. „Ich denke schon. Ich *hoffe* es."

Ja. Mein Kopf mochte sich nicht sicher sein, aber mein Herz wusste es.

„Dann solltest du vielleicht darüber nachdenken, Mum und Dad zu sagen, dass du einen festen Freund hast."

Oh Gott.

Es Justin und Moz zu erzählen, war eine Sache – aber es meinen Eltern zu sagen, war etwas völlig Anderes.

„Wenn du mich als moralische Unterstützung dabei haben willst, brauchst du es nur zu sagen. Das weißt du, oder?"

Ich seufzte. Sie hatte natürlich recht. „Ich muss erst mit Daniel darüber reden."

„Natürlich musst du das. Und Lee? Ich kann nicht erwarten, ihn kennenzulernen."

Darüber musste ich lächeln. „Du wirst ihn lieben."

„Ich denke, es ist wichtiger, dass du es tust", sagte sie leise, bevor sie sich verabschiedete und auflegte.

Ich starrte den Wasserkocher an, ohne ihn wirklich zu sehen. Mit einer einzigen, gemurmelten Bemerkung hatte sie meine ganze Welt knirschend zum Stillstand gebracht.

Liebe ich ihn?

Ich lehnte mich gegen den Küchenschrank. Mein Kopf drehte sich. *Wie soll ich wissen, ob das, was ich für ihn empfinde, Liebe ist?* Ich hatte keine Vergleichswerte, keine früheren Beziehungen, bei denen ich Hals über Kopf in jemanden verliebt gewesen wäre. *Bin ich überhaupt fähig, mich Hals über Kopf zu verlieben?*

„Äh, Lee? Das Wasser kocht."

Ich riss den Kopf herum und sah Mick in der Tür stehen, mit seinem Laptop in den Händen und einem belustigten Schmunzeln im Gesicht.

„Oh. Ja. Richtig." Ich goss Wasser in meinen Becher.

Mick kam in die Küche und stellte den Laptop auf der Arbeitsplatte ab. „Alles in Ordnung?"

„Sicher", antwortete ich leichthin, obwohl ich mich nicht so fühlte. Mick starrte mich an, und ich seufzte schwer. „Nein, eigentlich ist nicht alles in Ordnung. Meine Schwester sagte gerade etwas, das mich zum Nachdenken gebracht hat, aber es ist nichts, wobei du mir helfen könntest. Mit dieser Sache muss ich allein fertig werden." Aber es gab etwas, das ich ihm erzählen wollte. „Ich habe Daniel zu unserem Grillabend eingeladen. Er wird dieses Wochenende hier bleiben."

Mick riss die Augen auf. „Wow. Okay" Er lächelte. „Dann ist es also etwas Ernstes?"

In der Küche zu stehen und darüber nachzudenken, ob ich in Daniel verliebt war, zählte meines Erachtens als etwas Ernstes. Der logische Teil meines Gehirns schrie mich an, dass es doch erst drei verdammte Wochen waren. Und dass Leute sich nicht innerhalb von drei Wochen verliebten.

Aber ich wusste, dass das Blödsinn war. Rachel hatte es gewusst, richtig? Und meine Großmutter ebenfalls.

Ich warf einen Blick zu Mick. „Liebst du Pete?", fragte ich abrupt.

Er blinzelte. „Ich bin nicht sicher, ob dich das etwas angeht, aber ja, ich liebe ihn."

„Wann hast du gewusst, dass du ihn liebst? Ich meine, den Moment, als es dir klar wurde?"

Mick griff in den Schrank, holte einen Becher heraus und schaltete den Wasserkocher wieder ein. „Ganz ehrlich? Etwa zwei Wochen nach jenem schicksalshaften Wochenende, als wir zusammen im Bett gelandet waren. In diesen zwei Wochen haben wir jeden Abend miteinander gesprochen. Ich konnte nicht einschlafen, bis wir telefoniert hatten." Er lächelte. „Ich erinnere mich noch an das erste Mal, als ich ihm sagte, dass ich ihn liebe. Wir waren beide im Bett, auf FaceTime. Eine dieser schläfrigen Unterhaltungen, bei denen keiner von uns gute Nacht sagen wollte, und als er schließlich sagte, es wäre Zeit, platzte ich mit den drei kleinen Worten heraus." Mick lachte in sich hinein. „Plötzlich war er wieder hellwach. Er sagte, dass er die ganze Woche über etwas hatte sagen wollen, sich aber nicht getraut hatte." Er rieb mit einer Hand seinen kahlen Schädel. „Was soll ich sagen? Der Rest ist Geschichte."

„Wollt ihr zwei immer weiter eine Fernbeziehung führen?"

Mick biss sich auf die Lippe. „Darüber habe ich in letzter Zeit viel nachgedacht."

Ich hatte das Gefühl, dass ich nicht der Einzige war, der Entscheidungen treffen musste.

Während Mick sich seinen Kaffee machte, kam mir eine Idee. „Du weißt, dass es heißt, gemeinsam ist man stärker, ja?"

Mick sah mich fragend an. „Woran denkst du?"

„Nun ja ... wenn ich Daniel zum Grillabend einlade ... könntest du auch Pete einladen."

Er erstarrte. „Du meinst das ernst." Ich nickte, und Mick grinste. „Das Pflaster mit einem Ruck abreißen, hm?" Dann rieb er nachdenklich sein Kinn. „Aber da ist etwas dran. Wenn wir beide einen festen Freund mitbringen ... aber ich muss zuerst mit Pete darüber sprechen."

„Tu das. Aber ich würde es an deiner Stelle so schnell wie möglich tun. Wann kommt er an?"

„Er nimmt Samstagmorgen den Zug um 6:55 Uhr und wird kurz vor Mittag in Kings Cross ankommen. Da hole ich ihn dann ab. Ich wollte ihn direkt zum Hotel fahren ..."

„Rede mit ihm. Entscheidet, was ihr tun wollt." Ich lächelte. „Und wenn du es ihnen nicht erzählen willst, ist das auch okay."

Er seufzte. „Ja, ich weiß. Aber im Augenblick denke ich, das Gute überwiegt das Schlechte. Kein Verstecken mehr. Mir gefällt der Gedanke." Er starrte in seinen Kaffeebecher, augenscheinlich ganz versunken in seinen Überlegungen.

Ich stupste ihn an. „Milch, Mick."

Er runzelte die Stirn. „Hm?"

Ich zeigte auf seinen Kaffee. „Milch. Du trinkst deinen Kaffee nicht schwarz." Wir waren beide gleich schlimm. In Gedanken bei unseren Männern.

Ich konnte mir nichts vorstellen, wo ich lieber mit meinen Gedanken gewesen wäre.

#loveWins
love is love

„Das ist schön." Daniel lag auf der Seite mit dem Gesicht zur Kamera und einem Arm unter dem Kissen. Sein Oberkörper war nackt. Die Decke, die den Rest von ihm bedeckte, konnte ich auf dem Handy nicht sehen – falls da eine Decke war.

Ich nahm dieselbe Position ein, mein Handy vor mir gegen ein Kissen gelehnt. „Ich wollte dich sehen."

Daniel seufzte zufrieden. „Ich beschwere mich nicht."

„Wie war die Probe?"

Er zuckte mit einer Schulter. „Okay. Mac denkt, dass wir so weit sind. Sollten wir auch, nach all der Arbeit, die wir reingesteckt haben." Er lachte. „Sogar David hat es endlich hinbekommen mit seiner Dirty-Dancing-Hebefigur."

Ich konnte nicht erwarten, das zu sehen.

„Es kann übrigens sein, dass wir nicht das einzige schwule Paar auf unserem Grillabend sein werden."

Daniel riss die Augen auf. „Wirklich? Wer kommt denn noch?"

Das wollte ich nicht verraten – nicht, bevor Mick eine Entscheidung getroffen hatte. „Das wirst du dann sehen. Vielleicht passiert es ja auch nicht." Ich schwieg einen Moment. „Meine Schwester würde dich gern kennenlernen."

Sein Gesicht leuchtete auf. „Oh, das ist nett."

„Sie findet, es wäre eine gute Zeit, es meinen Eltern zu sagen."

Daniel erstarrte. „Und wie denkst du darüber?"

„Hey, es betrifft auch dich. Denn falls – wenn – ich es ihnen sage, werde ich es nicht allein tun. Ich will, dass du bei mir bist." Ich wollte nicht einmal darüber nachdenken, es ohne ihn zu tun.

Daniel musterte mich mit einem ruhigen Ausdruck. „Wenn du mich dabei haben willst, dann bin ich da. Wann immer du entscheidest, dass du bereit bist."

Die Art, wie er mich ansah, die Gewissheit in seiner Stimme ...

„Es ist ernst, oder?" Als er die Stirn runzelte, nahm ich einen tiefen Atemzug. „Das zwischen uns, meine ich. Das ist etwas Ernstes." Mein Herz raste.

Daniel öffnete die Lippen; ein leises Seufzen war zu hören. Schließlich nickte er. „Für mich ... ja."

Seine selbstsichere Antwort löste das enge Gefühl in meiner Brust. „Für mich ebenfalls." Ich lachte nervös.

„Was ist so witzig?" Daniel stützte sich auf einen Ellenbogen, den Kopf in der Hand.

„Das hier. Alles. Es ist so ... neu. Beängstigend. Aufregend. Einfach alles."

Daniel lachte leise. „Toll, oder?"

Oh Gott, ja. Es war toll.

Ich traf eine Entscheidung. „Wenn du Samstagnacht hier bleibst, wie wäre es, wenn ich dich am Sonntag mit zu meinen Eltern nehme? Ich sage Mum, dass ich einen Gast mitbringe, denn sie will sicher, dass wir zum Essen bleiben."

Daniel biss sich auf die Lippe. „Sonntagsessen bei den Eltern meines festen Freundes. Wow. Das *ist* ernst." Seine Augen funkelten im Licht der Nachttischlampe. „Kann sie gut kochen?"

Ich seufzte. „Ich glaube nicht, dass sie in absehbarer Zeit einen Job als Fernsehköchin angeboten bekommen wird."

„Verstehe." Daniel starrte mich an. „Du siehst gut aus in diesem Licht."

Ich lächelte. „Du siehst in jedem Licht gut aus." Dann bemerkte ich die leichte Bewegung seines oben liegenden Arms. „Was machst du da?"

„Ich sehe dich an und denke zurück."

Mir wurde am ganzen Körper warm. „An was?" Als ob ich das nicht gewusst hätte.

„Daran, wie du neben mir gelegen hast und ich dir meinen Schwanz reingesteckt habe, wieder und wieder." Die Bewegung wurde deutlicher, und ich wusste ganz genau, was außerhalb der Kamera vor sich ging.

Ich griff nach dem Gleitmittel auf meinem Nachttisch, befeuchtete meine Finger und packte meinen Schwanz, der bereits hart wurde. Ich sagte kein Wort. Keiner von uns sagte von da an ein Wort, aber wir gaben jede Menge Laute von uns, leises Seufzen, verhaltenes Stöhnen, hin und wieder ein lustvolles Keuchen ... in Gedanken war ich bei ihm im Bett, Sonntagmorgen, Daniel in mir, und es war so gut, so sinnlich.

Es hätte sich seltsam anfühlen müssen – wie wir einander auf unseren Handys anstarrten, während wir uns einen runterholten. Mein Blick hing an seinen geöffneten Lippen, seiner Brust, die sich heftig hob und senkte, seinen schönen Augen, die meinen Blick festhielten ...

Kurz darauf atmeten wir beide schneller und stöhnten fast im selben Rhythmus. Und dann kam ich und spritzte über meine Hand. Ich dachte an ihn, konnte ihn hören, ja, sogar riechen. Dann nahm ich ein Papiertuch und wischte mich ab, während er dasselbe tat.

Ich starrte auf mein Handydisplay. „Träum was Schönes, Daniel."

Sein befriedigtes Lächeln war wunderschön. „Du auch, Lee."

#loveWins
love is love

Freitag, 29. Juni 2018

„Pizza ist da!", rief ich die Treppe hinauf. Innerhalb von Sekunden war das Donnern von Schritten zu hören, als Moz, Justin und Niall die Treppe herunterpolterten. Als sie unten ankamen, hatte Mick bereits die Schachteln auf den Küchentisch gestellt und Teller aus dem Schrank geholt. Gläser mit Eiswürfeln standen auf der Arbeitsfläche, bereit, mit Cola gefüllt zu werden.

Justin riss eine der Pizzaschachteln auf und schnupperte. „Ah, unschlagbar, dieser Duft!"

Moz lachte. „Das sagst du jeden Freitag."

„Und er isst jeden Freitag die gleiche Pizza", bemerkte Mick.

„Schonmal daran gedacht, etwas Neues zu probieren, Justin?"

Er schnaubte. „Ich habe dieses Mal Oliven genommen anstelle von Anchovis. Das ist etwas Neues, oder? Was willst du mehr?"

„Du weißt ja, wie man sagt", mischt sich Niall augenzwinkernd ein. „Veränderungen sind das Salz des Lebens und so weiter."

Ich warf Mick einen Blick zu. Eine bessere Überleitung würde es nicht geben.

„Wo wir gerade von Veränderungen sprechen ..." Ich nahm einen Schluck Cola, bevor ich fortfuhr: „Ich habe für morgen jemand Besonderen eingeladen." Ich tat mein Bestes, um nach außen hin ruhig zu erscheinen, aber das

Herz klopfte mir zum Halse.

Justin grinste. „Ich wusste es! Irgendwas war mit dir in den letzten paar Wochen. Und dann immer dieses Weggeschleiche an den Wochenenden, und nie hast uns gesagt, wohin du gegangen bist ..." Er grinste überaus selbstzufrieden. „Lee-hat-eine-Freundin", trällerte er.

„Fast richtig." Als er mich anstarrte, lächelte ich. „Lee-hat-einen-Freu-heund." Da. Ich hatte es gesagt. Na ja, geträllert.

Justin klappte die Kinnlade herunter, und er machte große Augen. Dann warf er Moz einen triumphierenden Blick zu. „Raus mit der Kohle. Du hast verloren." Moz grummelte und holte seine Brieftasche heraus.

„Was?" Ich starrte die beiden mit offenem Mund an.

Moz schüttelte den Kopf. „Er meinte, du würdest uns deshalb nichts sagen, weil du schwul geworden bist." Dann klatschte er einen Zehner in Justins offene Hand.

„Dann hat Justin eigentlich verloren, wenn man es genau nimmt." Ich schenkte ihnen beiden ein süßliches Lächeln. „Ich bin nicht schwul. Ich bin bi."

„Ha!" Moz schnappte sich den Geldschein von Justins Handfläche und steckte ihn zurück in seine Brieftasche.

Mick und Niall lachten sich halb schlapp. Ich war immer noch perplex darüber, dass Justin etwas geahnt hatte.

Justin sah die beiden anderen misstrauisch an. „Ihr wusstet es, oder?"

Niall warf sich in die Brust. „Japp!"

Mein Herzschlag normalisierte sich bereits wieder. *Das war gar nicht so schlimm, oder?*

„Also, ich bin froh, dass du es uns heute gesagt hast." Justins Augen funkelten. „Ich hätte sonst morgen bestimmt irgendwas Blödes gesagt und mich blamiert."

„Mach dir darum mal keine Sorgen", sagte ich. „Ich gehe jede Wette ein, dass du morgen irgendwas Dummes sagst und dich blamierst, bevor der Abend zu Ende ist." Justin sah mich entrüstet an, und die anderen lachten.

„Also, wie heißt er?", fragte Moz.

„Daniel."

„Und meiner heißt Pete", warf Mick plötzlich ein, bevor er einen langen Schluck aus seinem Glas nahm.

Drei Kinnladen wurden Opfer der Schwerkraft.

„Dein was?", fragte Justin.

„Mein fester Freund", antwortete Mick in einem völlig sachlichem Tonfall, der mich mächtig beeindruckte. „Und er wird dieses Wochenende hier im Haus verbringen."

Ich klopfte Mick auf den Rücken. „Ich kann nicht erwarten, ihn kennenzulernen", sagte ich aufrichtig.

Moz blinzelte, seine Pizza vergessen. Niall lächelte und schüttelte den Kopf.

Justin ließ seine Scheibe Pizza auf den Teller fallen. „Scheiße, das ist wie mit Bussen. Wenn man einen braucht, ist nie einer da, und dann kommen zwei gleichzeitig." Er räusperte sich. „Wie lange geht das schon so?"

„Drei Wochen bei mir", sagte ich und nahm noch ein Stück von der Pizza Hawaii.

„Drei Jahre bei mir", sagte Mick.

„Drei Ja–" Justin stand erneut der Mund offen.

Mick sah mich an und lachte. „Ich glaube, wir haben gerade Justin kaputtgemacht."

Ich kicherte. „Glaub mir. Das wird nicht lange anhalten." Ich fühlte mich großartig.

Es wird wirklich alles gut werden.

Nun waren nur noch meine Eltern übrig. Allerdings konnte ich mir nicht vorstellen, dass sie die Nachricht so problemlos schlucken würden wie Justin und Moz.

Kapitel 20

#love wins
love is love

Samstag, 30. Juni 2018

„Musst du nicht irgendetwas tun?", fragte Daniel grinsend. Er saß rittlings über mir auf meinem Bett, wo wir uns befanden, seit er vor einer halben Stunde angekommen war. In der Küche herrschte reges Treiben, aber ich hatte meinen Teil bereits erledigt. Ich war um acht aufgestanden, hatte Burger-Buns und Hotdog-Brötchen aufgeschnitten, fast das ganze Haus geputzt und den Rasen gemäht. Sobald Daniel aufgetaucht war, hatte ich ihn mir geschnappt und nach oben geschleift.

Er würde die anderen schon noch früh genug kennenlernen.

„Das einzig Wichtige, das ich jetzt tun muss, ist dich zu küssen", antwortete ich ihm. „Ich muss eine ganze Woche verpasster Küsse nachholen."

„Hört sich gut an", sagte er mit einem Seufzen, dann beugte er sich vor und gab mir einen langen, sinnlichen Kuss. „Du hast mir gefehlt."

Ich legte meine Hand um seinen Nacken. „Du hast mir auch gefehlt." Dann ließ ich meine Hände an seinem Rücken abwärts gleiten bis zu seinem Arsch und drückte sanft seine Hinterbacken. „Habe ich schon erwähnt, wie sehr mir diese Shorts gefallen?"

Daniel schnaubte. „Dir gefällt einfach nur mein Arsch."

„Ja. Und?" Ich drückte noch einmal. „Es ist ein sehr schöner Arsch. Gut zum Anfassen. Zum Beißen. Zum Lecken." Ich beugte mich näher zu ihm. „Zum Ficken."

Daniel legte seine Handflächen auf meine Brust. „Ruhig, Brauner. Vor heute Abend steigt hier nichts. Du bist der Gastgeber bei einem Grillabend, vergiss das nicht."

Ich fasste ihm zwischen die Beine. „Fühlt sich aber so an, als wäre hier schon etwas gestiegen." Sein Ständer wölbte den Reißverschluss seiner Jeansshorts.

Er rieb seine Nase an meinem Hals, und ich erschauerte wie immer, wenn er das machte. „Alles, was ich tun muss, ist dich anzusehen, und er steht mir schon", flüsterte Daniel.

„Dann sollte ich ihn lieber herausholen und ihm etwas Aufmerksamkeit widmen", schlug ich grinsend vor und leckte mir die Lippen. Dieses mal war es Daniel, der erschauerte.

„Ich habe dich ganze Woche von deinem Mund an meinem Schwanz geträumt, gestand er mit leuchtenden Augen.

Ich öffnete den Knopf seiner Shorts, packte den Reißverschluss und–

„Wo ist Mick?", rief Justin von unten. „Er wird hier gebraucht."

Ich erstarrte. „Das klingt nicht gut."

Daniel war in Nullkommanichts von mir herunter. „Dann lass uns nachsehen, was das Problem ist." Er sah mich streng an. „Du kannst mich nicht den ganzen Tag hier oben verstecken. Irgendwann muss ich sie kennenlernen." Dann knöpfte er seine Shorts wieder zu.

Und er hatte natürlich recht. „Dann komm."

Er folgte mir aus meinem Zimmer und die Treppe hinab, wo Justin stand. Dessen kurzes Haar stand steiler in die Höhe als gewöhnlich; offensichtlich war er mehrmals mit den Fingern hindurchgefahren. Er riss die Augen auf, als er Daniel sah, aber dann richtete er seine Aufmerksamkeit auf mich.

„Wo ist Mick?"

„Er ist nach London gefahren, um Pete vom Bahnhof abzuholen. Was ist das Problem?"

Justin starrte mich an. „Das Problem? Oh, nichts Besonderes. Ich kriege nur den Scheißgrill nicht an, das ist alles. Und bald kommen unsere Gäste." Er warf Daniel einen entschuldigenden Blick zu.

„Tut mir leid, Mann. Du bist Daniel. Hallo. Ich bin Justin. Und ich bin gerade ein bisschen im Stress."

„Kein Scheiß", murmelte ich.

Daniel boxte mich auf den Arm, dann wandte er sich Justin zu. „Was für ein Grill ist es denn?"

Justin blinzelte. „Es ist ein Grill."

„Ja, aber … Gas oder Holzkohle?", fragte Daniel geduldig.

Justin blinzelte erneut. „Oh. Oh ja. Holzkohle. So ein kugelförmiges Ding."

„Und hast du die Luftklappen geöffnet?"

Ein drittes Blinzeln. „Das Ding hat Luftklappen?"

Daniel lachte leise. „Zeig mir den Grill. Das haben wir gleich."

Justin atmete erleichtert auf. „Oh, Gott sei Dank. Jemand, der weiß, was er tut." Er führte Daniel durch die Küche in den Garten, und ich folgte ihnen. Der Kugelgrill stand auf der Terrasse. „Ich habe die Kohlen angemacht, aber die Glut geht immer wieder aus."

Daniel warf einen Blick in den Grill und runzelte die Stirn. „Aber … du hast nur ein paar Stückchen Holzkohle hier. Das reicht nicht annähernd."

Justin stöhnte. „Sieh mal, ich habe nicht die geringste Ahnung vom Grillen, okay? Das sollte eigentlich Micks Job sein. Nur ist er einfach abgehauen, um seinen Freund

abzuholen, von dessen Existenz wir bis gestern nicht einmal etwas wussten. Ich habe bis jetzt immer nur diese kleinen Wegwerf-Grilldinger benutzt, und die sind pisse-einfach anzumachen."

Daniel legte beruhigend eine Hand auf Justins Arm. „Schon gut. Keine Panik. Und damit du in Zukunft weißt, was du tun musst – hier ist *Grill anzünden für Anfänger.*" Seine Mundwinkel zuckten.

Justin starrte ihn einen Moment lang an, dann grinste er. „Ich denke, du wirst wunderbar in unsere Runde passen." Er deutete auf den Grill. „Dann mal los."

Daniel zeigte auf die Ventile im Deckel. „Hiermit regulierst du die Luftzufuhr. Sobald die Holzkohle brennt, musst du sie offen lassen, dann kommt der Grill schneller in Gang. Wenn die Glut so weit ist, dass man etwas darüber grillen kann, kannst du die Ventile schließen. Und du solltest auch nicht den ganzen Boden des Grills mit Kohle bedecken."

„Warum nicht?"

„Wenn du die Kohlen nur in die Mitte legst, dann kannst du an den Rändern des Rosts Speisen warmhalten, ohne dass sie verbrennen. Außerdem lässt sich ein kleiner, aber hoher Haufen Kohle in der Regel leichter anzünden. Wenn die Kohle durchgeglüht ist und sich weiß verfärbt, kannst du sie ein wenig ausbreiten." Daniel hob den Rost hoch und verteilte mehr Holzkohle in der Mitte. Dann platzierte er Anzünder um den Haufen und entflammte sie mit einem Streichholz. „Okay. Jetzt machen wir die Ventile auf. Lass sie etwa zwanzig Minuten offen, damit die Kohle gut durchbrennen kann. Dann kannst du sie mehr verteilen." Daniel richtete sich auf.

Justin strahlte. „Danke, Mann. Wie es aussieht, brauchen wir Mick doch nicht." Er nickte mit dem Kopf zur Hintertür. „Moz hat ein bisschen Punsch gemacht, falls du welchen willst."

Daniel neigte den Kopf zur Seite. „Alkoholischen Punsch?"

„Äh, ja."

Daniel grinste. „Gott sei Dank. Dann ja, ich nehme gern ein Glas." Er sah zu mir. „Und du auch."

Justin kicherte. Oh ja. Du wirst sehr gut in die Runde passen." Er warf mir einen Blick zu. „Ist schwer in Ordnung, dein Kerl." Dann ging er ins Haus, um den Punsch zu holen.

Daniel wartete, bis Justin außer Sicht war, bevor er sich an mich wandte. „Und? Wie war ich?"

„Justin ist nicht der Einzige, der beeindruckt ist. Woher weißt du so viel übers Grillen?"

Daniels verzog das Gesicht. „Versuch mal, mit meinem Vater aufzuwachsen und nicht zu wissen, wie man einen Grill anzündet. Er hat es mich von klein auf gelehrt."

„Dann hat er es gut gemacht", sagte ich sanft, bevor ich mich hinüberbeugte und ihn auf den Mund küsste.

„Ups! Soll ich später wiederkommen?" Justin stand da und hielt zwei Gläser Punsch, in denen Stückchen von Apfel und Orange schwammen. Er reichte sie uns. „Also, wie habt ihr zwei euch kennengelernt?" Und mit einem Nicken in meine Richtung fügte er hinzu. „Dieser Knabe hier hat uns nämlich nicht das Geringste von dir erzählt."

„Wir können uns später noch jede Menge unterhalten", sagte ich rasch. „Lass uns erst alles fertig machen."

„Okay, okay, mach dir nicht ins Spitzenhöschen", sagte Justin gutmütig. Dann hüpfte er lachend zurück ins Haus.

Daniel hob die Augenbrauen. „Spitzenhöschen?"

Ich hielt die Hände hoch. „Hey, sieh mich nicht so an. Ich habe kein Sterbenswort gesagt."

„Ich verstehe. Dann ist das so ein Fall von ‚ich bin schwul, also trage ich Spitzenhöschen'." Er schnaubte.

„Ja, aber er hat mit mir geredet, als er das sagte, und ich trage keine." Dann flüsterte ich ihm ins Ohr: „Du?"

Daniels Augen leuchteten. „Natürlich."

Ich hatte das Gefühl, der Grillabend würde interessanter werden als erwartet.

#love wins
love is love

Gegen zwei Uhr nachmittags war unser kleiner Garten gerammelt voll. Es mussten etwa fünfundzwanzig Leute sein. Die Gäste saßen auf den Gartenstühlen und auf sämtlichen anderen Stühlen, die wir aus dem Haus nach draußen getragen hatten, sowie im Gras. Niall hatte seinen iPod an die Aktivboxen angeschlossen, und Musik erklang aus dem Haus, angenehm und unaufdringlich.

Das Essen war begeistert angenommen worden. Mick war fürs Grillen verantwortlich gewesen, sodass zum Glück nichts den Flammen zum Opfer gefallen war. Pete war ein ruhiger Typ und hatte die meiste Zeit neben Mick gesessen, den anderen still zugeschaut und gelegentlich mit Mick oder Daniel geplaudert.

„Jemand Lust auf Playstation?", fragte Moz, und mehrere Gäste standen auf und gingen mit ihm ins Haus. Justin hatte sich als guter Gastgeber erwiesen und dafür gesorgt, dass alle genug zu essen und zu trinken hatten. Nun gingen wir einfach davon aus, dass sich die Leute fortan selbst bedienen würden, falls sie etwas wollten. Im Augenblick war Justin mit Valerie beschäftigt, einem Mädchen, das im selben Fitnesscenter arbeitete wie er.

Als *Come Away With Me* von Norah Jones erklang, stupste Daniel mich an. „Tanzt du mit mir?"

Ich starrte ihn eine Sekunde lang an, bevor langsam sackte, was er mich gefragt hatte. Dann sah ich, dass er es ernst meinte. „Hier?"

Er deutete auf die Terrasse, die leer war. „Warum nicht? Wir haben gerade Platz."

Scheiß drauf.

Ich stand auf. „Okay."

Daniel strahlte, nahm meine Hand und führte mich zu unserer kleinen Terrasse. Er ergriff meine Taille, ich schlang die Arme um seinen Hals, und wir wiegten uns zu der sanften, langsamen Musik. Ich atmete aus. „Das habe ich nicht kommen gesehen."

Daniel legte seine Wange an meine. „An ein wenig Slowdance ist nichts falsch. Allerdings ... sollte gleich ein Rap oder sowas kommen, bin ich weg."

Ich lachte und genoss das Gefühl seiner Hände auf mir. Dann bemerkte ich, dass wir nicht länger allein waren – Mick und Pete tanzten ebenfalls. Ich sah zu ihnen hinüber, aber Mick schien in seiner eigenen Welt zu sein; sein Blick galt allein dem Mann in seinen Armen.

„Also, wenn *sie* tanzen ...", verkündete eine Stimme von der anderen Seite des Gartens. Sekunden später hatte Valerie Justin quer über den Rasen gezerrt, und dann tanzten auch sie auf der Terrasse.

„Wir scheinen eine Kettenreaktion ausgelöst zu haben", murmelte Daniel. „Sieht aus, als hätten sie Spaß."

„Sie? Wer?" Ich schaute ihm in die Augen. „Ich sehe nur dich."

Daniels Augen glänzten. „Erinnere mich daran, dir später dafür zu danken, wenn wir allein sind." Dann lag seine Wange erneut an meiner, und ich atmete seinen vertrauten Duft ein.

Ich konnte nicht abwarten, mit ihm allein zu sein.

Gegen sechs Uhr abends waren etwa die Hälfte der Gäste gegangen, aber Moz hatte sich in den Kopf gesetzt, Karaoke zu machen, also versammelten wir uns alle in dem größeren der beiden Wohnzimmer.

Moz managte die Texte auf dem Bildschirm, und die Gäste wählten ihre Songs aus.

Ich muss zugeben, dass wir viel Spaß hatten, auch wenn einer unserer Gäste beim Singen klang, als würde jemand eine Katze strangulieren. Wir applaudierten dennoch höflich. Es gab Songs von Sinatra, den Stones, Adele und Ed Sheeran.

„Ich bin dran", sagte Daniel leise und stand auf. Dann ging er zu Moz und studierte dessen Liste von Karaoke-Tracks.

Mick stupste mich an. „Kann er singen?", fragte er leise.

„Ich habe keine Ahnung." Ich saß mit angehaltenem Atem da und wartete auf die ersten Töne.

Als der Text auf dem Bildschirm erschien, runzelte ich die Stirn. „Kennst du den Song? Ich glaube, der war vor meiner Zeit. Von Roberta Flack habe ich noch nie was gehört."

Mick sog scharf den Atem ein. „Oh wow."

Bevor ich seine Reaktion hinterfragen konnte, sang Daniel die erste Zeile, in der es darum ging, ein Gesicht zum ersten Mal zu sehen.

Heilige Scheiße, Daniel konnte wirklich singen.

Dann überwand ich den Schock und achtete auf den Text. Es war einer der schönsten – und intimsten – Songs, die ich je gehört hatte. Und es war nur zu offensichtlich, von der ersten Note an, dass Daniel ihn für mich sang. Denn er schaute nie auf den Bildschirm, er sah nur mich an. Ich saß mit klopfendem Herzen da, während er davon sang, mich zu küssen und wie das seine Welt auf den Kopf stellte. Er sang davon, neben mir zu liegen, unsere Herzen nah beieinander, und obwohl ich wusste, dass er die Worte nicht selbst geschrieben hatte, er *machte* sie zu seinen. Und als er davon sang, dass dieses Glück bis ans Ende der Zeit dauern würde, hätte ich am liebsten geweint. Denn in diesem Moment legte Daniel seine Seele offen und ließ jeden im Raum wissen, was er fühlte – für mich.

Als der Song endete, sah Daniel mir in die Augen. Ich legte eine Hand auf meine Brust, wie um mein rasendes Herz zu beruhigen.

Applaus erhob sich und erstarb, als der nächste Gast aufstand, um zu singen.

Ich wartete darauf, dass Daniel sich wieder zu mir auf die Couch setzen würde, aber er hatte andere Pläne.

„Entschuldigt mich." Daniel verließ hastig das Zimmer.

„Ach du Scheiße", murmelte Justin. Ich starrte ihn an, hin und her gerissen zwischen meiner Pflicht, als Gastgeber dazubleiben, und dem Drang, Daniel zu folgen.

„Was ist los?", fragte ich.

Justin seufzte. „Ich glaube, du hattest die richtige Idee, die Seiten zu wechseln. Mich hat noch nie eine Frau so angesehen, wie Daniel gerade dich angesehen hat."

„Und wie hat er mich angesehen?" Ich war immer noch erschüttert von dem Songtext und davon, wie mich während des Singens die ganze Zeit angeschaut hatte.

Die Emotionen in seinen ausdrucksvollen Augen ...

Justin sah mich ernst an. „Als wärest du die beste Erfindung seit geschnittenen Brotes. Geh ihm schon nach.

Wir kommen hier klar."

Ich zögerte nicht. Ich flitzte aus dem Zimmer und ging in die Küche. Kein Daniel. Ich raste die Treppe hinauf und in mein Zimmer, wo ich wie angewurzelt stehen blieb.

Daniel saß auf meinem Bett, das Gesicht in den Händen.

Ich ging zu ihm und kniete mich vor ihn hin. „Was ist los?" Mir drehte sich der Magen um.

Er hob den Kopf und nahm mein Gesicht in beide Hände. „Es tut mir leid, ich ... ich habe mich da unten ein bisschen zu sehr mitreißen lassen."

„Wage es nicht, dich dafür zu entschuldigen." Ich nahm seinen Kopf, zog ihn zu mir herunter und gab ihm einen Kuss, der ihm, wie ich hoffte, zeigen würde, wie sehr er mich berührt hatte. Daniel schloss mich in die Arme und vertiefte den Kuss.

Als wir uns voneinander lösten, sah ich ihm in die Augen. „Was du gesungen hast ... das war wunderschön."

Daniel hielt meinen Blick. „Ich habe jedes Wort gemeint."

Ich konnte nicht länger leugnen, was mein Herz mir sagte. „Ich liebe dich. Mir ist egal, wie lange wir einander–"

Er unterbrach meine Erklärung mit einem Kuss, und ich schmolz dahin. Ich schlang die Arme um ihn und hielt mich an ihm fest, als er auf die Füße kam, mich mit sich zog und an sich drückte.

„Ich liebe dich auch." Er lächelte. „Und das werde ich bis ans Ende der Zeit ... Geliebter."

Das waren die Worte des Songs, die mir den Atem geraubt hatten.

Ich streichelte seine Wange. „Mach Liebe mit mir."

Er atmete scharf ein. „Gott, ja."

Ich verriegelte die Tür, zog die Vorhänge zu und begann, ihn auszuziehen, als hätten wir alle Zeit der Welt.

Kapitel 21

#love wins
love is love

Sonntag, 1. Juli 2018

Das Erste, was mir auffiel, als ich die Augen öffnete, war, dass Daniel nicht da war.

Ich wusste es eigentlich schon, als meine Augen noch geschlossen waren. Mit Daniel das Bett zu teilen, war wie mit einer Wärmflasche zu schlafen. Und das soll keine Beschwerde sein, besonders wenn gewisse Teile von ihm warm waren – und hart.

Die Zimmertür öffnete sich, und er schlich zurück in den Raum, in nichts als seinen Shorts. Ich blinzelte zum Wecker; es war noch früh. Daniel kletterte wieder ins Bett, und ich öffnete einladend meine Arme. Er kuschelte sich an mich, und ich zog die Bettdecke über uns beide.

Es war ... herrlich.

Dann korrigierte ich mich. Herrlich wäre es ohne seine Shorts.

Zum Glück schien ihm das im selben Moment ebenfalls klar zu werden. Er griff unter die Decke, wand sich aus den Shorts und warf sie auf den Boden. Dann lag sein Kopf an meiner Schulter, und wir küssten uns. Langsame Guten-Morgen-Küsse, so als würden wir erneut lernen, wie der andere sich anfühlte, schmeckte und roch.

Daniel streichelte meine Brust und meinen Bauch, immer tiefer, bis seine Finger die Spitze meines sehr interessierten Ständers streiften. Er grinste.

Ich schüttelte den Kopf. „Nein. Auf keinen Fall. Die anderen werden uns hören."

Daniel starrte mich an. „Und was war letzte Nacht? Da waren wir auch nicht gerade leise." Er unterdrückte ein Lächeln.

„Ja, aber da lief unten noch die Karaoke-Party. Da hätte eine Herde Elefanten hier durchs Zimmer rumpeln können, und keiner hätte etwas mitbekommen."

Er kicherte. „Justin scheint keine Probleme damit zu haben, Lärm zu machen."

Ich verdrehte die Augen. „Oh, ist es schon wieder Wichszeit? Glaub mir, wir alle haben ihn schon gehört."

Daniel rollte sich auf mich und stützte sich rechts und links von meinem Kopf auf seine Unterarme. „Ja, aber er ist nicht allein ... falls er nicht seine Bauchredner-Nummer perfektioniert hat und eine weibliche Stimme imitiert." Er kicherte erneut.

Ich blinzelte. „Oh." Dann verengte ich die Augen. „Was genau sagt denn die weibliche Stimme?"

Daniels Stimme wurde höher. „Oh, Justin, dein Ding ist so groß."

Ich lachte. „Ja, vielleicht imitiert er Stimmen. Jedenfalls würde mich das bei ihm nicht überraschen."

Daniel grinste erneut, dann nahm er meinen Schwanz in die Hand. „Also ..."

„Nein", sagte ich mit Bestimmtheit. „Das ist doch kein Wettbewerb, so nach dem Motto ‚er macht es, also machen wir es auch'. Außerdem ..." Ich zog ihn an mich und küsste ihn sanft auf den Mund. „Ich wollte mit dir kuscheln."

Als hätte jemand einen Schalter umgelegt, verwandelte ‚geiler Daniel' sich in ‚süßer Daniel', und er küsste mich, als wäre ich etwas Kostbares und Zerbrechliches.

„Ich habe letzte Nacht nicht geträumt, oder?", fragte ich ihn leise zwischen unseren Küssen.

Daniel streichelte meine Wange. „Welchen Teil? Den, wo ich meine Gefühle für dich in einem intimen Lied vor allen Gästen preisgegeben habe?"

Ich lächelte. „Ich dachte eher an den Teil, als du gesagt hast, dass du mich liebst."

Sein Gesicht leuchtete. „Und dann hast du gesagt, dass du mich auch liebst. Und was danach kam, hast du ganz sicher nicht geträumt." Falls es ein Traum gewesen war, dann einer, den ich niemals vergessen würde.

Ich hatte ihn gebeten, Liebe mit mir zu machen, und das hatte er getan. Jede seiner Berührungen, jeder Kuss, jede seiner Bewegungen in mir ... und als ich gekommen war, hatte er mir erneut gesagt, dass er mich liebte.

„Ich wollte dich gestern Abend etwas fragen, aber ich glaube, ich wurde von den Ereignissen eingeholt."

Ich fuhr mit den Fingern durch sein Haar oben auf dem Kopf, wo es länger war. „Dann frag mich jetzt."

„Hast du in der letzten Woche Zeit gefunden für einen kleinen Stecher?"

Ich hüstelte. „Willst du das vielleicht nochmal anders formulieren?" Nicht, dass mir nicht klar war, was er damit meinte.

Er lachte. „Hast du dich testen lassen? Ich weiß, es war nur ein Vorschlag, aber ..."

Ich nickte. Und mein Herz schlug ein wenig schneller. „Ich bin blitzsauber." Ich sagte ihm nicht, wie viel Überwindung es mich gekostet hatte, in die Klinik zu marschieren. Und der Gedanke, das von nun an alle drei Monate tun zu müssen?

Gut, dass ich ihn liebe, oder?

Daniels Lächeln machte etwas in meinem Bauch, und mir wurde ganz warm. „Ich bin sehr froh, das zu hören." Er setzte sich auf und schwang anmutig ein Bein über mich, sodass er rittlings auf mir saß. Dann beugte er sich vor und griff nach dem Gleitmittel, das immer noch da lag, wo wir es gestern Nacht gelassen hatten. Er drückte ein wenig Gel auf seine Finger, griff hinter sich, packte meinen harten

Schwanz und machte ihn von der Wurzel bis zur Spitze schön schlüpfrig.

Mir stockte der Atem, als ich mir vorstellte, wie sich sein Körper beim ersten Mal ohne Kondom um meinen Schwanz anfühlen würde. Daniel nickte und sah mir fest in die Augen, als er ein Stück rückwärts rutschte. „Ich werde leise sein."

Ich grinste. „Nein, wirst du nicht. Das gehört einfach nicht zu deinem Vokabular beim Sex." Ich streichelte seinen Bauch. „Von mir aus können die anderen ruhig neidisch werden, mir egal." Dann glitt meine Eichel in ihn hinein, und ich keuchte. Daniel sank langsam auf mich hinab, bis ich schließlich ganz in ihm war.

Seine *Wärme* ...

Er seufzte glücklich. „Ich liebe einen guten Ritt am Morgen."

Meine Hände waren an seinen Hüften; ich hob ihn hoch und zog ihn wieder zurück auf meinen Schaft. „Ich sehe, was du meinst. Vielleicht versuche ich das selbst auch einmal."

Die Tür war geschlossen, das Haus war still, und ich machte Liebe mit Daniel, ohne irgendwelche Barrieren zwischen uns.

Ja. Das war der Himmel.

#lovewins
love is love

„Sehe ich okay aus?", fragte Daniel, als wir uns der Haustür näherten.

Ich lächelte. „Du siehst toll aus." Er hatte sich dafür entschieden, jegliches Make-up wegzulassen, was mich nicht überrascht hatte. Daniel wollte, dass alles so glatt wie möglich lief, und mit seinem üblichen Lipgloss, Eyeliner und Lidschatten in mein Elternhaus zu spazieren, wäre sicher kontraproduktiv gewesen.

„Sie sollen sich erst einmal an den Gedanken gewöhnen, dass ich existiere", hatte er gesagt, als wir uns fertig gemacht hatten. „Ich will nicht, dass deine Mutter einen Herzinfarkt kriegt, wenn sie mich das erste Mal sieht."

Ich hatte darüber gelacht. „Ich glaube, sie hat schonmal Männer mit Make-up gesehen."

„Sicher, aber keiner davon war der feste Freund ihres Sohnes."

Da hatte er natürlich recht.

Ich holte tief Luft und drückte die Türklingel. Eine Minute später öffnete Mum die Tür und lächelte, als sie mich sah. Sie nickte Daniel höflich zu, dann trat sie zur Seite, um uns hineinzulassen.

„Ich will ehrlich sein – es hat mich ein wenig überrascht, als du sagtest, du würdest zum Mittagessen kommen", sagte sie. „Ich meine, du warst ja erst vor zwei Wochen hier." Daniel erntete einen neugierigen Seitenblick.

„Das ist Daniel, Mum."

Daniel streckte seine Hand aus. „Freut mich, Sie kennenzulernen, Mrs. Tennant."

Sie schüttelte seine Hand und winkte ab. „Bitte nenn mich Molly. Mrs. Tennant war meine Schwiegermutter." Sie sah ihn erneut voller Neugier an, und ich konnte fast hören, wie sich in ihrem Kopf die Zahnräder drehten.

Nun, die Erklärungen würden noch etwas warten müssen.

„Wo ist Dad?" Als hätte ich überhaupt fragen müssen – das Geräusch jubelnder Fußballfans ertönte aus dem Fernseher im Wohnzimmer.

„Geht nur hinein. Ich bringe etwas Tee." Sie lächelte verhalten. „Ich habe erst in etwa einer Stunde mit dir gerechnet. Normalerweise kommst du nicht so früh."

„Das ist meine Schuld, Mrs– Molly", sagte Daniel verlegen. „Ich hasse es, zu spät zu kommen."

Das brachte ihm einen anerkennenden Blick ein. „Nun, falls das der Einfluss ist, den du auf Lee hast, bist du bei jedem Sonntagsessen herzlich willkommen." Sie führte uns zum Wohnzimmer, wo Dad in seinem Lehnsessel saß, an den Füßen seine Lieblingspantoffeln aus karierter Baumwolle, die mich immer an Wallace aus den *Wallace &* *Gromit*-Filmen erinnerten.

Er blickte auf, als wir hereinkamen, und setzte sich hastig gerade hin, nachdem er den Fernseher ausgeschaltet hatte. „Oh, ich habe noch nicht mit dir gerechnet." Er stand aus dem Sessel auf und streckte Daniel seine Hand entgegen. „Und du bist?"

„Daniel Bond, Mr. Tennant."

Dads Augen funkelten, als sie einander die Hände schüttelten. „Verwandt mit James?"

Daniel lachte, als hätte er den Witz noch nie zuvor gehört. „Ich fürchte, nein."

Dad deutete auf die Couch. „Nun, dann setzt euch mal." Er warf mir einen Blick zu. „Wo ist deine Mutter?"

„Macht Tee", antwortete ich.

Er lachte leise. „Natürlich." Dann nahm er wieder in seinem Lehnsessel Platz. „Also, Daniel ... du bist also ein Freund von Lee?"

„Das stimmt", antwortete Daniel mit einem höflichen Lächeln.

(Nun ja, er *ist* mein Freund.. Mein *fester* Freund.)

Dad verschränkte seine Finger und stützte die Ellenbogen auf den Armlehnen ab. „Tja, du bist der erste Freund, den er je zum Mittagessen mitgebracht hat. Ich gehe davon aus, dass wir den Grund dafür gleich erfahren werden?" Er sah mich an, Bestätigung suchend.

Ja, mein Vater war kein Dummkopf.

Mum kam mit einem Tablett ins Wohnzimmer, darauf die dicke, braune Teekanne, die sie schon benutzt hatte, als ich noch klein war, sowie vier Porzellantassen, ein Zuckertopf und ein Milchkännchen. Sie stellte das Tablett auf den Tisch neben Dads Sessel und begann einzuschenken.

„Also, Daniel", sagte Mum mit fröhlicher Stimme. „Woher kennst du unseren Lee?"

Daniel warf mir einen Was-sage-ich-jetzt-Blick zu, und ich wusste, es war an der Zeit, in den sauren Apfel zu beißen. „Um genau zu sein, Mum, Dad ... ist Daniel mein fester Freund."

Ein Löffel landete klappernd im Zuckertopf, und Mum gab einen erstickten Laut von sich, als hätte sie gerade einen Frosch verschluckt. Dad starrte uns an, blinzelte, blinzelte noch einmal. Dann stand er auf, ging ans Fenster und blieb dort mit dem Rücken zu uns stehen.

„Okay, das lief ja super", sagte ich mit heiterer Stimme.

Dad wirbelte herum und kam zu uns zurück. Er öffnete den Mund und schloss ihn wieder. Mehrere Male. Dann sank er schließlich wieder schwer zurück in seinen Sessel. „Tja, zumindest erklärt das, wieso Ben neulich Sonntags so aufgebracht reagiert hat."

„Oh, das war nicht wegen mir", korrigierte ich ihn. „Er hatte da noch gar keine Ahnung. Es ging um seinen jüngeren Bruder Gary, der schwul ist."

„Bens Bruder ist schwul?" Es klang immer noch so, als hätte Mum einen Frosch im Hals.

Ich nickte fröhlich.

„Verdammt." Dad starrte uns an. „Auf einmal kommen sie all aus den Löchern."

„Ah." Ich nahm einen Atemzug. „An dieser Stelle sollte ich euch wahrscheinlich sagen, dass ich nicht schwul bin."

Dad blinzelte. „Ich wäre fast darauf hereingefallen", bemerkte er trocken, dann nickte er zu Daniel hinüber. „Und was ist *er* dann? Eine Fata Morgana?"

„Er ist trotzdem mein fester Freund, aber ich bin bisexuell." Ich seufzte. „Ich weiß, das ist jetzt vielleicht ein bisschen viel auf einmal. Aber ich wollte, dass ihr es wisst." Ich sah meinen Vater besorgt an. „Ist alles gut zwischen uns?"

Dad runzelte die Stirn. „Natürlich ist alles gut. Ich bin nur verwirrt, verdammte Schei–

„Geoff!", sagte Mum warnend.

Dad räusperte sich. „Und ... was war dann Cheryl?"

„Sie war zu der Zeit meine Freundin."

Dad schnaubte. „Erst hast du eine Freundin. Dann hast du einen Freund. War's das jetzt? Hast du dich entschieden?"

Ich musste mir ein Grinsen verkneifen. „So funktioniert das nicht, Dad."

„Heißt das, demnächst überlegst du es dir wieder anders?"

„So funktioniert es ebenso wenig." Ich warf einen Blick zu Daniel, der sich zurückhielt, bis er etwas zu sagen hatte. Dann seufzte ich geduldig. „Ich fühle mich zu Männern und Frauen hingezogen. Aber das bedeutet nicht, dass ich mit jedem Mann und jeder Frau etwas anfange, die mir

über den Weg laufen, okay? Es gibt nur Daniel. Ich meine, du stehst auf Frauen, aber du machst auch nicht jede Frau an, die du triffst, richtig?" Ich sah Dad mitfühlend an. „Ich weiß, es ist ein bisschen schockierend im Augenblick, aber–"

„Ein bisschen?" Dads Augen waren so groß und rund wie Untertassen.

„Okay, ein ziemlicher Schock dann."

Daniel legte seine Hand auf meinen Arm, dann wandte er sich an meine Mutter. „Sie können gern Fragen stellen."

Mum nagte an ihrer Unterlippe. „Ich ... ich weiß nicht, was ich sagen soll. Ich will dich nicht beleidigen oder deine Gefühle verletzen."

Daniel schenkte ihr ein warmes Lächeln. „Wenn Sie aus dem aufrichtigen Wunsch fragen, die Dinge besser verstehen zu können, dann gibt es keine Fragen, mit denen Sie etwas falsch machen können.

Ich sah Daniel voller Stolz an. (Deshalb liebe ich ihn – er hat ein gutes Herz und weiß immer, was er sagen muss.)

Mum schüttelte den Kopf. „Als dein Onkel Charlie mir gestanden hat, dass er auf Männer steht, wusste ich auch nicht, was ich sagen sollte."

Dieses Mal blinzelte ich verdattert. „Onkel Charlie ist schwul?"

Dad schnaubte. „Soll das heißen, du wusstest das nicht?"

„Äh ... nein!" (Ich habe einen schwulen Onkel? Wieso hat mir das niemand gesagt?)

Okay, an dieser Stelle sollte ich vielleicht erwähnen, dass ich meinen Onkel Charlie nicht mehr gesehen hatte, seit ich sieben war und er nach Australien ausgewandert war.

Mums Augen leuchteten auf. „Oh. Denkst du, es wäre hilfreich, wenn du mit ihm reden könntest? Vielleicht kann er dir ein paar Tipps geben."

Ich tat mein Bestes, um nicht laut loszulachen.

„Ich denke, ich komme zurecht, Mum", sagte ich gelassener, als ich mich fühlte. „Außerdem bin ich nicht schwul, sondern bi, okay?"

Sie nickte. „Tut mir leid, ich vergesse das immer wieder." Dann hielt sie Daniel eine Tasse hin. „Tee?"

Er nahm sie, und ich konnte sehen, dass auch seine Mundwinkel verräterisch zuckten.

Okay, das war nicht ganz so gelaufen, wie ich erwartet hatte, aber wisst ihr was? Es war ein Anfang. Babyschritte, hatte Daniel an diesem Morgen gesagt, und er hatte natürlich recht. Wer konnte wissen, wo wir in einem Jahr stehen würden?

Ich wusste, was ich mir wünschte.

Ich wollte in einem Jahr immer noch in Daniel verliebt sein.

#love wins
love is love

Mum winkte noch einmal, als wir durch das Gartentor auf den Gehsteig traten, dann schloss sie die Tür. Ich atmete lang und geräuschvoll aus. „Wow."

„Ist das ein gutes oder ein schlechtes Wow?"

„Ich kann nicht ganz fassen, was gerade passiert ist. So ein Wow." Vielleicht hatte Rachel die ganze Zeit recht gehabt. Dad war nicht schwulenfeindlich – er stand gewissen Dingen einfach nur ein wenig ignorant gegenüber. Sein Gesicht, als er hörte, dass Daniel auf der Pride tanzen würde! „Ich glaube nicht, dass mein Vater am Wochenende da sein wird, um dich anzufeuern", sagte ich
trocken.

„Solange du da bist, ist mir das gleich. Aber heute war ein guter Anfang, findest du nicht?"

Ich stimmte ihm zu. „Und du warst sehr tapfer während der Fußballlektionen."

Er lachte. „Es war sicher hilfreich, dass ich ihm von meinem Cousin erzählt habe, der für Arsenal spielt."

Ich blieb wie angewurzelt stehen. „Echt jetzt?"

Daniel lachte. „Hatte ich das noch nicht erwähnt?"

„Nein, hattest du nicht."

Er nahm meine Hand. „Macht nichts. Wir haben alle Zeit der Welt, alles voneinander zu erfahren."

Er machte mir nichts aus, dass wir in meinem alten Viertel mitten auf der Straße standen. Es war mir schnurz, dass jetzt wahrscheinlich in mehreren Häusern die Gardinen zuckten und Nachbarn missbilligend mit der Zunge schnalzten. Ich blendete das alles aus und küsste meinen festen Freund auf den Mund.

Daniel hingegen bedeutete das etwas. „Ich liebe dich." Seine Augen glänzten feucht.

„Ich liebe dich auch." Wir lösten unsere Hände voneinander und gingen weiter. „Ich habe es meiner Mutter gesagt, weißt du?"

„Was – dass du mich liebst?"

Ich nickte.

„Wie hat sie reagiert?"

„Sie wurde ganz still. Dann sagte ich, ich hätte ihr noch nie erzählt, ich würde jemanden lieben, nicht einmal Cheryl."

„Ich glühe immer noch innerlich, weil du es ihr gesagt hast." Daniel seufzte. „Ich will nicht, dass dieser Tag endet."

Damit hatte er mir die Worte aus dem Mund genommen. „Dann endet er nicht – jedenfalls noch nicht jetzt." Ich

wollte nicht nach Hause fahren. Das hätte das Ende meines wundervollen Wochenendes eingeläutet, sowie den Beginn der neuen Woche ohne ihn, weil er immer noch Proben hatte. Außerdem war am kommenden Samstag die Parade, und vor Sonntag würde ich Daniel nicht mehr für mich allein haben.

Jede Minute mit ihm war kostbar, und ich wollte so viele davon wie möglich.

„Kann ich mit zu dir kommen?"

Daniels Augen leuchteten auf. „Natürlich! Und du kannst bis zum letzten Zug bleiben. Ich weiß, du musst irgendwann nach Hause, aber ..."

Das gab mir weitere sieben Stunden mit ihm, und ich wusste ganz genau, wie wir die verbringen würden.

Kapitel 22

#love wins
love is love

Als wir Daniels Wohnung betraten, war ich immer noch ganz aufgedreht von dem Besuch bei meinen Eltern. Ja, es war erst der Beginn, aber ich wusste, sie würden Daniel lieben, wenn sie ihn erst einmal richtig kennenlernten.

Natürlich würden sie ihn nie so sehr lieben, wie ich ihn liebte.

„Möchtest du ein Glas Wein?", rief Daniel auf dem Weg in die Küche.

„Ja, bitte." Ich ging zu dem Schreibtisch am Fenster und betrachtete das kleine, hölzerne Buchregal, das darauf stand.

Es heißt, man kann viel über einen Menschen lernen, wenn man sich die Bücher anschaut, die er liest. Nun ja, was ich sah, war recht erleuchtend. In meinem Daniel steckte mehr, als der äußere Anschein verriet.

Mein Daniel. Das nur zu denken, machte mich glücklich.

„Was siehst du dir an?"

„Deine Bücher." Ich lächelte. „Das ist ziemlich interessanter Lesestoff hier." Ich überflog die Titel auf den Buchrücken. *Homosexuelle Geschichte: Ein halbes Jahrhundert im Kampf für die Gleichberechtigung von Schwulen und Lesben. When We Rise. 100 Jahre LGBTQ-Aktivismus.* „Du bist mehr als nur ein hübsches Gesicht, wie es scheint."

Er errötete. „Ich bin nicht der Typ, der einfach dasitzt und zusieht, wenn auf den Rechten herumgetrampelt wird, für die Leute so verdammt hart gekämpft haben."

Ich küsste ihn auf die Wange. „Habe ich dir in letzter Zeit gesagt, dass ich dich liebe?"

„Ja, aber du darfst es mir gern noch einmal sagen."

Ich hielt seine Wange und beugte mich vor, bis unsere Lippen sich fast berührten. „Ich liebe dich", flüsterte ich, dann gab ich ihm einen langen, sinnlichen Kuss, der ihm hoffentlich zeigte, in welche Richtung der Abend gehen sollte. Als der Kuss endete, drehte ich mich wieder um und studierte weiter sein Bücherregal. Es gab mir faszinierende Einblicke, besonders das kleine, dünne Büchlein, das ich am Ende entdeckte. Ich zog es heraus und starrte das Cover an. „Oh, wirklich?"

„Oh-oh. Was jetzt?"

Ich drehte mich zu ihm um und hielt das Buch hoch. „*69 lustvolle Sex-Stellungen für Schwule*?"

Daniel gab mir ein Glas Wein. „Witzig, dass du das ausgesucht hast. Ich wollte es dir sowieso mal zeigen."

Ich stellte mein Glas auf den Schreibtisch und öffnete das Buch. Okay, vielleicht sind mir die Augen aus dem Kopf gefallen ... „Und ich sehe, warum. Hier sind nackte Männer drin. Und sie ..." Ich schmunzelte. „Ist das so etwas wie eine visuelle Hilfestellung?"

Daniel sah mich nachdenklich an. „Weißt du noch, als wir das erste Mal Liebe gemacht haben?"

Ich schloss das Buch und hob den Kopf. „Als wenn ich das vergessen könnte."

„Nun, du sagtest etwas, das mir im Kopf geblieben ist. Du warst enttäuscht darüber, dass wir nur eine Position probiert haben. Und dann so etwas wie, dass du sicher bist, es gäbe mehr Stellungen als nur doggy-style." Er zeigte auf das Büchlein. „Deshalb wollte ich dir das zeigen. Damit du siehst, *wie* viele Positionen es gibt."

Ich schlug das Buch noch einmal auf. „Ich verstehe." Ich starrte die beiden Models an, die die Stellungen demonstrierten. „Wow. Der hier ist ziemlich ... großzügig ausgestattet."

Daniel biss sich auf die Lippe. „Erstens ist er ein Pornostar namens Kriss Evans, und zweitens ... ich wusste bis jetzt gar nicht, dass mein fester Freund eine Sizequeen ist." Seine Augen funkelten vor Belustigung.

Ich machte einen Schritt auf ihn zu und griff ihm zwischen die Beine. „Und wenn schon? Die Schuld dafür liegt genau hier", sagte ich und drückte seinen Schwanz behutsam. Dann widmete ich mich wieder dem Buch. „Oh mein Gott. Sie ficken auf dem Küchentisch." Ich starrte mit offenem Mund auf das nächste Bild. „Und auf dem Stuhl? Soll das ein Witz sein?" Die Körperhaltung des blonden Models war praktisch ein Unfall, der nur noch nicht passiert war.

Ich stellte mir vor, wie sie *das* den Sanitätern erklären würden ...

Daniel kicherte. „Den Stuhl benutzen sie nur bei sehr wenigen Stellungen. Aber wenn du etwas Abenteuerliches sehen willst, schau dir Nummer 27 an."

Ich verengte die Augen. „Wie oft hast du dieses Buch denn gelesen?"

„Oh, einige Male", sagte er leichthin.

Ich blätterte einige Seiten um, bis ich die Stelle gefunden hatte. „Ach, du heilige Scheiße! Sind die beiden Zirkusakrobaten, oder was?" Kriss stand hinter dem zweiten Mann, dessen ganzes Gewicht auf seinen Unterarmen ruhte. Der Rest seines Körpers war in der Luft, die Beine gespreizt, und Kriss stand zwischen seinen Schenkeln. Ich las den Text. „Die Schubkarre?"

Daniel lachte laut auf. „Bevor du fragst – ich habe das nie ausprobiert." Er nahm mir das Buch behutsam aus der Hand. „Das ist die Theorie. Es in die Praxis umzusetzen, ist etwas ganz anderes." Er wollte das Buch gerade zurück ins Regal stellen, aber ich schnappte es mir erneut.

„Oh nein." Als er mich anstarrte, hielt ich es an meine Brust. „Du kannst mir nicht so etwas sagen und es dann dabei belassen. Jetzt müssen wir davon etwas ausprobieren."

Daniel blinzelte. „Du meinst das ernst."

„Du redest hier mit jemandem, den man als Meister der Missionarsstellung bezeichnen könnte. Und ich habe das Gefühl, so einiges verpasst zu haben." Ich tippte mit dem Zeigefinger auf das Buch. „Ein paar dieser Stellungen machen bestimmt Spaß, denkst du nicht? Auch wenn ich denke, dass ich nicht einmal die Hälfte davon hinbekommen würde." Ich sah ihn streng an. „Wir haben ja schon über dich und deine … Gelenkigkeit gesprochen."

„Oh, ich weiß nicht", sagte Daniel grinsend. „Als ich dich gerimmt habe, hast du es geschafft, deine Knie bis an die Ohren hochzuziehen." Er hielt die Hand auf, und ich überließ ihm das Buch mit übertriebenem Widerstreben. Daniel blätterte darin. „Vielleicht können wir schauen, wie viele davon wir schaffen, bevor wir kommen."

Ich blinzelte ihn an. „Hast du vor, einen Eintrag ins *Guinness Buch der Rekorde* zu bekommen? Denn ich muss dir sagen, einen unabhängigen Beobachter dabei zu haben, geht mir dann doch ein bisschen zu weit."

Daniel lachte. „Ich glaube, es sind doch ein wenig zu viele Stellungen hier drin, um sie alle auszuprobieren. Lass es uns mit einer kleineren Auswahl versuchen." Er stellte das Buch zurück, holte sein Handy hervor und scrollte durch seine Bildergalerie. „Hier. Das ist ein etwas realistischeres Ziel." Er hielt mir sein Handy hin.

Ich betrachtete das Bild. Es war eine Auswahl von zehn Stellungen, mit gezeichneten Models. Ich starrte Nummer acht an. „Nicht dein Ernst! Auf keinen Fall ficken wir im Stehen." Ein Mann hatte die Arme um den Hals seines Partners geschlungen, und seine Beine lagen über den Armen des anderen – ohne jeglichen weiteren Halt. „Äh, nein. Dabei kann sich einer von uns leicht den Hals brechen, oder wir beide." Dann musterte ich Nummer zehn. „Autoscooter? Wer denkt sich diese Namen aus?"

Daniels Augen funkelten. „Aber das sieht wirklich interessant aus. Und da du etwas ausprobieren willst, bin ich der Bottom – im Interesse der Forschung und so weiter", fügte er mit ernstem Ton hinzu.

„Klar. Selbstverständlich", antwortete ich ebenso ernsthaft.

„Schließlich müssen wir dir beweisen, dass es im Leben mehr gibt als Missionare."

Ich hatte den Verdacht, wir würden viel Spaß haben.

#love wins
love is love

Daniel lag mit dem Gesicht nach unten auf dem Couchtisch, unter sich mehrere Kissen und ein Handtuch. Mein Gewicht lag auf meinen Händen, während ich seinen engen Arsch fickte, und wir hatten beide die Füße auf dem Boden.

Daniel stöhnte, während ich langsam immer wieder in ihn eindrang. „Hey ... mach es dir in dieser Stellung nicht zu gemütlich. Wir haben noch mehr Spaß vor uns."

Ich grinste. „Sagt wer? Vielleicht habe ich ja genug Spaß." Ich zog meinen Schwanz beinahe ganz heraus, dann füllte ich Daniel erneut. „Siehst du?", sagte ich, als er erneut

stöhnte. „Das hier macht Spaß."

„Das war bei ‚Piratenbeute' auch so", keuchte er.

Ich hielt inne und ließ mich mit meinem Gewicht auf ihn sinken, mein Ständer tief in seinem Arsch. „Oh ja. Die Stellung gefiel dir besonders, oder? ‚Hoch mit dem Bein, höher, höher!'"

Er lachte. „Ich wette, du hast nicht gewusst, dass du dein Bein so bewegen kannst. Aber Cowboy und umgedrehter Cowboy haben dir auch gefallen, stimmt's?" Er lachte erneut. „Jedenfalls, wenn man nach deinen Yippiayeah-Rufen urteilen kann."

Ich küsste seine Schultern und ließ meine Hüften ein wenig kreisen. „Und du musstest ja unbedingt der sich aufbäumende Hengst sein! Zwischendurch dachte ich einmal, du würdest mich abwerfen."

Daniel drehte leicht den Kopf und grinste. „Aber das hat Spaß gemacht. Wenn auch nicht so viel Spaß wie ‚die Arche'."

Ich beugte mich hinab und küsste seine Ohrmuschel. „Die wir nie, nie wieder ausprobieren werden." Ich hatte mir fast den Rücken ausgerenkt, während Daniel – Mr. Geschmeidigkeit 2018 – ausgesehen hatte, als würde er eine Brücke machen, diese gymnastische Übung, die wir als Kinder alle versucht hatten hinzubekommen. „Du hast einfach nur angegeben."

„Nur noch eine weitere Stellung?"

Als ob ich zu dem Gesicht nein sagen könnte. „Okay. Eine noch."

„Stell deine Hände rechts und links vom Tisch auf den Boden, dann dreh dich herum, bis du in die andere Richtung schaust. Aber lass dabei deinen Schwanz in mir."

„Hast du sie noch alle?", keuchte ich.

„Du schaffst das."

Ich stellte eine Hand auf den Boden und packte mit der anderen die Tischkante, dann drehte ich mich langsam und vorsichtig in einem Halbkreis und tat mein Bestes, nicht aus Daniel herauszuschlüpfen.

Allerdings drehte Daniel sich mit mir.

„Ich dachte, du würdest die Stellung halten?" platze ich heraus.

„Das versuche ich ja. Aber du ziehst mich mit."

„Dann halt dich am Tisch fest oder so."

Er bekam einen Kicheranfall, der sich als hochansteckend erwies. Wir gackerten wie die Hyänen. „Okay", sagte ich, als ich mich wieder eingekriegt hatte. „Versuchen wir es noch einmal." Dieses Mal gelang es, und ich stellte meine Hände zwischen seinen Beinen auf dem Boden ab. „Und jetzt?"

„Jetzt tust du dasselbe wie gerade. Fick mich." Daniel hob die Hüften, und ich stieß meinen Ständer in ihn hinein, wobei ich auf den Händen vor und zurück schaukelte. „Das ist es, Baby! Wir haben den Autoscooter geschafft!"

Ich war zu sehr damit beschäftigt, die herrliche Reibung von meinem Schwanz in seinem Arsch zu genießen.

„Bist du fast so weit?", fragte Daniel.

„Ja." Sein Körper so eng um meinen Schaft fühlte sich unglaublich an. „Wir sind jetzt durch, oder? Kann ich jetzt kommen?"

Daniel lachte. „Du hast Doggy, Cowboy, umgedrehter Cowboy, Piratenbeute, Löffelchen, die Arche und jetzt sogar den Autoscooter geschafft. Ich finde, sieben Stellungen reichen als Variationen für eine Nacht. Und mein Arsch wird die Nachwirkungen ganz sicher noch morgen spüren. Also ja, du kannst jetzt kommen."

Gott sei Dank. Wir waren beide schweißbedeckt, und wir hatten viel gelacht. Alles, was ich jetzt noch wollte, war ein Orgasmus. „Sieben? Müssen wir zum Abschluss wirklich noch eine weitere probiere? Ich glaube nämlich nicht, dass ich noch genug Energie habe, um dich im Stehen zu ficken. Außerdem fürchte ich, ich würde dich fallen lassen."

„Okay, ich lasse dich offiziell vom Haken. Ich bin jetzt dran", verkündete Daniel. „Leg das Handtuch aufs Sofa, und dann leg dich mit dem Rücken darauf."

Jetzt war ich neugierig. Ich löste mich von ihm und arrangiert das Sofa so, wie er gesagt hatte. Daniel nahm eins der Kissen und stopfte es unter meinen Hintern. Dann kniete er sich neben dem Sofa auf den Boden und drang mit einem von Gleitmittel feuchten Finger in mich ein. Ich stöhnte.

„Ich muss dich für mich bereit machen", sagte er mit ein wenig heiserer Stimme. Als er schließlich einen zweiten Finger hinzufügte, war ich mehr als bereit. Daniel verteilte Gleitgel auf seinem nackten Schwanz, kletterte aufs Sofa und hob meine Beine hoch.

Ich blinzelte, dann packte ich meine Beine. „Die Missionarsstellung?", fragte ich. Das hatte ich zugegebenermaßen nicht als großes Finale erwartet.

Daniel kniete sich hin und positionierte seinen Ständer an meinem Eingang. „Das Gute an dieser Stellung ist", sagte er, während er langsam in mich eindrang, „dass, wenn deine Beine so sind wie jetzt, dein Loch wunderbar eng ist."

Verdammt, damit hatte er sowas von recht.

„Und ich kann richtig tief in dich hinein", fügte er hinzu. Und dann war er bis zum Anschlag in mir.

Ich erschauerte. Daniel beugte sich nach vorn, legte sein Gewicht hinter seinen Ständer, und oh Gott, ich war so voll. Er stützte sich auf seine Hände und küsste mich. „Aber das Beste daran ist", sagte er schließlich und ließ die Hüften kreisen. Feuerwerk explodierte hinter meinen

Augen. „Das Beste ist, dass ich so deine Prostata treffe, wann immer ich will." Er sah mir in die Augen. „Und ich will."

Ich konnte kaum noch einmal Atem holen, bevor er loslegte. Mit kurzen, schnellen Stößen trieb er seinen Schwanz in mich hinein, und es fühlte sich anders an als jemals zuvor. Ich packte seinen Nacken und zog seinen Kopf für einen Kuss herunter, während er meinen Arsch hämmerte, und ich konnte mich nur noch festklammern. Die einzigen Worte, zu denen ich während seiner erotischen Attacke fähig war, waren „oh Gott" und „oh ja" und jede Menge weitere Ohs. Er traf meine Prostata mit beeindruckender Präzision. Ich packte seine Arschbacken, seine Schenkel. Ich schlug mit der flachen Hand auf seinen Hintern, wie um ihn anzuspornen.

Daniel hob meine Beine höher, bis meine Fußgelenke auf seinen Schultern lagen, dann stieß er hart zu, und ich schrie auf.

„Das gefällt dir", stellte er fest und ließ das Becken kreisen.

„Ich liebe es", schluchzte ich. Mein ganzer Körper bebte. Ich klammerte mich an ihn, und meine Finger gruben sich in seinen Rücken und in seine Hinterbacken.

„Du liebst meinen Schwanz in deinem Arsch?"

„Ja!" Verflucht, ich konnte mich nicht mehr zurückhalten. Es war, als hätte jemand einen Schalter umgelegt – mein ganzer Körper stand in Flammen, jede Zelle und jede Faser. Ohne dass er auch nur berührt wurde, pulsierte mein Schwanz und spritzte Sperma auf meine Brust, aber Daniel hörte nicht auf.

„Das war Nummer eins. Du hast noch mindestens eine weitere Ladung in dir."

„Daniel!"

Er hielt inne und ließ seinen Schwanz langsam in mir kreisen, und oh mein Gott, es fühlte sich unglaublich an. „Nur eine kleine Atempause", sagte er lächelnd. „Denn ich wärme mich gerade erst auf für die letzte Seite."

Lieber Himmel, ich würde es nicht überleben. „Ist schonmal jemand vom Ficken gestorben?" Ein anderes Wort für das, was wir machten, gab es nicht.

„Ich denke, du hast nichts zu befürchten", sagte er und bewegte sich sündhaft langsam und genüsslich. „Pause vorbei. Noch einen letzten Wunsch?"

„Fick mich", bat ich.

„Mit Vergnügen." Dann drang er in mich ein, tief und hart und schnell, und ich wusste, es würde nicht lang dauern. Ich schlang meine Beine um seine Taille und hielt mich an ihm fest, stöhnte und schrie, während Daniel mich meinem nächsten Höhepunkt näher und näher brachte. Meine Hände waren überall gleichzeitig, auf seinem Kopf, in seinem Nacken, an seinem Rücken, seinem Arsch, seinen Schenkeln ... ich konnte nicht stillhalten, und schließlich packte ich das Handtuch unter meinen Hüften und hielt es fest, als würde mich das davor bewahren, die Kontrolle zu verlieren.

Dann war Daniel bis zum Anschlag in mir, und es war um mich geschehen.

Ein zweites Mal landete nass und warm Sperma auf meinem Bauch; ein zweites Mal spritzte ich ab, wenn auch nicht annähernd so heftig wie zuvor. Daniel senkte den Kopf und verbarg sein Gesicht an meinem Hals. Ich stöhnte laut, als ich mehr pulsierende Wärme spürte, nur dieses Mal war diese Wärme in mir.

„Ich liebe dich", flüsterte Daniel, während er mit seinem ganzen Gewicht auf mir lag und die letzten Wellen seines Orgasmus ritt. Ich schlang meine Arme um seinen Hals und küsste ihn. Ich wollte ihn nicht auch nur eine Sekunde lang loslassen. Wir tauschten atemlose Küsse und

murmelten leise Zärtlichkeiten. Nichts, was wir sagten, ergab viel Sinn, aber das war mir gleich.

Als ich wieder normal atmen konnte, sah ich ihm in die Augen. „Ich werde mich nie wieder über die Missionarsstellung beschweren."

Eine Sekunde später brach Daniel in Gelächter aus, und ich musste mitlachen. Dabei schlüpfte sein erschlaffter Schwanz aus mir heraus. Ich grinste. „Okay. Und jetzt ruf Guinness an."

Daniel strich mir das feuchte Haar aus der Stirn. „Können wir uns erst waschen, bevor das Kamerateam hier auftaucht?"

Ich rümpfte die Nase. „Ja, eine Dusche wäre jetzt wirklich gut." Dann streckte ich stöhnend die Beine aus. „Ich muss fitter werden, wenn unser Sexleben solche Herausforderungen mit sich bringt."

Daniel kicherte. „Keine Bange, es wird leichter, je mehr wir üben."

Ich seufzte glücklich, dann küsste ich ihn auf den Mund. „Ich sehe jede Menge Übung in meiner nahen Zukunft."

Hey, falls Sex jemals zur olympischen Disziplin ausgerufen wird, will ich bereit sein, okay?

Denn Daniel und ich würden auf jeden Fall nach der Goldmedaille greifen.

#love wins
love is love

Pride, 7. Juli 2018
Ich wusste sofort, dass es Daniel war, als mein Handy klingelte.
„Hi. Bist du fertig?"
„Ja, wir sind gerade von der Bühne runter. Aber ich kann dich nirgends sehen. Wo bist du?"
„Am Boathouse Café, Regent's Park."
Einen Augenblick war er ganz still. „Was zum Henker machst du da?"
Ich lachte. „Auf dich warten."
„Gib mir eine halbe Stunde. Normalerweise würde ich zu Fuß gehen, aber ich bin erledigt."
„Ich habe etwas Kaltes zu trinken für dich hier. Und vielleicht Eiscreme."
„Du Engel! Ich liebe dich. Bis gleich." Er legte auf.
Ich saß auf meiner Bank und sah hinaus auf den See. Es waren viele Kinder hier und fütterten die Enten, die laut quakten und wild umherflatterten, um die Brotstückchen zu ergattern. Nach etwa fünfundzwanzig Minuten stand ich auf, ging zum Café und kaufte zwei eisgekühlte Dosen Cola. Dann kehrte ich zu meiner Bank zurück.
Etwa zwei Minuten später traf Daniel ein. Er hatte sich umgezogen und trug eine Jeans, aber sein Make-up stand noch in vollem Glanz, und auch die Federboa lag noch um seinen Hals. Er hatte eine Regenbogentasche über die Schulter geschlungen und sah müde, aber glücklich aus.

Ich stand auf, um ihn zur Begrüßung zu küssen, und bekam einen überschwänglichen Kuss zurück. Dann ließ er sich auf die Bank fallen, schnappte sich die Coladose, die ich dort abgestellt hatte, und hielt sie sich in den Nacken.

„Gott, das tut gut." Er sah mich an. „Hast du die Parade gesehen?"

„Ich habe *dich* gesehen, ganz kurz. Du warst toll. Aber ich hatte auch nichts anderes erwartet." Ich warf einen Blick auf seine Füße und schmunzelte. „Wie ich sehe, hast du deine hohen Hacken ausgezogen."

„Entschuldige mal – die ganzen Stufen am Bahnhof in High Heels? Ich würde mir den Hals brechen." Er runzelte die Stirn. „Du hast mich nur kurz gesehen, sagst du. Dann bist du also nicht geblieben. Wieso nicht?"

Wie zum Teufel sollte ich das erklären, ohne mich wie ein totales Weichei anzuhören?

Aber dann dämmerte es mir. Ich wollte nicht, dass irgendwelche Geheimnisse zwischen uns standen.

„Ich glaube, es war so etwas wie Reizüberflutung. Zu viele Menschen, zu viel Lärm, zu heiß ..."

Er nickte. „So heiß wie heute war es noch auf keiner Pride."

„Und am Anfang war alles so chaotisch."

Daniel riss die Augen auf. „Hast du die Demonstranten gesehen?"

„Die Anti-Trans-Brigade, die die Straße blockiert hat? Oh ja, die habe ich gesehen. Ich war erstaunt, dass die überhaupt marschieren durften, um ehrlich zu sein."

„*Ich* war erstaunt, dass niemand verletzt wurde. Man hätte ihnen nicht erlauben dürfen, vorn in der Parade mitzulaufen." Er sah mich mitfühlend an. „Dann ... war es keine so gute erste Pride für dich, hm?"

„Ich hatte keine Ahnung, dass es so viele Menschen sein würden", gestand ich. „Wenn ich mit jemandem zusammen gewesen wäre, wäre es sicher leichter gewesen. Aber so wurde ich einfach von der Menge verschluckt."

„Hast du Mick und Pete nicht getroffen? Ich dachte, sie wollten ebenfalls kommen."

Ich lachte. „Ich glaube, die beiden haben noch weniger von der Parade gesehen als ich, bevor Pete Mick zu seinem Hotel gezerrt hat. Mick hat mir vor einer Stunde eine Nachricht geschickt. Er wird heute nicht im Haus übernachten."

Daniels Augen leuchteten. „Klingt, als hätten sie eine gute Pride." Er öffnete seine Dose. „Ich trinke das jetzt mal lieber, bevor meine Körperwärme Tee daraus macht." Er nahm einen langen Schluck, und ich versuchte, nicht seinen Adamsapfel anzustarren, der in seinem langen, schlanken Hals auf und ab hüpfte.

„Besser?"

„Viel besser." Daniel lehnte sich zurück. „Keine Sorge. Nächstes Jahr gibt es wieder eine Parade."

„Nächstes Jahr werde ich besser vorbereitet sein", versicherte ich ihm. Ich war entschlossen, da zu sein und ihn während der ganzen Parade anzufeuern.

„Solltest du jetzt nicht lieber eine Nachricht an Niall oder Justin schreiben?"

Ich sah ihn verblüfft an. „Sollte ich?"

Daniel grinste. „Ja, absolut. Du musst ihnen sagen, dass du heute Abend ebenfalls nicht nach Hause kommst."

„Oh?" Nun grinste ich auch. „Und wo werde ich sein?"

Er beugte sich zu mir, bis unsere Lippen nur Zentimeter voneinander entfernt waren. „Bei mir zu Hause, in meinem Bett. Nackt. Jedes verdammte Fenster weit offen. Pizza. DVDs."

„Und was sehen wir uns an?"

Seine Augen funkelten. „Ich habe eine komplette Staffel von *Dante's Cove*. Stell dir schwule Männer und dunkle Mächte vor. Eine Mischung aus *Buffy* und *Queer as Folk*."

„Ist sie gut?"

Daniel hustete. „Nein. Aber wir werden sowieso nicht so genau hinsehen."

Ich runzelte die Stirn. „Oh? Wieso gucken wir dann– oh!" Das klang vielversprechend.

Daniel grinste. „Jetzt hat er's geschnallt. Wahrscheinlich werden wir im Laufe des Abends auch mehrmals duschen."

Ich nickte. „Klar. Wegen der Hitze."

Daniels Lippen zuckten. „Oh. Ja. Deswegen auch."

Ich warf ihm einen misstrauischen Blick zu. „Ich dachte, du wärst erledigt?"

„Was soll ich sagen? Du wirkst Wunder. Ein Blick auf dich, und ich fühle mich schon wieder fit." Daniel stand auf und hielt mir seine Hand hin. „Komm, gehen wir. Ich muss aus meinen Sachen und mich nass machen." Er grinste. „Du darfst mir den Rücken waschen. Und auch alles andere."

Nun, wie hätte ich dazu nein sagen können?

Epilog

#love wins
love is love

Pride, 6. Juli 2019

Ich eilte durch die Menschenmenge, so schnell ich konnte. Mir lief die Zeit davon. Eigentlich hatte ich nicht vorgehabt, so lange in dem Beratungszelt am Soho Square zu bleiben, aber dann war so ein Junge aufgetaucht, der aussah, als bräuchte er dringend jemanden zum Reden. Und ich hatte sofort gewusst, dass ich versuchen musste, ihm zu helfen.

Wie sich herausstellte, war ich derjenige, dem er sich öffnete. Und so hatten wir in einer Ecke des Zelts gesessen, und Wasser getrunken, während er das Meiste des Redens übernommen hatte, und ich nur das Zuhören. Er war siebzehn, schüchtern und total verwirrt, weil er Jungen *und* Mädchen mochte. Wir unterhielten uns eine halbe Ewigkeit lang, und als er schließlich ging, lächelte er und umklammerte einen Haufen Flyer und Karten von Stellen, an die er sich wenden konnte, falls er Hilfe brauchen sollte.

Und ich fühlte mich ein wenig stolz und aufgeputscht – ich hatte jemandem geholfen.

Erst dann wurde mir klar, dass ich die Parade versäumte. Wichtiger noch, ich würde den Tanzauftritt meines festen Freundes verpassen. Ich verabschiedete mich hastig von den anderen im Zelt, dann rannte ich durch die Straßen

von Soho in Richtung Piccadilly Circus. Was gar nicht so leicht war – inzwischen waren immer mehr Menschen da, die die Parade sehen wollten, und durch die dichte Menge zu navigieren, wurde immer schwieriger, je näher ich der Parade kam. Als ich mich dem Eros näherte, wo ich Rachel und Ben treffen würde, wurde das Gedränge sogar noch schlimmer, und auf den letzten hundert Metern konnte ich mich nur noch schrittweise durch ein Meer aus Menschen in Regenbogenfarben schieben.

Die Stimmung war großartig. Die Parade wälzte sich durch die Straße, flankiert von Polizisten, von denen die meisten die obligatorischen Regenbogenstreifen auf den Wangen trugen. Und viele von ihnen bekamen Küsse von den Zuschauern, von den Künstlern ganz zu schweigen. Die Polizisten nahmen alles gutmütig hin, grinsten und posierten für Selfies.

Die britische Polizei musste man an einem solchen Tag einfach gernhaben. Wenn sie es machten, dann machten sie es richtig.

Schließlich kam ich beim Eros an und suchte die Menge nach Rachel ab. Ich hatte das Gefühl, dass noch mehr Menschen hier waren als im letzten Jahr. Und alle hielten riesige Banner hoch und schwenkten Flaggen in allen Farben. Und was mir am meisten auffiel? Sämtliche Farben des LGBTQA-Spektrums waren dabei.

„Lee!"

Ich folgte dem Klang der Stimme und entdeckte Rachel und Ben am Straßenrand. Ben trug eine Schlinge vor der Brust, in der sich meine sechs Monate alte Nichte Amber befand. Rachel strahlte mich an, während sie Ambers Köpfchen streichelte. „Hey, Amber, schau. Es ist Bonkel Lee."

Ich warf Rachel einen gespielt finsteren Blick zu, bevor ich sie umarmte und Ben begrüßte. Dann gab ich meiner Nichte einen Kuss auf den Kopf. „Tut mir leid für die Verspätung."

„Wir dachten schon, du würdest nicht kommen", neckte Rachel mich.

„Als wenn ich Ambers erste Pride verpassen würde", scherzte ich.

„Ich bin ziemlich sicher, dass sich Amber nicht im Geringsten daran erinnern wird", sagte Ben lachend. Er bemerkte die vielen

Anstecker an meinem Taschengurt und tippte auf einen davon. „Nicht schlecht.“

Es war mein Bi-Pride-Anstecker. Daniel hatte ihn für mich besorgt. Ich strahlte. „Wie eine kluge Person mir einst sagte – ich bin das B in LGBTQA.“

Rachel lachte. „Na sowas. Ich frage mich, wer das wohl war.“

„Deine zweite Pride“, stellte Ben fest. „Ist es sehr viel anders als die erste?“

Ich schmunzelte. „Zumindest habe ich in diesem Jahr mehr davon gesehen.“ Und ich selbst war auf jeden Fall anders. Seit dem letzten Jahr war viel geschehen. Das Wichtigste davon: Ich war bei Daniel eingezogen, kurz bevor Amber auf die Welt gekommen war. (Nun, in mein Zimmer konnten wir ja schlecht zusammen einziehen, oder?) Es war traurig gewesen, sich von den Jungs zu verabschieden, aber wir sind in Kontakt geblieben. Und ich war auch nicht der Einzige, der das Haus verließ – Pete war aus Edinburgh hergezogen, und er und Mick hatten zusammen ein Haus in Surrey gekauft. Daniel und ich besuchten sie oft am Wochenende, und wir vier waren gute Freunde geworden.

„Und um deine Frage zu beantworten, ja und nein“, erklärte ich Ben lächelnd. Ich schaute mich um. „Wo ist Gary? Kommt er dieses Jahr nicht?“

Ben lachte leise. „Oh, er ist hier. Zusammen mit seinem Freund. Sie sind ins Freedom gegangen.“

„Was bedeutet, dass wir die zwei erst heute Abend wiedersehen“, fügte Rachel hinzu.

„Wurde ja auch Zeit, dass du hier auftauchst“, sagte eine Stimme hinter mir. Ich wirbelte herum und umarmte Caroline zur Begrüßung. Sie sah fantastisch aus in einem Regenbogenkleid, das ihre zierliche Figur umschmeichelte. „Daniel sagte, ich würde dich hier finden.“ Sie nickte Rachel und Ben zur Begrüßung zu, dann wandte sie sich wieder an mich. „Troy lässt dich grüßen. Er arbeitet auf der Hauptbühne; du wirst ihn also später noch zu Gesicht kriegen."

Ich warf einen Blick zur Parade. „Hast du Daniel schon gesehen?" Ich konnte die Musik von ihrem Truck noch nicht hören, aber ich wusste, dass sie an der Statue haltmachen und tanzen würden.

„Oft genug, um bereits alles zwölf Songs mindestens zweimal gehört zu haben", antwortete sie grinsend. „Sie müssten jede Minute hier sein. Wie lief es im Zelt?"

„Gut", sagte ich wahrheitsgemäß. Es war Carolines Idee gewesen, am Stand mitzuhelfen, und ich hatte mich auf diese Gelegenheit gestürzt. Daniel tat seinen Teil, da konnte ich zumindest auch einen Beitrag leisten und mit Leuten reden, die Hilfe suchten.

„Würdest du es wieder tun, das ist eigentlich die Frage."

Ich grinste. „Ohne zu zögern."

„Kommen du und Daniel morgen zum Essen zu Molly und Geoff?", fragte Ben.

„Als wenn wir das Sonntagsessen mit der Familie versäumen würden." Mum hatte angekündigt, zur Abwechslung mal einen Truthahnbraten machen zu wollen, und Daniel sollte dazu seine mit Käse überbackenen Pastinaken mitbringen. Daniel versuchte, sein kulinarisches Repertoire zu erweitern, und er hatte

diese Beilage an Weihnachten gekocht. Mum war total begeistert gewesen. Und Dad wollte, dass Daniel ihn beim Kauf eines neuen Grills beriet; er hatte beschlossen, sich einen Gasgrill anzuschaffen.

Eine weitere Veränderung seit er letzten Pride war, dass Daniel angefangen hatte, sich regelmäßig mit seinen Pflegeeltern Ella und Rick zu treffen. Die beiden waren ein nettes Paar, und man brauchte sich nur die vielen Fotos an den Wänden ansehen, von all den LGBT-Kids, die über die Jahre bei ihnen groß geworden waren, um zu wissen, dass die zwei ganz besondere Menschen waren.

„Da kommen sie!", rief Rachel. Sie zog mich nach vorn, sodass ich vor ihr stand und gute Sicht auf den Parade-Truck der Tanzgruppe hatte. Alle Männer trugen violette Tanktops mit Regenbogen quer über der Brust, und enge, violette Shorts, die nichts der Fantasie überließen. Ich erinnerte mich noch sehr genau an meine Reaktion, als Daniel mir das Kostüm erstmals vorgeführt hatte.

Ja. Wir hatten beide in jener Nacht nicht viel geschlafen.

Daniel war einer der zehn Tänzer, die hinter dem Truck her marschierten, und er winkte begeistert, sobald er mich entdeckte.

„Oh mein Gott, wie kann er in diesen Heels überhaupt laufen?", rief Ben aus.

„Mit viel Geduld und Übung", antwortete ich. Daniel hatte die Dinger beinahe den ganzen Juni hindurch in der Wohnung getragen. Ich hatte mich kein bisschen darüber beklagt, besonders dann nicht, wenn er außer den Heels nichts weiter getragen hatte.

Was soll ich sagen? Er findet bei mir ständig neue Knöpfe, von denen ich nicht einmal gewusst hatte, dass ich sie besaß. Und dann drückte er besagte Knöpfe. Was mich in der Regel sehr glücklich machte.

Der Truck hielt an, und Musik dröhnte aus den gigantischen Lautsprechern auf der Ladefläche.

Ich musste grinsen. Es war Bruno Mars mit *Marry you*.

„Oh, da ist es wieder", sagte Caroline grinsend. „Das ist jetzt das dritte Mal mit dieser Nummer. Inzwischen sollten sie die Schritte wohl perfekt draufhaben."

„Lass dir sagen, sie hatten die Schritte schon lange vor dem heutigen Tag perfektioniert." Daniel und seine Truppe hatten zahllose Stunden in die Proben gesteckt.

Die Tänzer begannen, Leute aus dem Publikum auf die Straße zu ziehen.

„Was tun sie denn da?"

„Oh, jeder von ihnen schnappt sich einen Zuschauer und tanzt mit ihm. Das ist total süß", erklärte Caroline mir. „Besonders, wenn sie auf ein Knie heruntergehen und so tun, als würden sie einen Antrag machen."

Als Daniel mit funkelnden Augen auf mich zukam, drohte ich ihm mit einem Finger. „Oh nein, das wagst du nicht."

„Ah, komm, Baby. Tanz mit mir." Er zog einen Schmollmund. Seine Lippen glänzten rosa. Und sein glitzernder Lidschatten sah toll aus. „Wenn ich mit dir nicht auf der Pride tanzen kann ..."

Ich konnte ihm nie etwas abschlagen. Und es war schließlich die Pride.

Ich ließ mich von ihm auf die Straße ziehen, und plötzlich synchronisierten die Tänzer ihre Bewegungen, und die beteiligten Zuschauer stand vor jedem Tänzer, lachten und sahen verlegen aus, während die Männer um sie herumtanzten.

Ich war da kein bisschen anders. Ich würde nicht versuchen zu tanzen – das war Daniels Job.

Die Atmosphäre war super. Zu beiden Seiten der Straße filmten Zuschauer die Choreographie. Rachel rief mir zu, dass ich sie ansehen sollte; sie hatte ebenfalls ihr Smartphone im Anschlag, genau wie Caroline. Ich winkte

in die Kameras, während Daniel vor mir und um mich herum tanzte. Und wie immer bewunderte ich, wie er sich zur Musik bewegte.

Die Choreo war fast zu Ende, als sich plötzlich sämtliche Tänzer in einem Halbkreis um Daniel scharten. Ich hatte nicht gewusst, dass er die Nummer anführte. Als die nächste Textzeile das Mädchen im Song aufforderte, einfach ‚ich will' zu sagen, ging Daniel auf ein Knie – und zog eine kleine Samtschachtel aus seiner Hosentasche.

Oh Scheiße.

Mein Herzschlag war so laut und so heftig wie die Bassdrum im Lautsprecher. Um mich herum bekamen die Zuschauer Wind davon, was gerade passierte, und begannen zu jubeln und zu applaudieren. Unzählige, weitere Handys und Smartphones tauchten auf, um die Szene zu filmen und zu fotografieren.

Die anderen Tänzer waren ganz offensichtlich in Daniels Pläne eingeweiht und spielten mit.

„Na los, frag ihn", rief einer von ihnen. Die Menge fing das auf, und plötzlich riefen alle: „Frag ihn! Frag ihn!"

Daniel sah sich um und lachte. „Dann gebt mir eine Chance dazu, okay?" Er sah mir tief in die Augen, als er die kleine Schachtel öffnete und einen schlichten, goldenen Ring enthüllte. Dann formte er mit den Lippen den Songtext, und ich hatte das Gefühl, vor Glück zu sterben, gleich hier mitten auf der Straße.

Der Song endete. Daniel ließ die Augen nicht von mir. „Und?", fragte er. „Werde ich dich heiraten?"

Ich nickte. „Ja", flüsterte ich.

Die anderen Tänzer um Daniel grinsten. „Wir können dich nicht hören, Lee", rief einer von ihnen und legte demonstrativ eine Hand ans Ohr. Die anderen lachten.

„Ja, ich werde dich heiraten!", schrie ich aus voller Lunge. Die Menge brach in Jubel und Applaus aus und übertönte alles andere.

Daniels Gesicht leuchtete auf, dann sprang er auf die Füße und riss mich in seine Arme. Er küsste mich, als würde sein Leben davon abhängen, und ich zahlte es ihm mit gleicher Münze heim. Die anderen Tänzer umringten uns, klopften ihm auf den Rücken und umarmten uns beide. Und mitten in all dem Lärm und Chaos schaffte Daniel es, mir den Ring auf den Finger zu stecken.

Ich liebe dich, formten seine Lippen.

Ich liebe dich auch, antwortete ich ebenso tonlos. Mein Herz tanzte immer noch irgendwo da oben in dem blauen, wolkenlosen Himmel.

Daniel sah zu Rachel hinüber. „Danke, dass du ihn hergebracht hast", rief er über den Applaus und Jubel hinweg.

„Gern geschehen, zukünftiger Schwager", antwortete sie grinsend.

Ich starrte sie mit offenem Mund an. „Du ... du wusstest davon?"

Ich hatte die hintertriebenste Schwester der Welt. Und den hintertriebensten Verlobten.

Oh mein Gott. Ich habe einen Verlobten.

Die Musik wechselte, und Daniel ließ mich los. „Wir müssen weiter", sagte er und sah fast traurig aus. „Aber ich will nicht."

„Ich weiß. Ich auch nicht." Ich wollte, dass dieser Moment niemals endete, aber die Parade war noch lange nicht vorbei. „Wir sehen uns am Trafalgar Square, okay?" Dann nahm ich sein Gesicht in die Hände und küsste ihn erneut. „Ich liebe dich."

„Ich liebe dich auch, Babe." Er streichelte meine Wange. „Du hast Ja gesagt." Er klang, als könnte er es nicht fassen.

„Natürlich habe ich das."

„Daniel, lass ihn los. Wir müssen weiter!" Das war Mac, und er zeigte auf seine Uhr.

Widerwillig ließ Daniel mich los und drehte sich zu Rachel, Ben und Caroline um. „Passt für mich auf meinen Verlobten auf, bis ich zurück bin, okay?"

Ich glaubte nicht, dass ich es je müde werden würde, dieses Wort zu hören. Es gab nur ein Wort, das eine Verbesserung darstellen konnte – Ehemann.

„Machen wir. Wir passen auf, dass er in seinem glückvernebelten Zustand nicht in den Verkehr stolpert", versprach Ben mit einem breiten Grinsen.

Ich wollte ihm gerade widersprechen, als mir klar wurde, dass Ben den Nagel auf den Kopf getroffen hatte.

Ich war benebelt vor Glück und aufgeregt und vollkommen verliebt.

Daniel ließ meine Hand los, und Parade setzte sich wieder in Bewegung. Ich stand da und starrte den funkelnden Ring an meiner linken Hand an.

Rachel legte mir einen Arm um meine Schultern. „Lass uns irgendwo hingehen, wo es ruhiger ist, und etwas trinken. Was meinst du?"

Bevor ich antworten konnte, kam Caroline dazu. „Irgendwo, wo es Pornstar Martinis gibt."

Ich grinste. „*Jetzt* kommen wir der Sache schon näher." Wir vier – fünf, wenn man Amber mitzählte – schlängelten uns durch die Menge, weg von all dem Lärm und der Musik und den lauten Hupen. Etwas zu trinken klang perfekt.

Ich würde auf Daniel warten, und dann würden wir heimfahren. Zusammen. Mit dem Zug.

Nur wir zwei.

ENDE

#loveWins
love is love

Mehr von K.C. Wells

Ein Weihnachtsversprechen
Das Gesetz der Wunder
Verliebt in Santa Claus
Santas Geheimnisse
<u>Southern Boys</u>
Truth & Betrayal
Pride & Protection
Desire & Denial
<u>Unverhoffte Liebesgeschichten</u>
Lehre Mich
Vertrau Mir
Sieh Mich
Liebe Mich
Unverhoffte Liebesgeschichten Vol 1
<u>A Material World</u>
Spitze
Satin
Seide
Jeans
A Material World Vol 1 (#1-#3)
Sonne und Schatten
Kels Hüter
Sexting mit dem Boss
Damon & Pete: Spiel mit dem Feur
Der Schöne im Zug
Bären im Wald
Sieh zu und lerne
Holy hell – Wenn Engel und Dämonen Lieben
Sein verwöhnter Prinz
Für dich da

Über die Autorin

KC Wells lebt auf einer Insel vor der Südküste Großbritanniens, umgeben von wunderschöner Natur. Sie schreibt über Männer, die Männer lieben, und kann sich ein Leben ohne Schriftstellerei gar nicht mehr vorstellen.

Das Tattoo auf ihrem Rücken, eine Regenbogen-Rose mit den Worten „Liebe ist Liebe" und „Liebe siegt" ist ihre Art, eine Flagge zu hissen. Sie hat vor, noch sehr lange über die Liebe zwischen Männern – ob zärtlich und süß oder heiß und verrucht – zu schreiben.

www.ingramcontent.com/pod-product-compliance
Lightning Source LLC
Chambersburg PA
CBHW020819260626
47169CB00003B/733